KB078695

칠마선문(七魔仙門) 2

허담 新무협 판타지 소설

초판 1쇄 찍은 날 § 2022년 12월 23일
초판 1쇄 펴낸 날 § 2022년 12월 30일

지은이 § 허담
펴낸이 § 서경석

총괄팀장 § 황창선
편집책임 § 김우진
디자인 § 스튜디오 이너스

펴낸곳 § 도서출판 청어람
등록번호 § 제387-1999-000006호
등록일자 § 1999. 5. 31
어람번호 § 제2-2914호

본사 § 경기도 부천시 부일로 483번길 40 서경B/D 3F (우) 14640
편집부 § 서울특별시 구로구 디지털로 272 한신IT타워 404호 (우) 08389
전화 § 02-6956-0531 팩스 § 02-6956-0532
http://www.chungeoram.com
E-mail § chungeorambook@daum.net

ISBN 979-11-04-92474-3 04810
ISBN 979-11-04-92472-9 (세트)

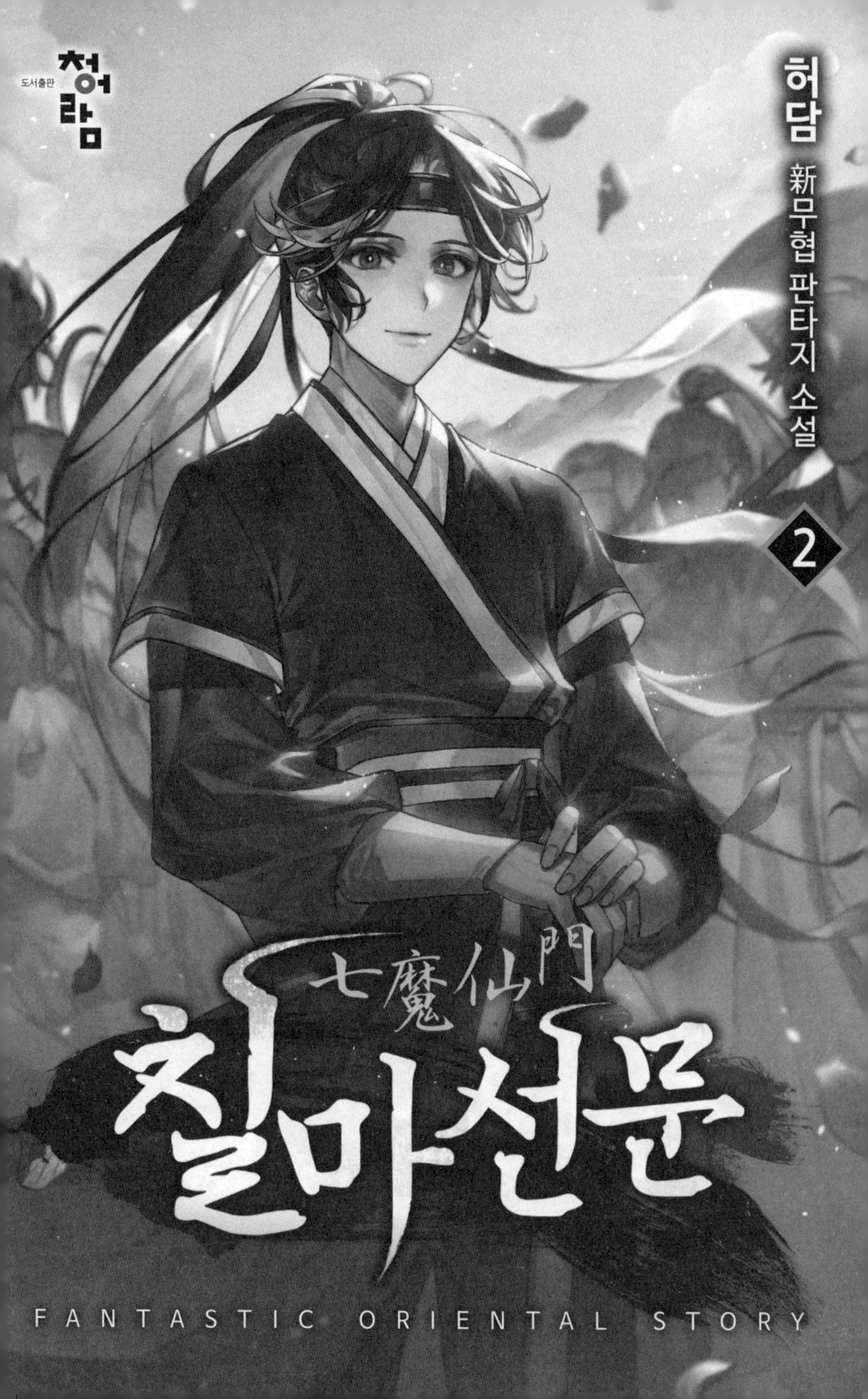
도서출판 청어람
허담
新무협 판타지 소설
2
七魔仙門
칠마선문
FANTASTIC ORIENTAL STORY

七魔仙門
칠마선문

목차

제 1장
—

월문의 숨은 힘, 묵천이단(二團)

"어떻게 살아 돌아왔지?"

군자의 공천보가 곤혹스러운 표정으로 중얼거렸다.

쿵!

고풍스러운 침실로 돌아온 공천보가 평소 그답지 않게 고풍스러운 문을 소리 나게 닫았다. 당혹스러운 마음이 묻어나는 행동이었다.

"후……!"

공천보가 지친 듯 침상에 걸터앉으며 길게 한숨을 내쉬었다.

"돌아온 시간으로 보면 나와 겨우 삼 일 차이! 그건 나와 거의 같은 시기에 만화원을 떠났다는 말인데, 그럼 화노와 무슨 거래를 할 여유는 없었을 테고. 그렇다면 정말 자신들의 능력으로 그곳을 탈출했다는 것인가. 그게 가능한 일인가?"

공천보가 눈살을 찌푸렸다. 모든 일이 자신의 계획대로 되어가고 있다고 생각했는데, 생각지 못한 변수가 생긴 것이다. 그러다가 한순간 그의 눈에 차가운 살기가 감돌았다.

"칠랑은 너무 노출되어 있다. 그자가 칠랑의 뒤를 쫓는다면 월문으로 오게 될 것이고, 그렇게 되면 날 찾는 것도 시간문제. 결국 월문과의 인연을 정리해야 한다는 뜻인데. 후… 화정의서를 얻었다고 해도 화노를 상대하려면 몇 년의 시간이 필요하다. 더군다나 화노가 월문주를 만나면 백문보도 내가 자신들을 이용한 사실을 알게 될 것이고. 어떻게 한다……."

공천보가 궁지에 몰린 사람처럼 계속해서 혼잣말을 중얼거렸다.

그러다가 한순간 입을 닫더니 뭔가를 곰곰이 생각하다가 나직하게 중얼거렸다.

"병이 커질 것 같으면 환부를 도려내는 것이 의술의 기본, 위험한 인연은 정리하는 것이 마땅하다. 손안의 사냥개를 잃는 것은 아쉬운 일이지만. 대신 월문을 대신할, 아니, 월문보다 더 든든한 사냥개를 만들면 되지. 화노조차도 감히 어쩔 수 없는… 오히려 잘된 일인지도 모르지. 백문보와 월문칠랑은 사실 너무 위험한 자들이야. 사냥개는 사냥이 끝나면 삶아 먹는 것이 세상의 이치지. 흐흠……!"

불안감에서 벗어난 공천보가 침착함을 되찾고 빙그레 미소를 지었다.

*　　　　*　　　　*

쾅!

백문보가 문을 부술 듯 열어젖히며 자신의 집무실로 들어왔다.

그러고는 자신을 기다리고 있던 초췌한 모습의 시월 등을 보며 급히 물었다.

"모두 무사한 거냐?"

걱정 가득한 백문보의 모습에 혹시 하는 약간의 의심을 품고 있던 칠랑의 마음은 씻은 듯 사라졌다.

천년화정을 구해왔는지보다 자신들을 먼저 걱정하는 백문보의 모습에서 그에 대해 조금이라도 의심하는 마음을 품은 것에 죄책감이 느껴지는 칠랑이었다.

"모두 무사합니다. 그리고!"

무광이 급히 품속에서 목함을 꺼냈다.

"설마… 화정이냐?"

백문보와 함께 달려온 고태가 급히 물었다.

"예, 장로님!"

"아! 결국 구했구나! 정말 고생했다!"

고태가 감격스러운 표정으로 말했다.

"소문주님은 어떻습니까?"

무광이 물었다.

"음, 군자의께서 돌봐주신 덕에 나쁘지는 않으시다. 또 오늘 새로운 침술을 시술하시어 조금이나마 단전의 기능을 회복시킬 수 있을 것 같다고 하더구나."

고태가 소문주 백유검의 상태를 빠르게 설명했다.

"아! 정말 다행입니다."

무광이 안도의 한숨을 내쉬며 말했다.

그러자 소후가 침착하게 물었다.

"그럼 이 천년화정은 필요가 없어진 겁니까?"

"그럴 리가 있느냐? 천년화정이 없으면 소문주께서 예전의 무공을 회복하는 데 아주 오랜 시간이 필요할 것이다. 십 년, 혹은 수십 년 이상이 걸릴 수도 있지. 선천지기란 것은 쉽게 회복되는 것이 아니니까. 하지만 천년화정을 취하시면 단시간 내에 오히려 이전보다 더 강한 내공을 얻으실 거다. 어쩌면 묵천신공을 대성하실 수도……"

"그런 헛된 기대는 말게. 묵천신공은 영약으로 대성할 수 있는 신공이 아니니까."

백문보가 흥분한 고태를 제지했다.

"그래도 전 기대하지 않을 수 없습니다. 천년화정은 죽은 자도 살릴 수 있는 영약이라지 않습니까?"

"영약이 기운을 줄 수는 있어도 깨달음을 주지는 못하는 법일세. 무공도 결국 마지막에는 깨달음에 의해 대성하는 법. 영약의 힘만으로는 어렵지. 아무튼 그래도 유검에게는 아주 좋은 기회지. 모두들 수고했다. 일단 푹 쉬거라!"

백문보가 무광 등을 보며 말했다.

"소문주를 뵐 수 없을까요?"

무광이 물었다.

"내일 아침에 보도록 해라. 녀석이 긴 잠에 들었으니까. 마침 군자의께서 와계시니 난 천년화정의 복용 문제를 논의해야겠다."

"알겠습니다, 문주님."

무광이 순순히 백문보의 말에 수긍했다.

그러자 백문보가 걸음을 옮기려다 말고 다시 한번 무광 등 일곱 제자들을 보며 말했다.

"정말 고맙구나. 화정을 구해 와서가 아니라 너희들 모두 무사히 돌아와 줘서. 사실 너희들을 보내놓고 많이 후회했었다. 위험한 일을 시킨 것도 그렇고, 정도에 어긋난 일을 시킨 것도 그렇고… 미안하구나!"

"그런 말씀 마십시오. 저흰 월문과 소문주를 위한 일이라면 이보다 더한 일도 망설이지 않고 할 것입니다."

무광이 단호하게 말했다.

"그래도… 미안한 것은 미안한 것이자… 후! 쉬거라!"

백문보가 가볍게 손을 들어 보이고는 집무실을 떠났다.

백문보가 떠나자 곽부가 나직하게 욕설을 내뱉었다.

"망할 늙은이! 저런 문주님의 본심도 모르고 함부로 말을 지껄이다니!"

칠랑을 만화원에 보낸 자를 믿지 말라는 화노를 향한 욕설이었다.

"그러게 말이야. 문주께서 우릴 저렇게 걱정하시는데……."

도원이 곽부의 말에 맞장구를 쳤다.

"일단 숙소로 돌아가서 쉬도록 하자. 그동안 제대로 잠도 자지 못하고 달려왔으니까. 소문주님은 내일 아침에 뵙도록 하자."

"예, 사형! 아이고, 난 먼저 좀 씻어야겠다."

부리가 몸을 벅벅 긁으며 말했다.

"그래도 사형은 힘이 남아 있군요. 난 바로 자야겠어요. 졸려서서 있을 정신도 없다구요."

곽부가 고개를 저으며 말했다.

"그건 좋을 대로 하는데, 씻기 전에는 절대 내 옆으로 오지 마!"

부리가 경고했다.

"흐흐, 웬걸요. 오늘밤은 사형 옆에 꼭 붙어서 자야지, 히히!"

곽부가 능글맞게 웃으며 부리의 팔을 움켜잡았다.

그 모습을 보며 월문칠랑이 오랜만에 아무 걱정 없이 웃음을 터뜨렸다.

*　　　　*　　　　*

군자의 공천보의 손이 가볍게 떨렸다. 그의 손에 들린 옥함에서 천 리까지 퍼져 나갈 듯한 신비로운 향기가 올라오고 있었다.

천년화정의 향기다.

백문보와 공천보는 다시 백유검의 침실에 와 있었다.

어둠이 물러가는 이른 새벽, 창을 통해 아침 향기가 들어왔지만, 이내 천년화정의 향기에 밀려 흔적도 없이 사라졌다.

영약의 복용은 이른 아침이 좋다는 공천보의 의견에 따라 백문보는 다른 사람을 모두 물리고 오직 공천보와 둘이서 백유검의 침실에 들어와 있었다.

부인 홍은조차도 아들을 치료하는 순간에는 함께할 수 없었다.

"아름다운 약재요. 듣던 대로!"

공천보가 옥함에 든 영롱한 붉은색 단약을 보며 말했다.

"향기로 보면 말씀하신 대로인 것 같습니다."

고태에게는 흥분하지 말라고 말했지만, 다른 사람들이 없는 이 순간에는 오히려 백문보가 흥분한 듯 보였다.

"보물의 임자는 하늘이 정한다고 했는데… 허허, 소문주는 참 복이 많은 사람인 듯하오."

공천보가 옥함에서 눈을 떼지 않고 말했다. 백문보의 눈에는 보이지 않았지만, 공천보의 시선에는 참을 수 없는 욕망의 빛이 보였다.

"아이들이… 정말 이 영약을 가져올 거라고는 생각지 못했습니다."

백문보가 말했다.

"나 역시 그렇소. 그 아이들이 대단한 잠재력을 가지고 있다는 것은 알고 있었으나, 아직은 완성된 무인들이 아니어서 설마 했는데… 아무튼 문주의 노력이 결국 결실을 맺게 되는구려." ㅡ

"솔직히 말하자면 이 일은 뜻밖의 선물 같은 것이지요. 영약을 구하려고 아이들을 키운 것은 아니니까."

"물론 문주께서 그 아이들을 좀 더 중요한 일에 쓰려고 십 년 공을 들여 키운 것은 알고 있소. 하지만 내 생각을 솔직히 말하자면 그 아이들을 키운 대가는 이 천년화정으로 이미 충분히 얻으신 것 같소."

"…그렇게 대단한 것입니까?"

백문보가 놀란 듯 물었다. 천년화정이 대단한 물건이란 것을 알고 있었지만, 세상의 눈을 피해 키워낸 월문칠랑의 가치를 넘어설 거라는 공천보의 말에는 쉽게 동의하기 어려웠다.

그가 월문칠랑에 거는 기대는 그리 작은 것이 아니었다. 그는 월문칠랑이 월문이 구대천문과 어깨를 나란히 하는 문파로 성장하는 데 중요한 역할을 할 것으로 기대하고 있었다.

그러니 아무리 귀해도 영약에 만족할 수는 없는 백문보였다.

그런 백문보를 돌아보며 공천보가 말했다.

"문주께서 월문칠랑을 쓰시는 데는 한계가 있소. 그 아이들의 마기를 항상 조심해야 하기 때문이오. 다른 사람들의 의심을 피해야 하고, 그 아이들 스스로 마기를 통제 못 해 마인으로 변할 수도 있소. 세상에 드러내 놓고 마음껏 쓸 수 없다는 뜻이오. 내가 만들어준 청명단으로 칠랑의 마기를 누르는 데는 한계가 있소."

"그렇기는 하지요."

백문보가 공천보의 말에 동의했다.

"그런데 이 영약을 복용한 소문주는 언제라도 월문을 대표해서 자유롭게 세상에 나갈 수 있소. 이 천년화정은… 믿을지 모르겠지만, 소문주를 문주조차 상대할 수 없는 고수로 만들 것이오. 장담하건대… 삼 년이 지나지 않아 소문주의 무공은 온 무림의 주목을 받게 될 것이오. 십 년이 지나면 천하십대고수를 논하게 될 것이고……."

"설마 그렇게까지…"

백문보가 믿을 수 없다는 듯 말했다.

"내 말은 소문주가 몸으로 증명하게 될 것이오. 그때가 되면 칠랑, 그 아이들조차 월문에 그리 중요한 존재가 아니라고 느끼게 될 것이오. 칠랑 모두를 모아도 소문주 한 사람의 힘에 미치지 못할 테니 말이오. 그만큼! 이 천년화정은 엄청난 영약이오."

"…정말 그렇게까지 대단한 것인 줄은 몰랐군요. 전 다만 유검의 내공을 이전으로 돌리는 정도로 생각했는데……."

백문보가 놀라움과 기대가 섞인 표정으로 말했다.

"일단 늦기 전에 화정을 소문주에게 복용시킵시다. 화정이 공기에 노출되었으니 시간이 갈수록 약효가 줄어들 것이오."

"알겠습니다."

백문보가 대답을 하고는 서둘러 백유검 앞으로 다가갔다.

백유검은 조용히 침상에 앉아 백문보와 공천보를 기다리고 있다가 두 사람이 다가오자 조용히 하늘을 보고 누웠다.

공천보가 금침을 시술한 이후여서 그런지 그의 몸은 한결 생기가 넘쳐 보였다.

"유검! 너도 들었겠지?"

백문보가 침상에 누운 채 자신을 바라보고 있는 백유검에게 물었다.

"예, 아버님!"

"세상에서 다시 만나기 힘든 행운이 네게 찾아온 것이다. 그러니 한 올의 기운도 허비하지 않도록 조심하거라."

"알겠습니다."

백유검이 다부진 표정으로 대답했다.

그러자 군자의 공천보가 천년화정을 들고 백유검 앞으로 다가왔다.

"소문주, 화정을 복용하면 화정은 금세 녹아 흡수될 것이네. 본래 화정은 녹으면 기화가 되는 특징이 있으니 복용한 이후에는 서둘러 삼키고 절대 입을 열지 마시게."

"예, 어르신!"

"이후에 화정이 몸에 흡수되기 시작하면 그때부터는 묵천신공을 운기하시게. 처음에는 완전히 회복되지 못한 단전으로 인해 힘들 수도 있지만, 일단 내 침술로 불씨는 살려놓았으니 화정의 기운을 잘 다스려 모든 기운을 흡수할 수 있도록 집중하시게."

"명심하겠습니다."

백유검이 대답했다.

그러자 군자의 공천보가 다시 입을 열었다.

"물론 그렇게 해도 처음에는 화정의 기운의 백분지 일도 진기로 변화시키지 못할 것이네. 남은 기운들은 단전과 혈맥에 머물게될 테니 이후 꾸준한 수련을 통해 그 기운들도 모두 소문주의 힘으로 만드시게. 만약 화정의 모든 힘을 내공으로 만들 수 있다면 소문주는… 월문의 그 누구도 이르지 못한 경지에 이르게 될 것이네."

"…최선을 다하겠습니다."

백유검이 굳은 표정으로 대답했다.

"그럼 시작합시다."

공천보가 백문보를 향해 고개를 끄떡인 후, 옥함에서 붉은 구슬 모양의 화정을 꺼내 백유검의 입에 넣었다.

그러자 백유검이 얼른 입을 닫고 꿀꺽 화정을 삼켰다.

"이제 운기를 시작하시게. 나는 중간중간 침을 꽂아 운기를 도울 테니 놀라지 말고!"

공천보의 말에 백유검이 조용히 눈을 감은 후 운기를 시작했다.

*　　　　*　　　　*

　시월과 월문칠랑은 아침 일찍부터 소문주 백유검의 거처 앞을 서성였다. 그들의 얼굴에는 초조한 기색이 역력했다.

　천년화정의 복용이 새벽부터 시작되었다는 언질을 이미 장로 고태에게 받았기 때문이었다.

　그런데 치료가 시작된 지 두어 시진이 지났음에도 백유검의 거처는 굳게 문이 닫혀 있었다. 그건 여전히 백유검이 치료 중이라는 뜻이었다.

　"너무 길어지는 것 아닌가요?"

　시월이 걱정스럽게 물었다. 그러자 무광이 고개를 저었다.

　"화정의 기운이 워낙 강하니 시간이 걸릴 것이다."

　걱정하는 시월을 안심시키기 위해서만 한 말은 아니었다. 천년화정쯤 되는 영약의 기운은 한 번의 운기로 몸에 흡수할 수 있는 것이 아니었다.

　"그래도 조금 길게 가네요. 오늘 화정을 모두 녹여낼 것이 아니라면……."

　부리가 말했다.

　"음, 아무래도 소문주께서 몸이 많이 쇠약해져 계시니 안전하게 화정을 복용시키느라 그럴 거다."

　무광이 대답했다.

　"그렇다면 다행이고요……."

　그런데 그때 갑자기 백유검의 방문이 열렸다. 그리고 여전히 병

약해 보이지만 침상에 누워 있을 때와는 확연히 다른 백유검이 문밖으로 걸어 나왔다.

"소문주님!"

백유검이 모습을 드러내자 시월 등이 일제히 백유검에게로 달려갔다.

"조심들 해! 소문주님은 아직 조심해야 해!"

달려드는 월문칠랑을 백유검 뒤에서 모습을 드러낸 설우담이 제지했다.

"우담? 네가 여기 왜 있어?"

설우담이 백유검과 함께 있는 모습에 놀란 소후가 물었다.

"너희들이 떠나 있는 동안 내가 소문주님을 돌봐 드렸어. 오늘은 문주님께서 조금 일찍 오라 하셔서 반 시진 전에 왔고."

설우담이 대답했다.

"그랬어?"

소후가 뜻밖이라는 듯 되물었다. 그러자 백유검이 입을 열었다.

"후! 내가 우담 사매에게 부탁했어. 사실 월문의 다른 사람들에게는 나의 초라한 모습을 보이기 싫었거든. 사형과 너희들이 있을 때는 너희들에게 의지할 수 있었지만… 그나마 우담 사매는 너희들과 같은 느낌이니까. 혹시 기분 상했어?"

백유검이 조심스럽게 물었다.

설우담이 소후의 연인이기 때문이었다.

"아, 아닙니다. 기분 상하다뇨. 소문주님이 편안하셨다면 오히려 다행스러운 일이죠."

"그렇게 말해주니 고마워."

백유검이 가볍게 미소를 지었다. 그러자 그 순간 백유검에게서 병약한 기운이 완전히 사라지는 듯 느껴졌다.

"확실히 효과가 있군요?"

무광이 기쁜 듯 물었다.

"형님 눈에도 그렇게 보여요?"

백유검이 되물었다.

"나올 때는 몰랐는데, 자세히 보니 확실히 좋아진 것 같군요. 다행입니다."

"모두 형님과 사제들 덕분이죠. 후우… 군자의 어른 말씀대로라면 시간이 조금 더 필요할 것 같다고 하시더군요. 물론 그 이후에는 예전보다 훨씬 좋아질 거라는 말씀도 하셨지요."

"문주님과 군자의 어른은 안에 계십니까?"

무광이 물었다.

"아뇨. 군자의 어른은 날이 밝기 전에 벌써 떠나셨고, 아버님은 급한 전갈을 받고 반 시진 전에 나가셨어요."

"급한 전갈이라면……?"

"글쎄요. 저도 무슨 일이지는 모르겠어요. 그런데 무척 다급하게 떠나셨으니까 보통 일은 아닌 것 같아요."

"음… 무슨 일일까? 아무 소식을 못 들었는데……."

아침부터 백유검의 거처 앞에 모여 있던 월문칠랑이었다. 월문에 무슨 일이 생겼다면 바로 알 수 있었을 것이다.

그런데 그때 장로 천중한이 급한 걸음으로 나타났다.

"역시 여기들 있었구나. 아! 소문주님도 나와 계셨군요? 몸은 좀 어떠십니까?"

천중한이 급히 물었다.

"이제 다 나은 것 같습니다. 뭐, 아직 조금 기력이 달리는 느낌이지만. 그런데 무슨 일이 있나요?"

"본문에 손님이 왔습니다."

"손님이요?"

"예. 무맹의 의천단주가 왔습니다."

"어?"

"의천단주요?"

천중한의 말에 월문칠랑이 저마다 놀란 눈을 크게 떴다.

의천단주 양계초, 현 무림에서 가장 중요한 인물 중 하나다.

특별하게 규정된 조직을 갖추지 않고 있는 의천무맹에서 유일하게 상시적으로 운용되는 조직이 의천단이었다.

그 의천단의 수장이 양계초였다.

구대천문 중 우두머리를 다투는 화엄산 천무문 출신으로 삼십육마의 난 이전부터 의천단주로 활동한 강호 최고의 고수 중 한 명이었다.

그런 인물이 변방의 일개 방문인 월문을 새벽부터 찾아왔다는 것은 특별한 일이 아닐 수 없었다.

"그가 무슨 일로……?"

백유검이 걱정스러운 표정으로 물었다. 양계초가 직접 왔다는 것은 심각한 일이 벌어졌다는 의미기 때문이었다.

"잔마가 다시 문제를 일으킨 것 같습니다."

천중한이 무거운 표정으로 대답했다.

순간 백유검의 얼굴이 일그러졌다.

"잔마… 그래서 다시 월문의 출정을 요구하러 온 겁니까?"

"그의 말로는 도움을 청하러 왔다고 하더군요."

천중한이 대답했다.

"도움… 정말 뻔뻔한 행동이 아닙니까? 지난번 백무곡에서 영웅대의 배신으로 우리 월문이 어떤 피해를 입었는데… 그러고도 다시 도움이라니!"

백유검이 절대 그들의 요구에 응하면 안 된다는 듯 차갑게 말했다.

그러자 천중한이 신중한 표정으로 대답했다.

"그들도 그 사실을 왜 모르겠습니까? 그래서인지 이번에는 조금 다른 방식으로 본문의 도움을 요구하더군요."

"다른 방식이라면……?"

"구대천문의 문주들이 합의한 서신을 가지고 왔더군요."

"서신이요?"

"예, 이 일이 끝나면 본문을 십팔장문으로 인정하겠다는……."

"아……!"

"호오!"

천중한의 말에 시월 등 칠랑이 감탄사를 내뱉었다. 이것이야말로 월문과 백문보가 그토록 원하던 것이었다.

"일이 어려워진 모양이군요? 그런 서신까지 가져올 정도면."

다른 사람들과 달리 무광이 굳은 표정으로 물었다.

"음, 그런 것 같더구나. 자세한 것은 나도 알지 못한다. 일단 문주님을 뵈러 가자."

"알겠습니다. 사제들, 가자!"

"예, 사형!"

월문칠랑이 일제히 대답하고는 천중한을 따라 급하게 걸음을 옮겼다.

*   *   *

출정은 전격적으로 이뤄졌다. 백문보가 이끄는 월문의 고수들은 정오가 되기도 전에 월문을 나섰다. 물론 월문칠랑도 함께였다.

그만큼 잔마를 추격하는 의천무맹의 영웅대가 처한 상황이 좋지 않았다.

백무곡의 실패 이후 의천무맹은 영웅대를 보강했다. 구대천문의 고수들 중 일부가 가세하고, 장문에 속하는 문파들에서도 많은 고수들이 투입됐다.

특히 해산 이가장은 장주의 둘째 아들 이장원이 잔마의 손에 잡혀 있어 가문의 주력들을 대거 영웅대에 파견했다.

그렇게 대대적인 전력 보강 후에 영웅대가 다시 잔마 추격을 시작했지만, 상황은 백무곡에서보다 오히려 더 좋지 않았다.

잔마는 영웅대를 좀 더 먼 북방으로 끌어들였다. 영웅대는 탄탄해진 전력을 믿고 거침없이 잔마를 추격했다.

그들은 홍안령을 넘어, 북서쪽 끝에 있는 청림이란 곳까지 잔마를 추격해 들어갔다.

그리고 그곳에서 예상치 못한 잔마의 반격에 영웅대가 고립되었다.

＊　　　＊　　　＊

화륵!

마른 나뭇가지가 순식간에 뜨거운 불길을 만들어냈다. 그럼에도 불구하고 북방의 추위를 온전히 막아주지는 못했다.

일행은 광활한 초원에서 북방의 찬 바람을 맞으며 모닥불 주변에 모여 있었다.

월문을 떠난 지 십여 일, 월문 고수들은 보통 사람이 상상할 수 없는 속도로 청림을 향해 달리고 있었다.

그러나 사람인지라 하루에 두어 시진의 휴식은 필요했다.

힘은 전장에서 써야 하는 거라며 백문보는 월문 고수들에게 최소한의 휴식은 철저하게 보장했다.

그럼에도 불구하고 놀라운 속도로 북상한 일행이 청림에 하룻길을 남겨두고 마지막 밤을 보내고 있었다.

청림이 가까워졌다는 긴장감 때문인지 월문 분도들은 무거운 침묵을 지키고 있었다

번을 서기 위해 어두운 초원으로 나가 있는 문도들에게서 주기적으로 신호음이 들리기는 했지만, 특별한 일이 생기지도 않았다.

시월은 그 고요함이 북방의 찬 공기보다 더 서늘하게 느껴졌다.

"후우……."

모닥불 한쪽에서 모포를 뒤집어쓰고 누워 있던 시월이 길게 한숨을 쉬며 한쪽으로 돌아누웠다. 그러자 곁에 있던 무광이 나직하게 물었다.

"긴장돼?"

"조금요."

"걱정마. 모든 게 잘될 테니까."

무광이 시월을 안심시켰다.

"저번과 같은 일은 없겠죠?"

시월이 물었다.

"이번은 저번과 다르지. 백무곡에서는 우리가 고립되어 영웅대를 기다렸지만, 이번에는 그들이 우릴 기다리는 입장이니까. 구원대로 나온 다른 문파의 고수들도 마냥 밖에서 기다리고 있을 수는 없을 거야."

"그렇긴 한데, 다시 그때처럼 사형들이 다칠까 봐 걱정돼요. 상대는 어쨌든 잔마니까요."

"잔마 요찬… 무서운 자지. 하지만 이번에 만나면 반드시 그의 심장에 검을 꽂겠어. 그의 무공은 변화가 없을 테지만 우린 지난번보다 강해졌으니까."

"맞아요. 그런 거 보면 참 시간은 이상해요. 백무곡에서 잔마와 혈전을 치른 것이 겨우 두어 달 전인데, 마치 여러 해가 지난 것처럼 느껴지고, 그만큼 무공이 강해졌다고 느껴지니까요. 사형들도 변했고요."

시월이 고개를 갸웃하며 말했다.

만화원에서 벌독에 당해 마기가 폭발하고, 화노의 독공에 당해 내공이 흩어졌다가 회복한 이후, 시월과 그의 사형들은 당황스러울 정도의 변화를 만나고 있었다.

그들의 내공이 만화원에 들어가기 전보다 훨씬 진보해 있었던 것이다.

만화원에서 한 일이라고는 화노에게 당한 일밖에 없는데, 오히려 무공이 크게 증진되었으니 이상한 일이 아닐 수 없었다.

"사제의 말처럼 이상한 시간이었어. 아니, 그가 이상한 사람이었을까?"

무광이 중얼거렸다.

"이상한 사람은 맞지요. 그래서 이런 생각도 들어요. 애초에 그는 우릴 잡아둘 생각이 없었던 게 아닐까 하는… 죽이려면 죽일 수 있었고요. 그리고 사실 생각보다 수월하게 결박을 풀어낸 것도 그렇고……."

시월이 의심스러운 말투로 말했다.

"사제 말이 맞아. 당시에는 급한 마음에 나도 그런 생각을 못 했는데. 시간이 지나니까 이상하게 그가 일부러 우릴 놓아준 것이 아닌가 하는 생각이 들더라. 그래서 걱정이야."

"…그가 우릴 따라왔을까요?"

시월이 무광이 걱정하는 일이 뭔지 짐작하고는 되물었다.

"후우… 부디 그런 일이 없기를 바라야지. 하지만 천년화정은 너무 귀중한 물건이니까."

"하긴 그런 물건을 그냥 석실에 놓아두고 갔다는 게… 단순히 실수라고 보기에는 무리가 있지요?"

"악인은 아닌 것 같으니까 큰일을 벌이지는 않겠지."

무광이 시월의 안심시키려는 듯 말했다.

"맞아요. 악인은 아닌 것 같았어요. 이상하게 그에 대해서는 두려운 생각이 들지 않아요. 오히려 언제 시간이 되면 한번 다시 찾아가서 만나고 싶다는 생각이 들 정도예요."

"후후, 그가 우릴 욕심냈던 거 기억해?"

무광이 가볍게 웃음을 흘리며 물었다.

"그럼요. 그는 정말 왜 제자를 두지 않은 걸까요?"

"…알 수 없지. 하지만 정말 흥미로운 사람인 건 분명해."

무광이 화노의 얼굴이 떠오르는지 빙그레 미소를 지으며 말했다.

그런데 그때 갑자기 어두운 초원 쪽에서 나직한 풀벌레 소리가 들렸다.

"누구지?"

풀벌레 소리는 초원으로 나가 번을 서는 월문의 무사가 보내는 신호였다. 그리고 이 신호의 의미는 누군가 숙영지로 접근하고 있다는 의미였다.

*   *   *

"문주님!"

어둠속에서 나타난 십여 명의 무인이 백문보 앞에 무릎을 꿇었다.

"어서들 오게. 고생했네."

백문보가 기다리고 있었다는 듯 담담하게 어둠을 뚫고 나타난 무인들을 반겼다.

시월은 무인들이 나타나는 순간 그들이 뿜어내는 강렬한 기운에 잠시 압도되는 느낌을 받았다.

"누구죠?"

시월이 나직하게 무광에게 물었다. 그러자 무광이 고개를 저었다.

"나도 모르겠다, 문주님과 무척 가까운 사람들인 것 같은데……."

무광도 궁금증을 드러냈다.

그러자 백문보가 월문칠랑을 불렀다.

"잠시 모여라."

백문보의 부름에 월문칠랑이 재빨리 백문보 앞으로 모여들었다.

그러자 백문보가 다시 입을 열었다.

"너희들에게 소개할 사람들이 있다. 지난 몇 년간 난 너희 일곱 제자를 들여 월문의 중추로 키워내는 것 말고, 월문을 위해 또 다른 힘을 준비하고 있었다."

백문보의 말에 무광 등의 시선이 어둠 속에서 나타난 열 명의 무사에게로 향했다.

그런 칠랑에게 백문보가 다시 말했다.

"이 사람들은 과거 삼십육마의 난 이전부터 나와 함께한 사람들이다. 삼십육마의 난을 치르는 동안 월문은 모든 힘을 쏟아부었다. 그 덕에 유령마 단석괴를 죽이는 성과를 올렸다. 하지만 그때 월문의 정예 절반이 죽었다. 그럼에도 월문이 얻은 것은 겨우 삼십 육방문의 자리… 문주로서 난 월문의 명예를 위해 죽은 문도들에 큰 죄를 지은 것이다."

백문보가 표정의 변화 없이 담담하게 월문이 치렀던 삼십육마의 난에 대해 말했다.

사실 칠랑은 그동안 장로들에게 삼십육마의 난 이후 월문이 의천무맹에서 당한 홀대에 대해 들어 알고 있었지만, 이렇게 백문보가 직접 그 일을 거론하는 것은 처음이었다.

　그래서 시월 등 칠랑은 무거운 표정으로 백문보의 말을 들을 수밖에 없었다.

　"그때 난 결심했다. 누구도 감히 월문에 대한 약속을 무시할 수 없는 월문을 만들겠다고. 구대천문조차 자신들의 약속을 지키지 않을 수 없는 월문 말이다. 그래서 두 가지 일을 시작했다."

　백문보가 잠시 말을 끊고 칠랑과 어둠을 뚫고 자신을 찾아온 열 명의 무사들을 쭉 둘러봤다. 그리고 다시 말을 이었다.

　"당연히 그중 하나는 유검과 함께 월문의 미래를 만들 제자를 기르는 것, 그 결과가 너희 일곱이다! 그리고 다른 하나는 내가 살아 있는 동안 나와 함께 월문을 무림의 강자로 이끌어갈 힘을 만드는 것, 그 결과가 이 사람들과 이 사람들이 이끄는 묵천이단이다."

　묵천이단이라는 조직이 월문에 있다는 것은 칠랑도 처음 듣는 말이었다.

　"묵천이단은 그동안 월문을 떠나 있었다. 너희들과 마찬가지로 구대천문과 십팔장문들의 시선에서 벗어나 있어야 했기 때문에… 이 사람들이 이끄는 묵천이단은 그동안 천산 인근에 머물면서 힘을 키웠다. 그리고 이제 그 힘을 써야 할 때가 되었다고 판단해서 이렇게 불러들인 것이다."

　백문보의 말에서 자신감이 느껴진다. 그건 곧 그가 묵천이단의 충성심과 전력에 대해 확고한 믿음을 가지고 있다는 뜻이다.

　"소개하마. 묵천이단에서 의룡단을 이끄는 국 단주와 대호단을 이끄는 고 단주다."

백문보가 한밤의 방문객 중 오십 대 중반으로 보이는 두 사내를 소개했다.

한눈에 봐도 오랜 세월 강호를 종횡한 노련한 고수들임을 알 수 있다. 두 눈에서 흘러나오는 정광은 극고의 수련을 통해 완성된 무인들만이 가지는 눈빛이었다.

"문주님께서 너희들에 대한 칭찬을 많이 하셨다. 난 국자량이라고 한다. 묵천의룡단을 맡고 있다."

두 사람 중 단단한 체구를 가진 사내가 말했다.

그러자 백문보가 소개한 다른 사내가 입을 열었다.

"반갑다. 난 고청신이라고 한다. 묵천대호단을 이끌고 있다."

조금 마른 체구에 날카로운 성정이 엿보이는 고청신은 한쪽 눈이 없었다. 검은 안대로 한쪽 눈을 가린 모습이 그를 더욱 날카롭게 보이게 만들었다.

두 사람이 자신들을 소개하자 무광이 앞으로 나서 포권을 하며 입을 열었다.

"인사드립니다. 무광입니다. 문 내에 의지할 만한 어른들이 계신다는 것을 알게 되니 마음이 든든하고 기쁩니다. 사제들, 인사드려."

무광의 말에 칠랑이 한 사람씩 자신을 소개했다.

"소후라고 합니다."

"전 부리입니다."

"저희는 무릉과 도원이라고 합니다. 쌍둥이 형제입니다."

"전 곽부라고 합니다!"

"시월입니다!"

칠랑이 짧고 빠르게 자신들을 소개하자 국자량과 고청신이 잠시 칠랑을 살펴보다가 고개를 끄떡이며 입을 열었다.

"과연 문주님 말씀대로 뛰어난 기도를 지녔구나. 기대가 크다."

"과찬이십니다."

무광이 고개를 숙여 보였다.

"아니, 우린 빈말을 하는 사람들이 아니다. 너희들의 나이를 고려하면… 문주님, 정말 놀라운 아이들입니다."

국자량이 문주 백문보에게로 시선을 돌리며 말했다.

"자네들 눈에도 그렇게 보인다면 내가 제자들을 제대로 키운 듯하군. 그리고 사실 이미 이 아이들은 월문을 위해 많은 일을 했네."

"백무곡에서의 일은 들었습니다."

국자량이 무거운 표정으로 말했다.

"음… 그래서 이 아이들을 다시 끌고 나와 잔마의 세력과 싸우게 하는 것이 마음에 걸렸네. 그때 적지 않게 피해를 입었으니까. 그 때문에라도 일을 좀 더 수월하게 하기 위해 자네들을 부른 걸세. 이젠 강호에 월문 묵천이단의 힘을 보여줄 때가 된 것도 같고… 구대천문이 약속을 지키지 않을 수 없는 힘을 말일세."

"언제든지 명령만 내려주십시오."

국자량이 가볍게 고개를 숙이며 대답했다. 그 단순한 대답만에서 태산 같은 무게감이 느껴지는 국자량이다.

그런 모습을 보면서 시월은 이상하게 월문이 생경하게 느껴졌다.

월문에 대한 시월 등 일곱 사형제의 책임감과 충성심은 대단한 것이었다. 그들에게 월문은 그들 자신이며, 목숨을 바쳐서라도 지키고 성장시켜야 할 문파였다.

그런데 그 월문에 자신들이 모르는 또 다른 세력들이 존재한다는 사실을 알게 되자 이상하게도 월문에 대해 약간의 거리감이 느껴지는 시월이었다.

"일단 묵천이단은 몸을 숨기고 뒤를 따른다. 위험한 일이 없다면 굳이 모습을 드러낼 필요가 없다. 이번에 묵천이단을 불러낸 것은 혹시라도 백무곡에서와 같은 불상사가 있을까 싶어서니까."

백문보가 묵천이단의 단주들에게 명을 말했다.

"설마 또다시 배신을 하겠습니까."

고태가 조심스럽게 말했다.

"모르는 일이지. 우리가 올 때까지 청림으로 들어가지 않고 있는 것을 보면. 당장 청림에 고립된 영웅대를 구하는 것이 급한 일임에도 불구하고……."

백문보가 맹의 고수들에 대한 의심을 거두지 않고 말했다.

"정말 그렇다면 이 일을 맡는 것은……."

고태가 말꼬리를 흐렸다.

그러자 백문보가 고개를 저었다.

"아니, 반드시 해야 할 일이네. 설혹 저들이 지난번처럼 배신을 한다 해도. 그들이 하는 배신의 최대치는 위급할 때 구원을 오지 않는 것 정도. 그런데 그들이 지키지 않을 수 없는 약속도 있네. 구대천문의 문주들이 약속한 장문(掌門)에 대한 약속 말이네. 최악의 경우 월문의 힘만으로도 이 일을 성공시켜야 하네. 그 약속을 반드시 지키게 하기 위해서. 그래서 이단을 부른 것이네."

"후우… 어려운 일이군요."

고태가 고개를 저었다. 월문의 힘만으로 잔마 일당을 소탕하는 것은 결코 쉬운 일이 아니었다.

"하지만 성공하면 월문은 정말 많은 것을 얻게 되겠지."

백문보가 야심을 숨기지 않고 말했다.

"물론 그렇기는 하지요."

고태가 백문보의 말에 수긍했다.

어쩌면 다른 사람들의 도움 없이 월문 단독으로 잔마 일당을 제압하는 것이 얻는 것은 더 많을 수도 있었다. 다만 그러기 위해 흘려야 하는 월문 문도들의 피가 적지 않은 것이 문제였다.

"모두 들어라!"

백문보가 월문의 문도들을 향해 입을 열었다.

"예, 문주님!"

월문의 문도들이 일제히 대답했다.

"청림은 세상에 알려지지 않은 숲이다. 솔직히 말하자면 나도 청림의 이름을 들었어도 그 안을 여행한 적은 없다. 잔마가 그물을 친 곳이 바로 그런 곳이다. 그래서 영웅대 고수들도 그곳에 고립되어 있는 것이다. 우린 바로 그곳으로 들어가야 한다."

백문보의 말에 장내의 분위기가 서늘해졌다.

"백무곡에 비하면 훨씬 위험한 곳이다. 그럼에도 불구하고 난 월문의 형제들을 데리고 청림으로 들어가기로 결정했다. 왜냐하면 이 일의 대가가 바로 본문이 의천무맹 십팔장문이 되는 것이기 때문이다. 하지만 장문이 되는 것보다 더 중요한 이유가 있다."

백문보가 말을 끊고 잠시 자신을 둘러싸고 있는 월문의 문도들을 바라봤다. 월문의 문도들도 백문보에게 시선을 고정시키고 그의 다음 말을 기다렸다.

백문보가 천천히 그러나 단호하게 입을 열었다.

"난 그동안 월문을 무시한 자들에게 월문의 힘을 보여주고 싶다. 이제 더 이상 월문이 그 누구에게도 무시당하지 않는 힘을 가진 문파라는 것을! 그래서 그들의 호의가 아니라 월문 스스로의 힘으로 장문의 지위를, 아니, 천문의 지위에 이를 수 있다는 것을 보여주고 싶다! 그리고 그걸 증명할 자신이 나에게는 있다."

백문보의 말에 월문의 문도들이 잘게 몸을 떨었다. 두려워서가 아니었다. 백문보의 원대한 야망을 통해 그들은 월문도로서의 자부심을 느끼고 있었다.

그리고 백문보는 문도들에게 이제 월문이 무림의 거대문파들과 견줄 수 있는 힘을 가졌다는 확신을 심어주고 있었다.

흥분으로 가득 찬 월문의 문도들을 백문보가 잠시 동안 응시했다. 그러다가 짧고 굵게 명을 내렸다.

"내일 청림으로 간다! 가서 잔마의 목을 벤다! 월문의 힘으로!"

*   *   *

새벽, 서리가 내린 초원을 따라 말을 달리면서, 시월은 자신의 곁에서 함께 말을 달리는 월문 문도들의 호흡 소리가 생경하게 느껴졌다.

아니, 단지 느낌이 아니었다. 그들은 확실히 변해 있었다.

지난밤 잔마의 목을 베어 무림에 월문의 힘을 보여주겠다고 말한 백문보의 선언 이후, 월문의 문도들 가슴속에 잠자고 있던 야망이 깨어난 듯, 그들은 전의에 불타고 있었다.

그리고 그건 그의 사형제들인 월문칠랑도 마찬가지였다.

그들은 다른 월문의 문도들보다도 훨씬 강력한 투기를 뿜어내고 있었다.

솔직히 말하면 시월도 잠시 그들과 마찬가지로 뜨거운 투기를 일으켰었다. 당장에라도 청림으로 달려가 잔마의 목을 베야 할 것 같은 영웅심도 생겼었다.

그러나 밤이 지나 새벽이 오고, 북방의 찬 서리에 얼어붙은 초원을 달리면서 시월은 그 흥분에서 깨어났다.

그리고 마치 처음 만난 사람들 틈에서 말을 달리는 듯한 기분으로, 알 수 없는 두려움에, 등골이 서늘해진 상태로 북방의 거대한 침엽수림, 청림을 향해 달려가고 있었다.

제 2장

―

청림의 변(變)

　양계초가 이끄는 무맹 고수들은 대략 삼십여 명이었다. 대부분 의천단 소속의 고수들로 형형한 안광 속에 노련함을 갖춘 인물들이었다.

　의천단이야말로 현 의천무맹을 대표하는 유일한 조직, 그래서 그곳에 소속되어 있다는 자부심을 숨길 수 없는 의천단 단원들이었다.

　하지만 그들이 아무래 대단하다 자부해도 월문주 백문보의 눈에는 청림에 고립된 영웅대 고수들을 구하기에는 너무 적은 숫자로 보였다.

　"이 인원이 전부입니까?"

　청림의 입구에서 양계초를 다시 만난 백문보가 물었다.

　"그럴 리가 있겠소. 보이지 않는 곳에 일백여 명의 전력이 더 있으니 걱정 마시오. 일단 잔마의 눈을 속여야 할 필요가 있어서 의천단원들만 나온 것이오."

양계초가 대답했다.

"역시 그렇군요. 그런데 청림 안쪽의 상황은 어떻습니까?"

백문보가 다시 물었다.

"청림의 본역은 사방 수십 리에 이르고, 넓게 보면 백여 리에 이르는 방대한 지역이오. 그래서 영웅대의 위치를 파악하기가 쉽지 않소. 더군다나 전서구를 통해 전해오는 영웅대의 정보에 의하면 그들은 일종의 진법에 걸려 있는 것 같소."

"진법… 그자가 진법에도 능했던가요?"

백문보가 눈살을 찌푸리며 말했다.

안쪽 지형이 알려지지 않은 청림 같은 곳에서 진법까지 더해졌다면 이 일은 더욱 위험해진다. 잔마의 잔혹성은 널리 알려졌지만, 그에게 진법을 다룰 두뇌가 있다는 말은 들은 바가 없었다.

"나도 의외요. 혹은… 다른 조력자가 있을 수도 있다는 생각이 드는구려."

"삼십육마의 생존자 중에서 다른 마인이 여기 있다는 겁니까?"

백문보가 놀란 표정으로 물었다. 양계초가 월문에 왔을 때는 하지 않았던 이야기다.

"확신할 수는 없소. 다만 영웅대가 전하는 청림 내 진법의 모습이……."

양계초가 말꼬리를 흐렸다.

"아는 진법입니까?"

백문보가 다시 물었다.

"구갑진(龜甲陣)이 아닌가 의심이 되오."

"구갑진!"

백문보가 다시 한번 눈살을 찌푸렸다.

삼십육마 중 최고의 두뇌를 지녔다는 인물이 있었다. 머릿속에 만 가지 계책을 숨기고 있다고 해서 만계지마라는 별호를 가진 중산이란 자였다.

확인된 것은 아니지만, 세상에 뿔뿔이 흩어져 악행을 저지르던 삼십육마를 하나로 모아 무림 정복을 꿈꾸며 대란을 일으킨 주동자가 중산이라는 설이 무림에 돌기도 했다.

그의 지략이 특히 무서운 것은 만 가지 계책을 세울 때 사람 목숨을 전혀 귀하게 생각지 않는다는 것이었다.

중산은 만 명이 죽어도 자신이 목적한 바를 이룰 수 있다면 눈 하나 깜짝하지 않고 만 명을 희생시키는 인물이었다.

그런 만계지마 중산의 특별한 진법 가운데 하나가 구갑진이었다.

거북이 등짝 모양을 따서 만들어진 진법이라는 구갑진은 생문이 없고, 오직 사문(死門)이 존재하는 것으로 유명한 진법이었다.

선두에서 길을 열며 영웅대를 찾아야 하는 월문으로서는 위험천만한 인물인 것이다.

"후우… 어렵군요."

백문보가 길게 한숨을 내쉬었다.

"그렇다고 고립된 영웅대를 이대로 내버려 둘 수도 없는 일 아니오. 그래서 월문의 힘이 필요한 것이고. 영웅대가 청림에 고립된 지 보름이 지났소. 건량은 벌써 떨어졌을 것이고, 이 추위에 하루하루 버티기가 어려울 것이오."

양계초가 장문의 지위를 약속했으면 이 정도 위험은 감수해야 하는 것 아니냐는 표정으로 말했다.

그런 양계초를 슬쩍 바라본 백문보가 단호한 목소리로 말했다.

"만약 월문의 문도들이 앞서 들어갔다가 고립이 된다면 구갑진을 뚫고 살아 나오긴 힘들 겁니다. 맹의 구원대가 오지 않는다면 말이지요."

"그건 걱정 마시오. 지난번과 같은 일은 절대 일어나지 않을 것이오. 난, 그들이 아니오."

양계초가 자신은 영웅대를 이끄는 모용지나 관경처럼 약속을 지키지 않는 사람이 아니라고 강변했다.

"물론 단주님을 믿습니다. 그래서 약속대로 본문의 문도들이 앞장서서 청림으로 들어갈 겁니다. 대신 본문의 문도들과 맹의 구원대 사이의 거리는 백 장 안쪽으로 유지하면 좋겠습니다."

"백 장이라……."

양계초가 살짝 아미를 모으며 중얼거렸다.

"그 정도 거리가 아니면 본문의 문도들을 설득할 수 없습니다. 놈들이 기습을 하면 본문의 형제들은 일각 이상 버티기 힘들 겁니다. 그러니……."

"알겠소. 그렇게 합시다!"

양계초가 시원하게 대답했다,

"좋습니다. 그 거리 이상 벌어지면 전진을 멈추고 기다리도록 하겠습니다. 후퇴를 하시면 저희들도 함께 물러나는 것으로 하지요!"

"알겠소!"

끝내 자신을 믿지 못하는 듯한 백문보의 말에 기분이 상한 듯 양계초가 짧게 대답했다.

하지만 백문보로서는 양계초의 감정을 고려할 상황이 아니었다. 자칫하면 월문의 문도들이 전멸을 당할 수도 있기 때문이었다.

"그럼… 시작하지요."

어쨌거나 양계초의 약속을 받아낸 백문보가 청림을 날카롭게 노려보며 말했다.

*　　　*　　　*

쩡!

"캭!"

무광의 검이 번뜩이는 순간 월문 문도들을 향해 달려들던 마인의 목이 날카롭게 잘려 나가며 즉사했다.

뒤를 이어 사방에서 비명 소리가 터져 나왔다. 월문칠랑이 달려드는 마인들을 가차 없이 주살하고 있었다.

그리고 월문칠랑이 기습하는 적과 맞서 싸운 지 채 일각이 지나지 않아, 일정한 거리를 두고 뒤따르던 월문의 본대가 마인들을 덮쳤다.

"사악한 놈들이다. 한 놈도 살려두지 마라!"

장로 고태의 노성이 숲을 뒤흔들었다.

"후퇴(後退)!"

백문보가 이끄는 월문 본대가 나타나자마자 뿌연 연무에 잠긴 숲 속에서 누군가의 명이 떨어졌다.

그러자 칠랑을 공격하던 마인들이 동료들의 시신을 남겨두고 숲속으로 사라졌다.

"젠장! 벌써 다섯 번째야!"

콱!

마인들이 물러나자 곽부가 들고 있던 도끼를 땅에 꽂아 넣으며 투덜거렸다.

그러고는 허리 품에서 재색 천을 꺼내 피가 묻어 나오는 팔뚝을 묶었다.

"많이 다쳤어?"

소후가 물었다.

"아뇨. 그냥 스친 겁니다."

"앞으로는 조심해. 놈들이 병기에 독을 묻혔을 수도 있으니까."

"조심하나 마나 얼마나 더 들어가야 하는 겁니까? 벌써 다섯 번째 기습입니다. 이러다가는 아무리 조심해도 결국 놈들에게 당할 겁니다!"

곽부가 투덜거렸다.

"문주님 앞이다. 말조심해!"

무광이 투덜거리는 곽부를 질책했다.

"아니다. 지칠 때가 되기도 했다. 부리! 영웅대의 흔적은 아직이냐?"

백문보가 무광을 말리며 부리에게 물었다.

그러자 부리가 재빨리 땅에 귀를 댔다. 그리고 잠시 후 백문보를 보며 말했다.

"일백 장 안쪽 같습니다."

"신호가 들리느냐?"

"일정한 간격으로 병장기를 마주쳐 위치를 알리고 있습니다. 만약 이 소리가 잔마 일당이 우릴 유인하기 위해 내는 소리가 아니라면 분명합니다."

부리가 대답했다.

"소리의 간격이 양단주가 말해준 것과 같다면 의심할 이유가 없다. 그 신호음은 의천단의 단원들만이 사용하는 방식이니까. 어느 방향이냐?"

백문보가 다시 물었다.

그러자 부리가 땅에 몸을 일으키더니 손을 들어 멀리 안개 위쪽으로 드러난 두 개의 능선 사이를 가리켰다.

"저 방향입니다."

"부리의 말이 맞는 것 같습니다. 고립된 사람들은 반드시 물이 있는 곳을 찾아 머물게 되지요. 저 능선 사이에는 계곡이 있을 겁니다."

고태가 말했다.

"중간에 적의 흔적은?"

백문보가 다시 부리에게 물었다.

"소리가 나는 곳을 중심으로 포위망을 형성한 듯합니다. 사방에서 적의 기척이 발견됩니다."

"숫자는?"

"가늠하기 힘듭니다. 놈들이 계속해서 이동을 하는 듯합니다."

"음……."

부리의 대답에 백문보가 나직하게 침음성을 흘렸다. 잔마 일당의 숫자를 알 수 없다면 월문의 고수들만 데리고 진격하기에는 너무 위험했다.

"기다렸다가 맹의 고수들과 함께 들어가는 것이 어떻겠습니까?"

고태가 물었다.

월문만의 힘으로 영웅대를 구한다면 더할 나위 없이 좋겠지만, 그렇다고 함정을 만들고 기다리는 적의 입속으로 스스로 걸어 들어갈 수는 없었다.

"맹의 본대가 오기를 기다린다! 그때까지 휴식을 취하라! 양단주에게 신호를 보내게."

백문보가 명을 내리자 고태가 고개를 숙여 보이고 뒤쪽으로 물러났다.

양계초가 이끄는 서른 명의 의천단 고수들은 일각쯤 지나 장내에 도착했다.

양계초는 백문보가 지목한 영웅대의 위치를 잠시 응시하고는 확인하듯 물었다.

"저곳이 확실하오?"

"만약 본문 제자가 들은 신호가 앞서 말씀하신 의천단의 신호음이라면 분명합니다."

백문보가 대답했다.

"그 소리를 백 장 밖에서 땅의 울림으로 들을 수 있다니 놀라운 재주구려."

양계초가 한쪽에 서 있는 칠랑을 보며 말했다.

"아이들이 북방에서 자라 눈과 귀가 밝습니다."

"아무리 그렇다 해도 누구나 가질 수 있는 재주는 아니오. 나중에라도 의천단에 들이고 싶은 인재구려."

양계초가 부리의 재주를 탐냈다.

그러자 백문보가 고개를 끄떡였다.

"기회가 되어 받아주신다면 본문으로서도 큰 영광이지요."

"그렇게 말해주니 고맙소이다. 이 일은 나중에 상의해 봅시다.
아무튼, 저곳으로 가야 한다라······."

양계초가 말꼬리를 흐리며 다시 부리가 지목한 곳을 응시했다.

사방에 잔마의 수하들이 득실대는 곳이다. 백무곡에서 잔마가
동원한 숫자보다 훨씬 많은 숫자인 것도 분명했다.

그렇게 단시간에 세력이 급증했다는 것은 짐작대로 삼십육마
중 다른 자가 합류했다는 증거일 수도 있었다.

그래서 고립된 영웅대의 위치를 확인하고도 선뜻 진격할 수 없
는 양계초였다.

"모두 전력을 기울여 일거에 진격하는 방법이 좋을 것 같습니
다만."

백문보가 망설이는 양계초에게 말했다.

"선봉을 앞세우는 것이 아니고 말이오?"

양계초가 되물었다.

그러자 백문보가 고개를 저었다.

"선봉을 앞세운다면 매복한 놈들에게 필히 집중 공격을 받고
전멸할 겁니다. 하지만 이곳에 모인 맹의 모든 고수들이 일거에 진
격해 들어가면 놈들도 당황하지 않겠습니까? 아무리 숫자가 늘어
났다고 해도 잔마를 따르는 자들이 맹의 절정고수들의 진격을 모
두 막아내기는 불가능합니다. 그렇게 포위망의 한 곳만 뚫으면, 간

혀 있는 영웅대도 안에서 호응할 것이고……."

"후우… 그렇긴 하지만 피해가 클 것이오."

"물론 그렇겠지요. 하지만 지금 아무런 피해 없이 포위망을 뚫으려 한다면 아마도 맹의 최절정고수들이 와야 할 겁니다. 그러니 지금으로서는……."

백문보가 말꼬리를 흐렸다. 그는 양계초가 바라는 바를 알고 있었다.

양계초는 아마도 월문의 문도들이 선봉으로 전진해 화살받이가 되기를 원할 것이다. 하지만 백문보는 절대 그럴 생각이 없었다. 그래서 선수를 쳐서 이곳에 온 맹의 고수들 전부를 동원해 진격하자는 제안을 한 것이다.

백문보로서는 청림 안에서 영웅대의 위치를 찾아낸 것만으로도 월문이 할 일은 다 했다고 생각하고 있었다. 더 이상 의천무맹을 위한 희생을 감수할 생각이 없는 백문보였다.

그런 백문보의 생각을 모를 리 없는 양계초다.

"후우… 문주가 말한 방법이 최선인 것 같소. 잠시 기다려 주시오. 후군을 불러오겠소."

결국 양계초가 백문보의 제안을 받아들였다. 그로서도 월문의 희생을 강요할 수만은 없었던 것이다.

양계초의 대답에 백문보가 고개를 끄떡이고는 월문의 문도들을 향해 돌아섰다.

그리고 짧게 명을 내렸다.

"맹의 고수들이 오면 함께 진격한다. 전력을 정비하라!"

명을 내리는 백문보의 입가에 엷은 미소가 드리워 있었다.

＊　　　　＊　　　　＊

모습을 드러내지 않았던 의천무맹의 고수들이 모두 모이니 인원이 일백여 명이 넘었다.

무림에서 이 정도 전력이라면 어떤 적도 두려울 것이 없었다. 더군다나 의천무맹의 고수들이라면 더더욱 그러했다.

그런데 그중에서도 조금 더 특별한 인물들이 있었다.

"세상에… 저 사람들이 오다니!"

부리가 양계초에게서 누군가를 소개받는 백문보를 보며 벌린 입을 다물지 못했다.

승려와 도사 같아 보이는 복장을 한 두 사람이었는데, 그들을 소개받는 백문보의 모습이 공손하기 이를 데 없었다.

"저 사람들이 누군데요?"

시월이 의아한 표정으로 물었다. 평소와 다른 백문보의 행동이나 부리의 놀람이 그의 호기심을 자극했다.

"저들의 모습이나 문주님의 태도를 보아선 분명 소림과 무당의 고수들인 것 같아."

"소림, 무당이요?"

"응, 그들이 아니라면 문주께서 저렇게 긴장하실 리 없지."

"하지만 운중오문은 속세의 일에 관여치 않는다고 하지 않았나요?"

"그러니까 놀라운 거지. 삼십육마의 난 때도 산중에서 내려오지 않았던 운중오문이니까."

부리가 의심 어린 눈으로 중과 도사를 보며 중얼거렸다.

"우연히 여행 중에 합류했을 수도 있지."

곁에서 소후가 말했다.

"우연? 운중오문의 고수들이? 그런 일은 없어. 우연히 무림의 싸움에 관여할 인물들이 아니잖아. 피해 가면 피해 가지."

부리가 고개를 저었다.

"그건 부리 말이 맞다. 운중오문의 고수가 이곳까지 나타났다면 그들도 이 싸움에 관심이 있다는 거다."

무광이 신중하게 말했다.

"아니, 삼십육마의 난 때도 가만히 있던 사람들이 왜 갑자기요?"

소후가 이해할 수 없다는 듯 물었다.

"그야 알 수 없지. 그 이유가 뭔지는 두고 보면 알겠지. 사제들, 지금은 그것보다 잔마 일당과의 싸움에 더 집중할 때야. 지난번 배무곡에서의 싸움과 같은 일이 벌어지면 안 돼!"

무광이 시월 등 사제들에게 주의를 줬다.

백무곡에서 잔마와 충돌했을 때 월문칠랑도 큰 피해를 입었고, 소문주 백유검 역시 사경을 헤매는 중상을 입었었다.

그런 일이 반복되면 이번에는 누군가 죽을 수도 있었다.

"알겠습니다, 사형! 하지만 이번에는 그럴 일 없을 겁니다. 맹의 고수들이 저렇게 많은데. 설마 잔마와의 싸움을 우리에게 맡기겠습니까?"

소후가 되물었다.

그러자 무광이 고개를 저었다.

"그자가 우릴 노릴 거야."

"잔마가요?"

"음……."

"그럴까요?"

"우릴 발견한다면 반드시 그럴 거야. 그도… 나에게 한 팔이 잘렸으니까."

"…그렇군요. 우리만 당한 것은 아니었죠."

소후가 그제야 고개를 끄떡였다.

그러자 무광이 다부진 표정으로 말했다.

"그래도 두려워할 필요는 없다. 우리 모두 지난 몇 개월 동안 믿을 수 없을 만큼 무공의 진보를 경험했으니까. 그 힘으로 똘똘 뭉치면 이번에는 잔마를 제압할 수도 있을 거다."

무광이 용기를 주자 월문칠랑의 얼굴이 금세 밝아졌다.

"하긴 그래요. 만화……."

"사제!"

만화원에 다녀온 이후 급격히 무공이 성장했다고 말하려던 부리를 무광이 급히 막았다.

순간 부리가 자신의 실수를 알아채고 손으로 입을 가렸다.

만화원에 다녀온 일은 월문 최대의 비밀 중 하나다. 세상에 알려지면 월문의 명성에 치명타를 입을 수도 있었다. 아무리 무림이 약육강식의 세계라도 영약을 훔쳐 오는 행위는 비난을 피할 수 없는 일이기 때문이었다.

부리의 입을 막은 무광이 나직하게 주의를 줬다.

"모두 조심해. 한 번의 실수가 돌이킬 수 없는 일을 만들 수도 있으니까."

"예, 사형!"

"알겠습니다, 사형!"

월문칠랑이 하나둘 무광의 말에 대답했다.

"우린 중앙에서 진격한다. 맹의 고수들은 네 무리로 나뉠 것이고, 우리를 중심으로 좌우에서 일정한 거리를 두고 진격할 것이다. 어차피 길을 여는 역할은 우리에게 맡겨진 일이었으니 그 일까지 마다할 수는 없었다."

양계초를 만나고 돌아온 백문보가 문도들에게 말했다.

"그런데… 문주님, 그들이 온 이유가 따로 있습니까?"

무광이 진격 계획을 말하는 백문보에게 조심스럽게 물었다.

"그들을 알아보겠느냐?"

백문보가 되물었다.

"소림과 무당의 고수들 같았습니다만……."

"잘 봤다. 소림승 법철과 무당의 동풍선 은학이란 사람이다. 운중오문의 고수들이야 세상에 잘 알려지지 않았지만, 아는 사람들에게는 대단한 고수로 인정받는 사람들이지."

"그들이 왜 이곳에……?"

"믿을 수는 없지만, 이 근방을 여행하는 중에 평소 인연이 있는 양 단주를 만나기 위해 들렀다고 하는구나. 겸사겸사 잔마와의 싸움을 참관하려 한다고……."

"참관이라니. 참 무례한 말이군요."

무광이 백문보 앞임에도 불구하고 불쾌한 표정을 지었다.

"그렇지? 다른 사람들은 무림의 악적을 처단하기 위해 목숨을 걸고 생사전을 벌이는데, 무도를 닦는다는 자들이 참관이라니. 말이 좋아 참관이지 싸움 구경 하겠다는 말이니까."

백문보도 피식 실소를 흘렸다. 자신이 말해놓고도 이해할 수 없다는 기색이 역력했다.

"우리가 모르는 다른 뭔가가 있을 겁니다."

고태가 신중하게 말했다.

"그렇겠지. 누구도 그들이 단순히 싸움 구경이나 하려고 이곳에 왔다는 말을 믿지 않을 거야. 하지만 그게 나쁜 일은 아니네. 목적이 뭐든 운중오문의 고수가 무리에 있다는 것은 맹의 사기가 오를 수 있는 일이니까."

백문보가 슬쩍 양계초 곁에 서 있는 소림승 법철과 무당의 고수 동풍선 은학을 보며 말했다.

그런데 마침 그 순간 양계초가 손을 들어 올렸다.

진격을 준비하라는 신호다.

"준비해라. 시작이다. 무광! 앞장서라."

백문보가 급히 명을 내렸다.

"예, 문주님! 사제들, 준비해!"

무광의 말에 월문칠랑이 무광 주위로 모여들었다. 그리고 그 순간 멀리서 양계초가 손을 내렸다.

"들어가자!"

양계초의 수신호에 백문보가 재차 명을 내렸다.

백문보의 명이 떨어지자 월문칠랑이 사냥감을 쫓는 늑대들처럼 안개 낀 숲으로 스며들기 시작했다.

　　　　　*　　　　*　　　　*

까악까악!

"이런 개같은 놈들!"

곽부가 욕설을 토해냈다.

사냥한 짐승을 북창의 찬바람에 말리듯, 황량한 숲에는 시체들이 걸려 있었다. 처음 나무에 걸려 있는 시체를 발견했을 때 확인해 보니 잔마 추격에 나섰던 의천무맹 영웅대 소속 고수들이었다.

잔마는 청림에 쳐놓은 그물에 걸려 죽은 영웅대 고수들을 나뭇가지에 걸어놓고 생존자들을 구하기 위해 달려온 의천무맹 고수들에게 공포감을 심어주고 있었다.

이 잔혹한 방법은 효과가 있었다. 월문의 문도들을 중심으로 좌우 일정한 간격을 두고 전진하고 있던 의천무맹 고수들은 나무에 걸린 동료들의 시신을 발견하는 순간부터 공포에 질려 전진 속도가 눈에 띄게 느려지고 있었다.

"적의 얕은 계책에 현혹되면 안 돼! 정신 차리고 냉철하게 주위를 살펴. 홍분하는 순간 놈들에게 당한다!"

무광이 냉정한 목소리로 사제들에게 경고했다.

그러자 나무에 걸린 시신들 때문에 정신이 산만해졌던 월문칠랑이 병장기를 고쳐 잡고 본래의 눈빛을 회복했다.

"부리! 거리는?"

무광이 물었다.

그러자 부리가 대답했다.

"삼십 장 안쪽에 들어왔어요."

"삼십 장? 그럼 이상한데?"

무광이 전진을 멈추고 시력을 돋구어 전방을 살폈다. 무광이 멈추자 월문칠랑이 정지하고, 뒤를 이어 월문의 문도들과 의천무맹의 고수들 역시 차례로 전진을 멈췄다.

"왜요?"

부리가 걸음을 멈춘 무광에게 물었다.

"삼십 장이면 아무리 안개가 끼고 숲이 우거져도 생존자들의 모습이 보이지 않겠어?"

무광이 부리에게 물었다.

"그게… 정말 그러네요. 소리는 들리는데 사람이 안보이니……."

부리가 당혹스러운 얼굴로 중얼거렸다.

그때 뒤쪽에서 백문보가 다가와 물었다.

"무슨 일이냐?"

"영웅대의 소리가 삼십 장 안쪽에서 들리는데, 눈에 보이는 것이 없습니다. 이상한 일이 아닌지요?"

무광이 되물었다.

그러자 백문보가 고개를 갸웃하다가 부리에게 명을 내렸다.

"다시 한번 확인해 보거라."

백문보의 명에 부리가 급히 땅에 귀를 댔다. 그리고 잠시 후 몸을 일으켜 백문보를 보며 말했다.

"분명 삼십 장 안쪽입니다."

그러자 백문보가 눈살을 찌푸리며 중얼거렸다.

"진법이군. 진법으로 시야를 가리고 있어! 이미 우린 놈들의 진법 속에 들어와 있다는 의미다. 모두 조심해라. 난 맹의 고수들에게 이 소식을… 엇?"

백문보가 말을 하다 말고 놀란 눈으로 우측을 바라봤다.

순간 의천무맹의 고수들을 향해 안개 속에서 붉은 화살이 날아들었다.

퍼퍽!

"악!"

"컥!"

붉은 화살에 꿰뚫린 의천무맹의 고수들이 비명을 지르며 땅에 고꾸라졌다.

"적이다!"

"머리 숙여!"

쐐애액!

의천무맹의 고수들이 질러대는 경고 소리에 맞춰 좀 더 많은 화살이 날아들었다.

그러나 모를 때는 모를까 대비를 하고 있는 무맹의 고수들은 더 이상 화살에 당하지 않았다.

카캉!

곳곳에서 무맹 고수들 검에 화살 부러져 나가는 소리가 일어났다.

그렇게 의천무맹 고수들이 화살 공격을 어느 정도 막아내며 안정을 찾으려는데, 갑자기 청림 곳곳에서 야수가 울부짖는 소리가 일어나더니 한순간에 수백 명의 마인들이 숲에서 뛰쳐나와 무맹 고수들을 덮쳤다.

악!

단말마의 비명 소리가 숲을 가로질렀다. 축축하던 숲의 공기에 짙은 혈향이 뒤섞였다. 그 순간부터 청림이라 이름 붙여진 북방의 침엽수림은 피의 땅으로 변해가기 시작했다.

잔마 세력은 상상 이상으로 강했다. 그동안 청림 안에 고립되어 있던 영웅대가 보낸 정보에 근거해 추정했던 모든 예상은 빗나갔다.

당연히 그 예측에 근거해 구성된 의천무맹의 전력도 턱없이 부족했다. 그나마 적의 파상 공세에 버틸 수 있는 이유는 의천무맹 고수들의 뛰어난 무공 덕분이었다.

하지만 개인의 무공으로 견뎌내는 것에는 한계가 있었다. 절대적인 전력의 열세는 결국 의천무맹 고수들을 서서히 뒤로 물러나게 만들었다.

고립된 영웅대를 구한다는 애초의 목적은 어느새 그들의 뇌리에서 사라지고 없었다. 이제 그들에게 남은 것은 오로지 이 지옥 같은 청림에서 무사히 벗어나는 것이었다.

그러나 그것도 쉬운 일이 아니었다. 진입한 곳으로 되돌아가려 하는 무맹의 고수들에게 뜻밖의 난관이 찾아왔기 때문이었다.

"진법에 갇혔어! 길이 없어!"

누군가의 절망적인 목소리가 들려왔다.

어느새 의천무맹 고수들이 진입해 들어왔던 길이 사라지고, 그곳에는 처음 보는 숲과 안개들이 길을 막고 있었다.

그 숲에서 끊임없이 마인들이 튀어나와 퇴로를 찾는 무맹 고수들을 공격했다.

장내는 순식간에 아비규환의 땅으로 변했다. 도저히 생로를 찾을 수 없는 청림 안에서 무맹의 고수들은 서서히 절망에 빠져들고 있었다.

그리고 그들 속에 월문의 문도들도 있었다.

"길을 찾을 수 있느냐?"

백문보가 무너지는 무맹 고수들을 보며 급히 부리에게 물었다.

"죄송합니다."

부리가 고개를 저었다.

이런 혼란 속에서는 부리도 쉽게 나가는 길을 찾을 수 없는 모양이었다.

"음……."

백문보가 부리의 대답에 침음성을 흘리며 잠시 생각에 잠겼다. 그러다가 문득 고개를 들며 말했다.

"영웅대가 있는 곳으로 간다!"

"예?"

고태가 놀란 눈으로 백문보를 돌아봤다. 도주하기도 어려운데 고립된 영웅대를 구하러 가겠다는 백문보의 말이 환청처럼 느껴졌다.

"그들이 지금까지 버텼다면 그 이유가 있을 걸세. 또한 설혹 잔마가 일부러 그들을 살려두었다 해도 그들과 합류하면 적어도 전력이 강화될 것이네. 무광!"

"예! 문주님!"

"부리가 찾은 방향으로 전진한다! 영웅대를 찾아라!"

"알겠습니다. 가자! 사제들!"

무광이 한 치의 망설임도 없이 백문보의 명에 따라 영웅대가 내는 소리가 들리는 방향으로 몸을 날렸다.

*　　　　*　　　　*

서걱!

"컥!"

시월이 본능적으로 휘두른 검에 안개에 숨어 은밀하게 달려들던 마인이 짧은 신음과 함께 쓰러졌다.

'다섯! 후욱!'

시월이 속으로 깊게 호흡하면서 자신이 벤 자의 숫자를 세었다. 아마도 한 번의 싸움에서 가장 많은 적을 베는 날이 될 것 같았다.

시월의 검은 짧고 간결했다. 그는 가능한 적이 가까이 접근하게 한 뒤 예상치 못한 쾌검으로 적의 급소를 베었다.

이런 방식의 검술에 익숙한 것도 있지만, 얼마나 길어질지 모르는 싸움에서 최대한 힘을 아끼기 위한 방법이기도 했다.

그러나 시월과 달리 힘을 아낌없이 쓰는 사람도 있었다. 길을 찾는 부리를 호위하듯 따르며 도끼를 휘두르는 곽부였다.

곽부의 도끼가 춤을 출 때마다 짐승처럼 달려들던 마인들이 두부처럼 부수어졌다. 그 처절함에 질린 마인들이 월문 문도들을 정면에서 공격하기를 꺼릴 정도였다.

덕분에 월문 문도들의 전진 속도는 갈수록 빨라졌다. 그리고 어느 순간 부리가 소리쳤다.

"찾았습니다!"

부리의 외침에 백문보가 몸을 날려 일행의 앞쪽으로 달려 나갔다.

시월 역시 급히 부리가 가리킨 곳을 바라봤다.

그러자 그의 눈에 처참한 몰골을 한 이십여 명의 사람들이 보였다.

진흙 더미에서 살아온 사람들처럼, 온몸에 검은 흙칠을 하고, 몸 곳곳에 선혈이 낭자한 사람들, 모용지가 이끄는 영웅대의 고수들이었다.

영웅대 고수들은 아름드리나무 사이로 실처럼 가늘게 흐르는 개울가에서 버티고 있었다. 뒤쪽으로 거대한 바위 군락이 있어서 앞쪽만 방어하면 안전한 장소였다.

짐작대로 그들은 식수를 구할 수 있는 곳에서 구원대가 오기를 기다리고 있었던 것이다.

그들은 사방에서 들려오는 비명 소리에 질려서인지 적의 공격이 없음에도 검을 뽑아 들고 둥글게 원진을 형성하고 있었다.

"이 악귀 놈들!"

수십 일간의 고립으로 공황 상태에 빠진 영웅대 고수 중 한 명이 안개 속에서 불쑥 나타난 월문의 문주 백문보를 향해 검을 휘둘렀다.

캉!

"정신 차리시오! 월문이 그대들을 구하기 위해 왔소!"

영웅대 고수의 검을 막아낸 백문보가 소리쳤다.

"월문……! 아! 백 문주님!"

그제야 백문보를 알아본 영웅대 고수가 기쁨과 놀라움이 뒤섞인 표정으로 소리쳤다. 한 번에 백문보를 알아본 것으로 보아 이미 백무곡에서 백문보를 보았던 사람인 듯싶었다.

"대주는 어디 계시오!"

백문보가 흥분한 상대에게 침착하게 물었다.

그러자 영웅대 고수가 대답을 하기도 전에 모용지가 달려 나오며 소리쳤다.

"백 문주! 어서 오시오!"

"대주! 무사하셨군요."

백문보가 초췌한 모용지를 살펴보며 가볍게 포권을 해 보였다.

"고맙소, 백 문주! 이렇게 구원을 오다니! 백 문주가 올 줄은 꿈에도 몰랐소이다!"

모용지가 진심으로 감격한 표정으로 말했다.

과거 그가 백무곡에서 한 일들이 있기에 그는 백문보의 등장을 전혀 예상치 못한 듯했다.

"의천단주께서 직접 월문으로 절 찾아오셨더군요."

"아! 그렇게 되었구려."

모용지가 이해가 된다는 듯 중얼거렸다. 의천단주 양계초가 직접 월문을 방문해 부탁을 했다면 백문보로서도 거절하기 힘들었을 거란 걸 아는 모용지였다.

"그런데 이 사람들이 전부인 겁니까?"

월문이 이곳에 온 사정은 더 이상 이야기하고 싶지 않다는 듯 백문보가 물었다.

"음… 안타깝게도 그렇소."

"후우……."

모용지의 대답에 백문보가 길게 한숨을 내쉬었다.

생각보다 생존자가 적을뿐더러 살아 있는 사람들조차 지치고 다쳐서 제대로 싸울 것 같지 않았다.

청림을 탈출하는 데 도움은커녕 짐이 될 것 같은 영웅대 고수들이었다.

"백 문주! 다른 구원대는 어찌 되었소? 양 단주께서 직접 오신다고 하셨지 않았소?"

백문보가 초라한 영웅대의 전력에 난감해하는 사이 영웅대 고수들 속에서 다시 한 명이 앞으로 나서며 물었다.

철혈가의 장로 관경이다.

그 역시 피폐한 모습이기는 했으나, 다른 사람에 비해 힘이 남아 있는 듯 보였다.

"아! 관 장로님! 미처 인사드리지 못했군요. 죄송합니다."

백문보가 관경에게 뒤늦게 포권을 해 보였다,

"아니오. 이 지경에 인사는 무슨 인사요. 이렇게 와주신 것만도 고마운 일이오. 그런데 다른 구원대는……?"

월문의 고수들만으로는 안심이 되지 않는다는 듯 관경이 다시 물었다.

"맹의 구원대 백여 명이 청림에 진입하기는 했습니다. 하지만 진법에 빠진 후 잔마 일당의 공격을 받아 사방으로 흩어졌지요. 아마… 이곳까지 올 수 없을 겁니다. 살아서 청림을 벗어나는 것조차 힘겨운 지경입니다."

"아!"

"후우!"

관경과 모용지가 동시에 길게 한숨을 내쉬었다.

"혹, 만계지마를 만났습니까?"

낙담하는 두 사람에게 백문보가 물었다.

"만계지마! 설마 그자가 여기 있소?"

모용지가 두려운 빛을 보이며 되물었다.

"만나지는 못하신 모양이군요. 양 단주님은 이 청림에 펼쳐진 천라지망이 만계지마의 구갑진인 것 같다 하시더군요."

"구갑진! 아! 맞아. 왜 그 생각을 못 했지? 이런 괴진(怪陣)을 펼칠 자는 만계지마밖에 없지."

관경이 큰 실수를 한 것처럼 탄식했다.

"삼십육마의 난에서 그자도 살았으니 그럴 수도 있겠구려. 하… 정말 삼십육마의 잔당들이 다시 준동하는 것인가!"

모용지가 무거운 표정으로 중얼거렸다.

"일단 이곳을 벗어나는 것이 급선무입니다. 우리가 뚫고 온 진이 만계지마의 구갑진이라면 온 길로 돌아갈 수는 없습니다. 그곳은 이미 잔마 일당이 장악했습니다."

백문보가 단호하게 말했다.

"그럼 어디로 가야 한단 말이오?"

모용지가 물었다.

그러자 백문보가 손을 들어 숲 뒤쪽 바위산을 가리켰다.

"산을 넘는 것이 그나마 유일한 방법일 겁니다."

"산을 말이오?"

모용지가 까마득히 솟은 바위산을 보며 물었다. 지친 영웅대 고수들에게는 버거운 탈출로다.

"산이 높고 험하니 저런 곳에는 만계지마도 진을 펼치지 못했을 겁니다. 진만 없다면 그깟 마졸 놈들……!"

백문보가 전의를 드러냈다.

그러자 모용지가 관경을 바라봤다. 백문보와 달리 모용지는 여전히 조금 더 편한 길을 원하는 듯했다.

하지만 관경은 모용지의 기대와 달리 고개를 저었다.

"내 생각에도 선택의 여지가 없는 것 같소, 다행히 월문의 형제들은 길을 만드는 데 뛰어난 능력이 있으니 탈출할 가능성이 좀 더 높을 것이오."

"음… 관 노사까지 그리 말씀하신다면 어쩔 수 없구려."

관경까지 찬성한 일을 모용지 혼자 반대할 수 없었다. 더구나 지금 그들이 의지할 사람은 백문보밖에 없었다.

"그럼 지금 즉시 떠나지요. 무광!"

"예, 문주님!"

백문보의 부름에 무광이 앞으로 나서며 대답했다.

"사형제들과 길을 열어라! 기습을 조심하고!"

"알겠습니다. 가자! 사제들!"

무광이 대답을 하고는 월문칠랑에게 소리쳤다.

그러자 월문칠랑이 험준한 바위산을 타기 시작했다.

잠룡동의 절벽을 오르내리던 월문칠랑에게도 바위산을 오르는 것은 쉽지 않았다. 워낙 가파른 산이라 자칫 발을 헛디디면 산 아래로 추락할 수도 있었다.

다행히 잔마 일당의 공격은 없었다. 그리고 기대한 대로 산을 오를수록 안개가 사라지면서 만계지마의 구갑진에서도 벗어나고 있었다.

"으차!"

빠르고 강한 다리를 이용해 가장 선두에서 길을 만들며 바위산을 오르던 소후가 한순간 기합을 넣으며 훌쩍 커다란 바위 위로 올라섰다.

산 중턱에서 청림을 향해 불쑥 튀어나온 바위는, 안개에 휩싸인 청림을 조망하기에 안성맞춤인 곳이었다.

"잠시 쉬죠."

소후가 뒤따라 올라온 무광에게 말했다. 말을 하면서 소후가 손으로 뒤따라오는 영웅대 고수들을 가리켰다.

월문의 문도들은 그나마 간격을 유지하면서 일정한 속도로 산을 오르고 있었으나, 영웅대 고수들은 한참이나 거리가 벌어져 있었다.

지친 몸으로 절벽처럼 가파른 바위산을 오르는 것이 버거운 모양이었다. 이대로 칠랑이 속도를 내면 후미에 있는 영웅대 고수들은 길을 잃을 수도 있었다.

"그렇게 하자. 사제들, 주위를 경계해!"

무광이 사제들에게 소리쳤다. 그러자 월문칠랑이 사방으로 흩어져 주변을 경계하기 시작했다.

"음!"

월문 문도들과 영웅대 고수들 사이에서 산을 오르던 백문보가 무광이 기다리는 바위에 올라섰다.

"영웅대가 거리를 좁힐 때까지 기다려야 할 것 같아서 잠시 멈췄습니다."

기다리고 있던 무광이 백문보에게 말했다.

"음… 어쩔 수 없군. 거리가 너무 벌어지면 곤란하니."

백문보가 고개를 끄떡였다.

"이러다가 놈들이 방향을 틀어 우리를 추격하고 나서면 애써 산을 오른 고생이 허사가 될 수도 있습니다."

고태가 걱정스러운 표정으로 말했다.

"알고 있네. 하지만 어쩌겠나. 저들을 버리고 갈 수도 없고……."

백문보가 말했다.

"삼십육마와 싸울 때의 독기들은 다 어디로 간 것인지……."

산 오르는 것을 힘겨워하는 영웅대 고수들을 보며 고태가 혀를 찼다. 무인의 기상을 잃어버린 듯한 영웅대 고수들의 나약한 모습이 마음에 들지 않는 듯했다.

"그들에겐… 평화와 군림의 시간이었으니까."

백문보가 덤덤하게 말했다.

그러는 사이 그나마 무공이 뛰어난 모용지와 관경, 그리고 아들의 복수를 하겠다고 영웅대에 직접 합류한 해산 이하장의 장주 이정산이 바위 위로 올라섰다.

"잠시 쉬면서 후미에 처진 사람들이 오기를 기다리시지요."

바위에 오른 모용지에게 백문보가 말했다. 그러자 이하장의 장주 이정산이 불만스러운 목소리로 말했다.

"그러다 놈들에게 추격을 허용하면 어쩌려고 그러시오?"

"그렇다고 동료를 두고 간단 말이오?"

백문보가 서늘한 시선으로 이정산을 보며 물었다. 그 차가운 시선에 이정산이 흠칫했다.

과거 삼십육마의 난이 끝난 후 당연히 월문의 차지가 되었어야 할 십팔장문의 지위를 중간에서 가로챈 이정산이다. 당연히 백문보가 자신에 대한 감정이 좋지 않다는 것을 그도 알고 있었다.

"그런 것이 아니라……"

"됐소! 백 문주의 말대로 잠시 기다립시다. 동료를 놓아두고 가는 일은 영웅대에 어울리지 않소!"

모용지가 이장원의 말을 막고 백문보의 결정에 동의했다.

이장원은 무시를 당한 듯 불쾌한 표정을 지었지만, 그렇다고 모용지의 결정에 반대하지도 않았다.

그러자 백문보가 다시 입을 열었다.

"휴식 후 이곳을 떠날 때 효시(嚆矢)를 쏘아 올려 우리의 위치를 청림에 남아 있는 사람들에게 알릴 겁니다. 미리 약속한 바가 있으니 양 단주께서도 효시를 보면 우리 방향을 아시겠지요. 그럼 따라오거나, 혹은 진입로로 후퇴하실 겁니다."

"알겠소. 다만… 그리되면 놈들도 우리의 행방을 알게 되겠구려."

모용지가 어두운 표정으로 말했다.

"어쩔 수 없지요. 효시를 쏘지 않으면 양 단주께서는 영웅대를 찾을 때까지 청림에서 물러나지 않으실 겁니다."

"후… 그렇구려. 그렇게 합시다."

모용지가 어쩔 수 없다는 듯 고개를 끄떡였다.

제 3장
—

적설(赤雪)의 날

　일각의 휴식이 지친 무사들에게 다시 산을 오를 수 있는 힘을
주었다.

　삐이이익!

　전장에서 신호용으로 쓰이는 효시(嚆矢)가 허공을 갈랐다. 산 중
턱에서 쏜 효시 십여 대가 청림의 안개 속으로 사라졌다.

　그렇게 신호용 화살을 날린 월문과 영웅대 고수들이 다시 산을
타기 시작했다.

　후우웅!

　산 정상에 올라서는 순간 살을 에는 듯한 광풍이 북쪽에서 불
어닥쳤다.

　"지랄을 한다. 아주!"

　바람과 함께 날아든 눈송이가 얼음처럼 날카롭게 얼굴을 때리

자 곽부가 욕설을 내뱉으며 투덜거렸다.

산 하나를 사이에 두고 날씨가 달라진 것은 아니었다. 눈발은 이전부터 날리고 있었다.

하지만 산 정상에서 북풍과 정면으로 맞서자, 눈송이들이 날카로운 얼음 조각처럼 변해 버린 것이었다.

달라진 것은 또 있었다.

그들이 올라온 산 남쪽과 달리 산의 북사면은 순백의 설원이었다. 설원은 북쪽으로 시야가 닿을 수 없는 곳까지 펼쳐져 있었다.

그 설원의 광대함이 주는 막막함은 정상에 올라선 무인들에게 다시 청림으로 되돌아가고 싶은 생각이 들게 할 정도였다.

"가자!"

무광이 막막한 설원에 질려 있는 월문칠랑의 걸음을 재촉했다.

그러자 정신을 차린 월문칠랑이 휘몰아치는 눈보라를 뚫고 북쪽 산비탈을 타기 시작했다.

산허리쯤 내려오자 다행히 바람은 산 정상에서만큼 강하게 불지 않았다. 덕분에 눈송이들도 다시 부드러운 솜털처럼 변했다.

"잠깐 기다려!"

문득 무광이 사제들의 걸음을 멈춰 세웠다.

"왜요? 누가 있어요?"

앞서 달리던 소후가 걸음을 멈추고 뒤돌아보며 물었다.

"길이 여러 갈래다, 문주님께 방향을 물어야 할 것 같아."

무광이 대답했다.

무광의 말대로 산 북쪽은 쉽게 길을 정할 수 없는 지형이었다. 정북방으로는 끝없는 설원이 펼쳐져 있었고, 동쪽으로는 협곡이 설원과 경계를 이루며 이어져 있었다.

서쪽으로는 흥안령 산자락이 좀 더 서북 방향으로 병풍처럼 서 있었다.

"무슨 일이냐?"

월문칠랑이 잠시 멈춰 선 사이에 백문보가 도착했다.

"어느 방향으로 길을 잡을지요?"

무광이 백문보에게 묻자 백문보가 망설이지 않고 말했다.

"동쪽으로 간다."

"협곡이라면… 기습의 위험이 있지 않습니까?"

고태가 걱정스러운 표정으로 물었다.

그러자 백문보가 고개를 저었다.

"놈들이 미리 우리 행로를 예측했다면 모를까 그렇지 않다면 매복이 있을 수 없네. 그래서 오히려 유리하네. 저런 협곡 길은 적은 수로도 추격자들을 막을 수 있으니까."

백문보가 대답했다.

"하긴 설마 놈들이라고 오늘 우리가 산을 넘어 이곳까지 올 거라고는 생각지 못했겠지요."

고태가 백문보의 생각을 알고는 고개를 끄떡였다.

"그럼 동쪽으로 가겠습니다. 사제들, 가자!"

백문보의 결정을 들은 무광이 말을 하고는 월문칠랑을 데리고 동쪽으로 달리기 시작했다.

그사이 산을 내려온 모용지가 백문보 옆으로 다가왔다.

"동쪽으로 가는 것이오?"

"그렇습니다. 동쪽으로 이동해 안전한 곳에서 다시 산맥을 넘어 남쪽으로 이동하지요. 북쪽은 동토의 땅이라 며칠 버티기 힘들고, 서쪽은 산이 막고 있으니……."

"그럽시다. 그런데 대단한 친구들이구려."

"……?"

"문주의 제자들 말이오. 영웅대의 고수들조차 모두 지쳤는데 전혀 지친 모습이 없을뿐더러 두려움도 없으니."

모용지가 감탄과 질투가 느껴지는 말투로 말했다.

"젊은 녀석들이니까요."

백문보가 덤덤하게 말했다.

"젊음이라… 후후, 그렇구려. 우리도 이제 늙었구려. 이번 일을 끝나면 나도 세가로 돌아가 은거해야 할 것 같소. 정말 지독한 보름이었소."

모용지가 청림에 고립되어 있던 시간을 떠올리기도 싫다는 듯 고개를 저으며 말했다.

그런데 모용지의 말에 백문보가 뜻밖의 반응을 보였다.

"일이 그렇게 되겠습니까?"

"그게 무슨 말이오?"

"잔마에 이어 만계지마까지 나타났습니다. 다른 자들이라고 나타나지 말라는 법이 없지요. 전 왠지 이 일은 단지 마도 재림의 시작일 뿐이라는 생각이 듭니다만."

"음… 삼십육마의 재발호란 말이오?"

"물론 제 느낌일 뿐입니다만. 어쩌면 놈들의 목표가 영웅대가 아니라 의천단주였을 수도 있다는 생각이 들었습니다. 청림에 천라지망을 펼쳐놓고 영웅대를 미끼로 의천단주를 기다린 것이 아닌가 하는… 의천단주가 목적이었다면 그들의 계획은 결코 작지 않을 것입니다. 의천단은 맹의 눈과 귀니까요."

백문보가 어두운 표정으로 대답했다.

그러자 모용지가 잠시 뜸을 들였다가 뒤를 돌아 그들이 넘어온 산을 바라보며 말했다.

"의천단주라… 하긴 우리를 전멸시키려면 진즉에 그럴 수도 있었을 것 같긴 하오."

"돌아가면 맹의 회합이 필요할 것입니다."

백문보가 말했다.

"그렇겠구려. 그런데 그럼 의천단주가 걱정이구려. 놈들의 목표가 그와 의천단이었다면."

"그분의 능력을 믿는 수밖에요."

백문보가 덤덤하게 말했다.

"하긴 이제 와서 청림으로 돌아갈 수도 없는 일이구려. 기왕 이렇게 된 것 서둘러 이곳을 벗어납시다."

모용지가 오히려 길을 재촉했다.

그런 모용지를 보며 백문보가 쓸쓸한 미소를 지었다. 구대천문의 수뇌라는 자가 동료를 구할 생각보다 달아날 생각을 앞세우는 것이 가소로웠던 것이다.

하지만 백문보 역시 다시 청림으로 돌아갈 생각은 없었다. 그런 호기를 부리기에는 위험이 너무 컸다.

*　　　　*　　　　*

삐이익삐이익!

갑작스러운 신호음에 월문칠랑이 걸음을 멈췄다.

그들 뒤를 일정한 거리를 두고 따르던 월문과 영웅대의 고수들 역시 걸음을 멈췄다.

그리고 다음 순간 일행 사이에서 동요가 일어났다.

"아무래도 맹의 고수들 같소이다."

관경이 모용지를 보며 말했다.

"그런 것 같소. 쫓기고 있구려."

모용지의 얼굴에 난감함이 드러났다.

자신들을 구하러 청림에 들어온 맹의 고수들 중 잔마 일당의 공격에서 살아남은 사람들이 포위망을 뚫고 자신들을 따라 도주해 오고 있었던 것이다.

영웅대로선 당연히 그들을 구하러 가야 하지만 그랬다가는 다시 잔마 일당을 상대해야 한다.

더군다나 의천무맹의 고수들을 쫓고 있는 잔마의 무리들이 쫓기는 자들보다 월등하게 많았다.

이대로 맹의 고수들을 구하러 가는 것은 섶을 지고 불로 뛰어드는 일이나 마찬가지였다.

하지만 그렇다고 모른 채 도주할 수도 없었다. 그랬다는 그 불명예가 평생 따라다닐 것이고, 어쩌면 맹으로 복귀한 후 구대천문의 문주들로부터 중형의 형벌을 받을 수도 있었다,

"저대로 두면 이곳에 도착하기 전에 전멸할 것입니다."

백문보가 말했다.

이미 도주하는 자들 중 후미에 처진 자들은 잔마의 수하들에게

따라잡혀 하나둘 죽어가고 있었다.

잔마 일당은 사냥을 즐기는 사냥꾼들처럼 의천무맹의 고수들을 좌우에서 몰아오고 있었다.

"어쩌면 좋겠소?"

일행의 행보를 결정해야 할 모용지가 오히려 백문보에게 물었다.

그러자 백문보가 살짝 아미를 모았다. 고민을 드러낸 표정이지만, 내심으로는 모용지에 대한 멸시였다.

항상 어려운 일은 타인에게 미루는 것이 버릇인 모용지였다. 삼십육마의 난 때도, 백무곡에서도 그는 스스로 위험한 결정에 대한 비난을 감수하려 하지 않았었다.

"이대로 모두 죽게 둘 수는 없겠지요. 맹의 형제들인데!"

백문보가 단호하게 말했다. 그러자 모용지가 슬쩍 백문보를 보며 물었다.

"월문이 나서시겠소?"

"월문의 힘만으로는 어렵지요. 모두 함께 가야지 않겠습니까?"

백문보가 모용지의 말에 대답을 하며 관경과 이하장주 이정원을 돌아봤다.

그러자 관경이 고개를 끄떡였다.

"맞는 말이오. 이미 맹을 위해 많은 희생을 한 월문인데, 또다시 월문의 희생을 강요할 수는 없는 일이오. 모두 함께 갑시다. 이 협곡까지 올 수만 있다면 지형의 이점을 이용해 다른 방책을 강구할 수도 있을 것이오."

관경이 단호하게 말했다.

관경이 백문보의 의견에 동조하자 다른 사람들도 거부할 명분이 없었다.

"그럼… 한번 해봅시다."

모용지도 드디어 결심을 했다.

그러자 백문보가 멀리 앞서 있는 월문칠랑을 불렀다.

"무광! 사제들을 데리고 이리 오너라!"

백문보의 부름에 월문칠랑이 바람처럼 달려왔다.

"맹의 형제들을 구하러 갈 것이다. 월문의 선봉은 너희들이 선다!"

"예, 문주님!"

무광이 망설임 없이 대답했다.

"좋아. 너희들을 믿는다! 월문의 기상을 보여라! 출발하시지요."

백문보가 모용지와 관경에게 말했다.

그러자 모용지가 고개를 끄떡였다.

"그럽시다. 영웅대의 형제들! 우릴 구하기 위해 온 맹의 형제들이 마졸들에게 쫓기고 있소! 무사의 은혜는 검과 목숨으로 갚는 것! 가서 형제들을 구하러 갑시다!"

모용지가 영웅대 고수들의 전의를 일깨웠다. 그러자 영웅대의 고수들이 지친 와중에도 함성을 질러대며 도주해 오는 맹의 고수들을 향해 달려가기 시작했다.

*　　　　　　*　　　　　　*

출발은 영웅대 고수들이 빨랐지만, 그들은 곧 월문칠랑에게 추월당했다.

월문칠랑과 그 뒤를 따르는 월문의 문도들은 질풍처럼 설원을 달려 도주해 오는 의천무맹의 고수들에게로 향했다.

"왼쪽으로 간다!"

맹의 고수들과 십여 장 거리로 가까워지자 무광이 소리쳤다. 그리고 그 자신이 먼저 좌측으로 방향을 틀었다.

잔마 일당 중 발 빠른 자들이 맹의 고수들 좌측으로 추월하려 하고 있었다. 그들에게 추월당하는 순간 또 다른 포위망이 형성될 것이다.

"마귀 놈들! 모두 죽여주마!"

무광과 어깨를 나란히 하고 달리던 곽부가 도끼를 휘두르며 허공으로 뛰어올랐다.

쾅!

"악!"

곽부의 도끼가 달려오는 마인의 정수리를 정확하게 반으로 갈랐다.

그렇게 싸움이 시작되었다. 월문칠랑은 밀려오는 파도를 향해 달려드는 사람들처럼 마인들을 향해 뛰어들었다.

팟!

"욱!"

시월의 검에 소후의 후방을 노리던 마인이 다급한 신음 소리와 함께 쓰러졌다.

"고마워! 사제!"

소후가 시월을 향해 소리쳤다.

"사형들 뒤는 걱정들 마세요! 제가 맡을게요."

"하하! 알았어, 사제. 사제가 뒤를 봐주니 신나게 싸울 수 있겠는걸!"

곽부가 호탕한 웃음과 함께 소리쳤다.

곽부의 말처럼 싸움이 벌어진 순간부터 시월은 사형제들의 뒤를 봐주고 있었다.

그는 좌우로 빠르게 움직이며 사형제들의 빈틈을 공격하는 마인들을 베어 넘겼다.

그런 시월의 움직임은 월문칠랑에게 큰 도움을 주고 있었다. 이런 난전에서 뒤를 걱정하지 않고 싸울 수 있다는 것은 엄청난 행운이었다.

뒤가 안전한 월문칠랑은 마음껏 적을 공격할 수 있었고, 자신들이 가지고 있는 무공을 극한으로 펼쳐낼 수 있었다.

그런 월문칠랑 앞에서는 그 사납던 마인들조차도 주춤거릴 수밖에 없었다.

그래서 무광의 애초 목적대로 좌측에서 의천무맹의 무인들을 추월하려던 마인들의 계획은 저지되었다.

그 덕에 의천무맹 무인들의 피해가 눈에 띄게 줄었다.

하지만 그런 월문칠랑의 특별한 활약이 한 마인을 불러들였다.

"어린놈들! 다시 보는구나! 다른 놈들을 모두 살려 보낸다 해도 네놈들은 오늘 반드시 찢어 죽이고 말겠다!"

한순간 광할한 설원을 뚫고 살기 가득한 목소리가 들려왔다.

순간 월문칠랑의 시선이 일제히 소리가 들려오는 방향으로 향했다. 그리고 부리가 나직하게 중얼거렸다.

"잔마⋯⋯!"

*　　　　*　　　　*

한쪽 팔이 없는 팔소매를 휘날리며 잔마가 그의 수하들과 함께 월문칠랑을 향해 폭주했다.

"사제들! 모여!"

무광이 사제들을 향해 소리쳤다. 그러자 흩어져서 마인들을 상대하던 월문칠랑이 무광을 중심으로 한곳으로 모여들었다.

"뒤로 물러나면서 놈을 막는다! 지금은 놈과 정면 승부 할 때가 아니다. 안전하게 물러나는 것이 최선이다."

무광이 재빨리 주변을 살피며 말했다.

영웅대의 구원으로 한숨 돌린 의천무맹의 고수들도 난전을 벌이면서 계곡 쪽으로 후퇴하고 있었다.

무광의 명에 따라 월문칠랑이 빠르게 뒤로 물러나기 시작했다.

그런 그들을 잔마가 광풍처럼 추격했다. 그리고 계곡의 입구가 얼마 남지 않았을 때 잔마와 그 수하들이 월문칠랑을 따라잡았다.

캉!

잔마의 수하가 날린 창을 무광이 벼락처럼 쳐냈다.

그러자 무광의 검에 튕겨 나가는 창을 소후가 재빨리 낚아채더니 능숙하게 창의 방향을 틀어 창을 던진 마인의 심장을 뚫어버렸다.

퍽!

"캬!"

창에 가슴이 뚫린 마인이 피를 뿌리며 고꾸라졌다.

"카앗!"

"죽여 버렷!"

동료가 쓰러졌음에도 마인들은 조금도 망설이지 않고 월문칠랑을 덮쳤다.

"와라! 이놈들!"

곽부가 자신 앞으로 달려드는 마인을 향해 도끼를 휘둘렀다.

퍽!

"끄억!"

곽부의 도끼에 검이 부러지고 어깨를 찍힌 마인이 종이처럼 구겨지며 땅에 쓰러졌다.

순간 곽부의 다리 밑으로 시월의 검이 뻗어 나갔다.

팟!

"악!"

곽부의 빈틈을 노리고 달려들던 마인이 시월의 검에 발목이 잘려 중심을 잃고 고꾸라졌다.

시월은 월문칠랑이 한데 뭉쳐 검진을 형성한 이후에도 여전히 같은 일을 하고 있었다.

사형들의 허점을 메우고 적의 기습을 막아내는 일, 진의 중심에서 사형들의 보호를 받는 듯하면서도 실질적으로는 월문칠랑의 든든한 보호자가 되고 있는 시월이었다.

그래서 무광 등 월문칠랑은 검진을 형성한 이후 더 강력한 무위를 드러냈다.

밀물처럼 밀려드는 마인들도 월문칠랑 앞에 이르면 바위에 막힌 물길처럼 사방으로 흩어졌다.

그리고 그 와중에 월문칠랑은 계속해서 계곡을 향해 이동하고 있었다.

"힘들 내! 얼마 남지 않았다!"

협곡의 입구가 가까워지자 무광이 사제들을 독려했다. 무광의 독려에 월문칠랑이 좀 더 빠르게 협곡 입구를 향해 움직였다.

그사이 의천무맹의 고수들은 거의 모두 협곡 안으로 들어가 있었다.

협곡 입구에서는 월문의 문도들과 일부 의천무맹의 무인들이 마인들의 침입을 막기 위해 치열한 싸움을 벌이고 있었다.

애초에 월문과 월문칠랑이 가장 앞서서 적을 향해 돌진했기에 후퇴 역시 가장 늦을 수밖에 없었다. 자연스럽게 협곡의 입구에서 최후의 저지선 역할을 하게 된 월문이었다.

그리고 치열한 만큼 월문 문도들의 손실도 적지 않게 발생하고 있었다.

"죽어라, 마귀 놈들!"

카카캉!

월문칠랑이 뛰어들자 협곡에서 월문 문도들을 공격하던 마인들이 일순간 흩어졌다.

그러자 그 틈을 파고들어 월문칠랑은 백문보 일행과 합류했다.

"물러난다!"

월문칠랑의 등장으로 적의 공격이 한순간 약해지자 백문보가 재빨리 명을 내렸다.

그러자 월문의 문도들과 소수의 의천무맹 고수들이 빠른 속도로 협곡 안으로 질주하기 시작했다.

"추격해! 다른 놈들은 몰라도 저 어린놈들은 반드시 잡는다!"

협곡 안으로 도주하는 월문칠랑을 보며 잔마가 소리쳤다. 그리고 그 자신이 먼저 협곡으로 달려갔다.

그런 잔마의 뒤를 수십 명의 마인들이 따라붙었다.

마인들의 추격이 있었지만, 월문 문도들은 후퇴를 시작한 후 적지 않게 적과의 거리를 벌리고 있었다.

더군다나 좁은 협곡의 폭 때문에 설혹 적에게 따라잡힌다 해도 충분히 승부를 겨룰 수 있는 상황이었다. 오히려 추격해 온 자들에게 반격을 가할 기회를 찾을 수도 있었다.

그런데 안도의 한숨을 내쉬며 빠르게 협곡을 따라 이동하던 월문의 문도들에게 전혀 예상치 못했던 일이 벌어졌다.

꽈릉!

콰르르!

하늘에서 낙뢰가 떨어지는 소리가 나더니 갑자기 거대한 눈덩이와 흙더미들이 함께 떨어지기 시작했다.

"악!"

앞서 후퇴하던 사람들 중 일부가 비명을 지르며 흙더미에 깔렸다.

"대체 이게 무슨……?"

평소에 냉철하기 이를 데 없던 백문보조차 이 순간만큼은 당황할 수밖에 없었다.

예상치 못한 천재지변(天災地變)이었다. 며칠간 절벽 상층부에 쌓이던 눈이 그 무게를 이기지 못하고 절벽과 함께 무너져 내려 월문의 퇴로를 막은 것이다.

"먼저 가십시오."

고태가 백문보에게 말했다.

협곡을 막은 눈사태가 높기는 해도 고수들의 발을 완전히 막지는 못한다.

속도는 느려도 넘으려면 넘지 못할 일이 아니었다.

다만 문도들이 넘을 시간을 벌기 위해서는 뒤에 남아서 잔마 일당의 공격을 막을 사람이 필요했다. 장로 고태가 그 일을 자청한 것이다.

"혼자서는 불가능하네."

백문보가 고개를 저었다.

그러자 무광이 말했다.

"두 분 모두 문도들을 이끌고 가십시오. 이곳은 저희가 막겠습니다."

"너희들을 두고 갈 수는 없다. 너희들은 월문의 미래다!"

백문보가 단호하게 말했다.

그러자 무광이 다시 입을 열었다.

"걱정 마십시오. 이곳에 남는다고 죽지는 않겠습니다. 잠깐 시간을 벌고 즉시 후퇴하겠습니다. 반드시 살아서 돌아가겠습니다!"

무광의 자신 있는 말투에 백문보가 마음이 흔들리는지 대답을 망설였다.

그러자 고태가 말했다.

"그렇게 하시지요. 제가 함께 남겠습니다."

"고 장로도 말이오?"

"그렇습니다. 그러니 얼른 가십시오. 반드시 아이들을 데리고 뒤따라가겠습니다."

"…후우. 알겠소. 그럼! 꼭 살아오시오."

"걱정 마십시오. 너희들은 문주님을 잘 보필하거라!"

고태가 월문의 문도에게 엄하게 명을 내렸다.

"예, 장로님!"

"부디 무사히 돌아오십시오."

월문의 문도들이 숙연한 표정으로 대답했다.

그들은 이곳에 남은 사람들이 살아 돌아올 확률이 극히 적다고 생각하고 있었던 것이다.

"가십시오."

고태가 백문보를 재촉했다. 그러자 백문보가 살짝 입술을 깨물더니 말없이 거대한 산처럼 쌓인 눈 더미를 타고 오르기 시작했다.

"자신들 있느냐?"

백문보와 월문의 문도들을 보낸 고태가 월문칠랑에게 물었다.

"장로님도 가십시오."

"안 될 소리! 잔마를 상대하는 즐거움을 너희들에게 양보하란 말이냐?"

고태가 그답지 않게 농을 했다. 그가 그만큼 긴장했다는 뜻이다.

"장로님이 없으면 누가 문주님을 지켜 드립니까?"

무광이 고집을 부렸다.

"계곡을 지나면 문주님께서는 머지않아 삼장로와 묵천이단을 만나게 되실 거다. 그럼 아무 걱정 없어."

"묵천이단을요?"

무광이 놀란 듯 되물었다.

"음, 사실 오늘 이 행보는 문주께서 미리 생각해 두셨던 것이다. 청림에 펼쳐진 만계지마의 구갑진에 갇히면 생문이 없다는 것은 분명했으니까. 그래서 구갑진을 펼칠 수 없는 청림 북쪽의 바위산을 넘을 생각을 하신 것이다. 그리고 탈출 이후를 대비해 묵천이단을 미리 이동시켜 놓았다. 다만, 산을 넘은 후 어느 길로 이동할지 몰라 정확한 위치를 정하지 못했다. 하지만 지금쯤이면 묵천이단도 우리가 이 협곡을 통과한다는 것을 알고 있을 테니 문주님을 만나기 위해 움직이고 있을 것이다."

"그런 계획이 있으셨군요."

무광이 고개를 끄떡였다.

한편으로는 그 계획을 모르고 있었다는 사실이 조금은 서운한 듯 보였다.

"서운해 말거라. 이런 일은 가급적 비밀을 지켜야 하는 일이니까."

"알고 있습니다. 아무튼… 우리는 저자를 다시 상대해야 하겠군요."

무광이 순순히 장로 고태의 말에 수긍하고는 시선을 돌려 달려오고 있는 잔마를 바라봤다.

"후후후! 애송이 놈들, 결국 여기서 길이 막혔구나! 하늘이 나를 도왔어, 흐흐흐!"

잔마가 한쪽 팔소매를 휘날리며 월문칠랑을 향해 소리쳤다. 그의 눈에서 잔혹한 살기가 흘러나왔다.

"길이 막힌 것이 아니라, 당신을 기다린 것이다. 그런데 한 팔로 우릴 상대할 수 있겠는가?"

무광이 덤덤한 말투로 물었다.

순간 잔마의 볼이 한 차례 씰룩였다.

"네놈이었지? 내 팔을 벤 놈이!"

"기억하는군."

무광이 대답했다.

"그럼 너만큼은 내가 죽여주마! 물론 다른 놈들도 오늘 이곳이 무덤이 될 테니 외롭진 않을 것이다. 모두 쓸어버렷! 빨리 정리하고 추격을 계속한다!"

잔마가 더 이상 말이 필요 없다는 듯 차갑게 명을 내렸다.

그러자 잔마를 따라온 수십 명의 마인들이 좁은 협곡을 가득 메우며 월문칠랑을 향해 뛰어들었다.

카카캉!

좁은 협곡을 작은 틈도 없이 도검이 가득 메웠다.

횡으로 늘어선 월문칠랑과 장로 고태를 수십 명의 마인들이 공격했고, 월문칠랑은 모든 힘을 끌어내 마인들의 진격을 막았다.

잠재력을 폭발시킨 월문칠랑의 능력은 놀라웠다. 그들 스스로 자신들의 힘에 놀랄 정도였다.

하지만 잔마 일당의 마기 역시 만만치 않았다. 그들은 쓰러진 동료의 시신을 밟고 넘으면서 끊임없이 밀려드는 파도처럼 월문칠 랑을 공격했다.

덕분에 얼마 지나지 않아 눈 쌓인 협곡은 완전히 붉은 적설의 땅으로 변했다.

그 핏빛이 너무 강렬해서 하늘에서 내리는 눈조차 붉게 보일 정 도였다.

협곡이 피로 물들어갈수록 월문칠랑의 기세 역시 더욱 강렬해 져 갔다. 그들 자신조차 알지 못했던 힘이 몸속 깊은 곳에서 솟구 쳐 오르고, 그 기운이 적에 대한 두려움을 사라지게 했다.

그리고 두려움이 사라진 가슴에는 적을 향한 강렬한 적의와 살 기가 가득 들어찼다.

"죽어랏!"

"이 마귀 놈들! 한 놈도 살려두지 않겠다!"

살기에 휩싸인 곽부 등이 정말 늑대가 된 것처럼 적을 베어 넘 겼다. 그 기세에 두려움 없이 달려들던 마인들이 주춤할 정도였다.

"후… 이 빌어먹을 놈들! 월문주가 정말 괴물 같은 놈들을 만 들어냈구나!"

잔마가 월문칠랑의 기세에 놀라 나직하게 탄식했다.

"자신 있다면 직접 와보거라!"

탄식을 흘리는 잔마를 보며 무광이 소리쳤다.

그러자 한순간 잔마의 눈가에 잔혹한 기운이 스치고 지나갔다.

"오냐. 오늘 내가 왜 잔마라 불리는지 네놈에게 똑똑히 알려주 마."

잔마가 지금껏 드러내지 않았던 섬뜩한 기운을 뿜어내며 무광을 향해 몸을 날렸다.

*　　　　　*　　　　　*

　잔마가 붉은 눈송이들을 휘날리며 무광을 향해 달려들었다.

　쾅!

　싸움의 유불리와 상관없이 전의로 가득 찬 무광은 물러나거나 피하지 않고 잔마와 충돌했다.

　주루룩!

　무광과 잔마가 동시에 뒤로 물러났다.

　"뭐냐, 이놈?"

　잔마가 놀란 눈으로 무광을 바라봤다. 백무곡에서 월문칠랑과 겨뤘던 것이 겨우 몇 달 전, 그런데 그사이 무광의 무공이 몰라보게 발전한 것을 느낀 것이다.

　당시에는 월문칠랑 모두가 달려들어 잔마를 겨우 물리쳤는데 지금은 비록 약간 손해를 본 듯해도 무광 혼자서 잔마를 막아낸 것이다.

　"끙! 역시 늙은 마귀가 대단하군."

　내부에서 끓어오르는 기운으로 인해 전의로 불타던 무광이 잔마의 강력한 무공을 맞닥뜨리자 한순간 냉정함을 되찾았다.

　그런 무광을 미묘한 시선으로 바라보다가 잔마가 다시 한번 무광을 향해 달려들었다.

　카카캉!

　무광과 잔마가 계곡 아래 붉은 눈밭에서 본격적으로 충돌했다.

두 사람의 격돌은 눈부시게 강렬하고, 소름 끼치게 치열해서 다른 사람들의 싸움은 사라지고 오직 두 사람만 계곡에 남은 것 같았다.

개중에 몇몇은 뒤로 물러나 두 사람의 싸움을 침을 삼키며 바라보기도 했다.

월문칠랑 역시 계곡을 막아선 채 여전히 마인들을 상대하고 있었지만, 신경은 온통 잔마와 무광의 싸움에 가 있었다.

무공으로 보자면 여전히 잔마의 내공과 무공이 무광 위에 있었다. 그러나 잔마에게는 치명적인 약점이 있었다. 한 팔이 없다는 것이 그것이었다.

잔마 요찬의 대표적인 무공은 천 명의 목숨을 끊었다는 천혈수. 하지만 한 팔이 없는 상태에선 완벽한 천혈수를 펼칠 수 없었다.

그래서 잔마는 자신의 독문무공인 천혈수를 놓아두고 검으로 무광을 상대하고 있었다.

그 덕분에 무광은 혼자서도 잔마를 막아낼 수 있었다.

내공으로는 여전히 잔마와 비교할 수 없었지만 백문보가 전수한 검술, 월문의 정통검법 성하검을 거의 완벽하게 구사하는 무광이었다.

더군다나 무광은 월문의 장로들이 십전의 무인이 될 수 있을 거라 칭찬할 만큼 모든 병기에 능하고 박투술도 뛰어났다.

검을 들고 싸우고 있지만, 무광은 검에 의지하지 않고 온몸을 이용해 잔마와 싸우고 있었다.

검으로 잔마의 공격을 막아낸 후에는 천 근의 무게를 가진 발이 잔마의 급소를 노렸고, 잔마가 물러나면 땅에 떨어진 화살과 창을 주워 잔마에게 던졌다.

또 가끔은 양손에 병기를 들고 잔마를 상대했는데, 그 변화무쌍한 싸움 기술이 노련한 잔마조차도 간혹 궁지에 몰리게 만들었다.

"아… 놀랍구나. 무광! 어느새 저렇게……."

잠시 뒤로 물러나 싸움을 관망하던 월문의 장로 고태의 입에서 나직한 탄식이 흘러나왔다.

그는 무광이 뛰어난 인재임을 알고 있었다. 또한 최근 들어 무공이 급격하게 발전해 절정의 고수로 성장해 가고 있다는 것 또한 알고 있었다.

하지만 오늘 잔마와의 싸움에서 보여주는 무광의 실력은 그가 생각하고 있던 경지를 훨씬 뛰어넘는 것이었다.

그런데 무광의 무공에 감탄하는 그의 얼굴은 이상하게 어두웠다.

"월문이 지금처럼 저 아이들을 그늘에 둘 수 있을까?"

고태가 아무도 듣지 못하는 소리로 중얼거렸다.

그런데 그 순간 고태를 놀라게 만드는 소리가 잔마에게서 터져나왔다.

"이놈! 정말 마공을 수련했구나!"

쿵!

순간 고태가 뭔가에 크게 얻어맞은 사람처럼 흔들거렸다. 그리고 급하게 시선을 돌려 잔마와 무광을 바라봤다.

"감히 대월문의 무공을 마공 따위에 비교한단 말이냐!"

쾅!

무광이 분노한 듯 잔마를 향해 검을 내려쳤다.

"음!"

분노가 깃든 무광의 공격을 막아낸 잔마가 서너 걸음 뒤로 물러나며 침음성을 흘렸다. 하지만 그러면서도 재빨리 몸을 회전시키며 무광을 향해 검을 뿌렸다.

촤악!

횡으로 뻗어오는 잔마의 검이 무광의 허리를 잘랐다.

그러자 무광이 훌쩍 허공으로 뛰어오르며 잔마의 검을 피했다. 그 순간 잔마가 벼락처럼 무광을 향해 들고 있던 검을 던졌다.

쐐액!

잔마가 던진 검이 허벅지로 날아들자 무광이 허공에서 한 바퀴 회전하며 잔마의 검을 피했다.

그 순간 잔마가 하나밖에 없는 손으로 붉은 피에 젖은 눈을 긁어 올리며 무광을 향해 달려들었다.

촤아악!

잔마가 긁어 올린 붉은 눈송이들이 무광을 향해 봄날 날리는 꽃잎처럼 날아갔다.

보기에는 아름다웠지만 무광에게는 치명적인 위협을 가하는 눈송이들이었다.

눈송이들이 시야를 가리는 사이 그 뒤에서 잔마의 손이 만들어 낸 수십 개의 수영(手影)이 비도(飛刀)처럼 무광의 전신을 파고들었기 때문이었다.

"천혈수!"

"사형, 조심해요!"

월문칠랑이 놀라 소리쳤다.

잔마가 아껴두었던 천혈수를 온 힘을 다해 펼쳐내자 순식간에 무광이 죽음이 위기에 몰린 것이다.

"핫!"

무광이 중심이 흐트러진 상태로 허공에 뜬 채 기합성과 함께 번개처럼 검을 휘둘렀다.

그러자 그의 검에서 일어난 검광들이 은하수처럼 번쩍이며 날아오는 붉은 눈송이와 그 뒤를 따라오는 잔마의 수영을 향해 밀려 나갔다.

"아… 성하검!"

뒤쪽에서 고태의 탄식이 들렸다.

극한에 이르면 검기가 은하수처럼 강을 이뤄 흐른다는 월문의 정통검법 성하검, 그 절정의 경지가 무광의 손에서 펼쳐지고 있었다.

그리고 그 순간 무광의 두 눈은 마치 뜨거운 불덩이가 들어 있는 것처럼 붉게 변했다.

"좋아. 이제야 본색을 드러내는구나!"

잔마가 득의한 표정을 지으며 살짝 손을 틀었다. 그러자 그의 손에서 만들어진 수영들이 무광이 만든 검광들을 쳐내고, 그중 몇 개는 아무런 방해도 없이 무광의 가슴에 격중됐다.

퍼퍽!

"욱!"

가슴에 잔마의 천혈수를 허용한 무광이 비틀거리며 신음을 뱉어냈다.

"끝이다, 이놈! 저승에 가면 천인혈마 마문이 물을 것이다. 어떻게 내 무공을 알고 있냐고!"

잔마가 땅에 내려서서 비틀거리는 무광을 향해 다시 한번 천혈수를 펼치며 소리쳤다.

순간 무광의 눈에서 폭발하는 듯한 적염이 타오르더니 그가 마지막 힘을 모아 검을 휘둘렀다.

"마졸 따위에게 당하지는 않는다!"

콰콰쾅!

무광이 만들어낸 붉은 검기와 잔마의 천혈수가 뇌성을 만들며 충돌했다.

그런데 그때 갑자기 무광의 뒤에서 뜬금없이 한 자루 검이 불쑥 튀어나와 옆으로 흘러가듯 잔마의 허벅지를 베었다.

너무 조용하고, 은밀하게 이뤄진 이 공격에 잔마는 어떤 방어도 하지 못하고 자신의 다리를 내어줬다.

서걱!

"욱!"

허벅지의 절반을 베인 잔마가 그 충격에 한쪽 다리를 꿇으며 중심이 무너졌다.

순간 천혈수에 막혀 있던 무광의 붉은 검기가 그대로 잔마의 목을 쳐버렸다.

툭!

거짓말처럼, 혹은 꿈을 꾸듯 잔마의 머리가 몸에서 떨어져 나와 눈밭에 나뒹굴었다.

마인들은 믿기지 않는 상황에 당황해 얼어붙었다.

"모두 죽인다!"

잔마를 벤 무광이 지옥에서 올라온 사신처럼 붉은 안광을 토

해내며 얼어붙은 마인들을 향해 달려들려 했다.

그 순간 등 뒤에서 시월의 두 팔이 무광의 겨드랑이 사이로 파고들어 그의 몸을 꽉 끌어안았다.

"사형! 그만요. 잔마는 죽었어요. 이제, 이제 그만해요!"

시월이 울먹이듯 소리쳤다.

위기의 순간 잔마의 허벅지를 베어 무광에게 기회를 만들어준 시월이 정신을 잃고 광마로 변한 듯한 무광을 온몸으로 저지한 것이다.

시월의 울먹임은 즉시 효과를 발휘했다.

"…사제……"

무광이 악몽에서 깨어난 사람처럼 중얼거렸다.

"예, 사형, 시월이에요. 이제 그만하세요. 잔마는 죽었어요."

여전히 무광을 꽉 끌어안은 채 시월이 달래듯 말했다.

그러자 무광의 눈에서 서서히 적염이 사라지기 시작했다.

그러고는 한 손으로 자신을 끌어안고 있는 시월의 손을 잡으며 한숨을 내쉬었다,

"후우… 이게 다… 무슨 일이란 말인가?"

잔마의 목이 잘리고 싸움이 중지된 후 일순간 이어진 침묵은 오래가지 않았다.

누가 먼저랄 것도 없었다. 죽음조차 두려워하지 않던 마인들이 몸을 돌려 도주하기 시작한 것이다.

단순히 잔마가 죽어 우두머리가 사라졌기 때문은 아니었다. 그들은 잔마를 죽이던 무광의 모습을 본 후 완전히 전의를 상실한 것이다.

마인이라 불리는 그들조차도 두려워할 수밖에 없는 무광의 기운을 다시는 보고 싶지 않은 마인들이었다.

월문칠랑 역시 도주하는 마인들을 추격하지 않았다. 대신 그들은 무광 주변으로 몰려들었다.

"사형! 괜찮아요?"

"어디 다친 곳은 없어요?"

소후와 부리가 급하게 물었다.

그러자 무광이 잠시 침묵을 지키다가 여전히 자신을 끌어안고 있는 시월의 팔을 풀며 말했다.

"사제, 이제 괜찮아. 나 좀 놔줘."

"정말 괜찮죠?"

시월이 슬며시 팔을 빼며 물었다.

"응, 이제 걱정 마."

"…알았어요."

시월이 자신에게서 풀려나 몸을 돌리는 무광에게서 물러나며 말했다,

무광은 본래의 모습으로 돌아와 있었다. 월문칠랑의 든든한 대사형이며, 협도를 따르는 젊은 영웅, 그게 모든 사람이 알고 있는 무광이다.

"모두 무사한 거냐?"

시월이 물러나자 무광이 사제들을 둘러보며 물었다.

"이게 괜찮아 보이는 모습이에요?"

곽부가 투덜거렸다. 그의 말대로 월문칠랑의 몸은 상처과 혈흔으로 얼룩져 있었다. 얼굴도 피에 젖어 모르는 사람들이 보면 악

귀로 오해할 만했다.

"팔, 다리들은 모두 성하지?"

"그거야 뭐……"

곽부가 대답을 하는데 소후가 부리를 부축하며 말했다.

"부리의 상처가 좀 깊습니다."

부리는 한 손으로 자신의 옆구리를 잡고 있었는데, 그 손가락 사이로 꾸역꾸역 피가 흐르고 있었다.

"내장이 다친 거냐?"

무광이 물었다.

"괜찮아요, 사형. 지혈만 하면 될 겁니다. 내장이 다쳤으면 서 있지도 못하죠."

부리가 고개를 저으며 말했다.

"아무튼 잘들 싸웠다. 장로님! 그만 물러날까요?"

무광이 뭔가 깊은 생각에 빠져 있는 고태에게 소리쳐 물었다.

그러자 고태가 퍼뜩 정신을 차리고는 고개를 끄떡였다.

"그러자꾸나. 놈들도 더 이상 올 것 같지 않고!"

고태가 동의하자 곽부가 얼른 달려가 잔마의 머리를 집어 들었다.

"이놈은 가져가죠. 대월문의 위대한 성과를 무림에 증명해야 하니까요."

제 4장

―

화려한 귀환길

　폭설이 쏟아지는 절벽 위, 선풍도골의 승려와 도사가 붉게 물든 계곡의 아래를 내려다보며 서 있었다.

　"어떻게 보셨소이까?"

　소림승 법철이 무당의 고수 동풍선 은학에게 물었다.

　"의심할 만하구려."

　은학이 대답했다.

　"역시 그렇지요?"

　법철이 다시 물었다.

　"멀리서 본 것이라 확신할 수는 없지만, 그의 증언을 더하면 월문주는 이 일을 결코 부인할 수 없을 것이오. 문제는… 이 일을 어느 방향으로 끌고 가느냐인데……."

　은학이 손으로 흰 수염을 매만지며 말했다.

"구대천문에 운중오문의 친구 한 명쯤 있는 것도 나쁘지는 않을 것이오. 구대천문은 이미 우리 운중오문에 대한 존경심을 잃은 지 오래이니."

"그가 동의하겠소?"

법철이 물었다.

"월문주는 야심이 큰 사람이오. 멸문의 위험을 무릅쓰고 저런 제자들을 키워낸 것을 보면. 그런 자에게 멸문이냐 구대천문이 되는 명예를 택할 것이냐를 묻는다면, 그 대답은 너무 자명한 일 아니오?"

은학이 확신을 가지고 말했다.

"하긴, 그간 월문이 당한 수모를 생각해도……."

법철이 고개를 끄떡였다.

"아마 그 역시 평생 동안 저 아이들을 데리고 있을 수는 없을 거란 생각은 하고 있을 것이오. 주머니 속의 송곳처럼 저 아이들의 마기(魔氣)가 언젠가는 결국 세상에 알려지게 될 테니까."

"우울한 일이오. 저 아이들의 운명이란 것이……."

법철이 그늘진 표정으로 말했다.

"어쨌든 죽지는 않을 테니 그나마 다행 아니겠소?"

은학이 대답했다.

"그것도 맞는 말씀이긴 하오. 일단 그를 한번 만나봅시다. 그나저나 이렇게 되면 군자의 그자의 부탁을 거절할 수 없겠구려."

"세간의 평처럼 자애로운 의원이라기보단 간교함이 앞서는 자이니 앞으로 조심할 필요가 있을 것이오."

"그러게 말이오. 의원이란 자의 행보가 어찌 그리 사특한지…

쯔쯔."

　소림승 법철이 혀를 찼다.

　　　　　*　　　　　　*　　　　　　*

　후우웅 후우웅!

　북방의 차가운 눈바람이 먼 설원으로부터 끊임없이 불어닥쳤다.

　그 바람을 막아내고 있는 울창한 침엽수림 안에서 지친 의천무맹의 무인들이 숙영지를 구축하고 하룻밤 휴식을 취하고 있었다.

　설원과 숲의 경계선에는 몇 명의 무사들이 나와 번을 서고 있었다.

　북방의 밤은 빨리 온다. 어차피 폭설로 인해 대낮에도 우중충한 하늘이었지만, 저녁이 되자 금세 어둠이 대지를 뒤덮었다.

　오히려 이제는 내리는 눈이 그나마 약간의 빛을 만들어내고 있었다.

　번을 서는 무사들은 잔뜩 옷을 여미고 사방을 감시했다.

　비록 잔마를 따르는 마인들의 추격은 더 이상 없었지만, 언제라도 놈들의 기습이 있을 수 있는 상황이었다.

　어쩌면 이런 하룻밤의 휴식은 의천무맹 고수들에게 사치일지도 몰랐다.

　적을 물리친 것이 아닌, 적에게서 도주한 것이기에 숙영보다는 밤을 새워 이동하는 것이 당연한 밤이었다.

　하지만 그럼에도 불구하고 의천무맹의 고수들은 하룻밤 휴식을 결정했다.

부상당한 무사들이 많고, 청림에서부터 이어온 싸움으로 대부분의 고수들이 더 이상 움직일 수 없을 만큼 지쳐 있기 때문이었다.

그리고 무엇보다도 그들에겐 하룻밤 휴식을 지켜줄 구원군이 존재했다.

무너진 협곡을 벗어나 반나절을 이동했을 때 만난 월문의 구원대. 들리는 말로는 월문주가 그동안 심혈을 기울여 키워낸 정예고수들이라는 월문의 구원대가 설원에서 지친 의천무맹 고수들을 마중했던 것이다.

인원은 대략 백여 명, 묵천의룡단과 묵천대호단이라 불리는 월문의 고수들은 지친 의천무맹 고수들을 숲으로 안내해 미리 준비한 양식과 물을 공급하고 쉴 곳을 마련해 주었다.

그리고 이후에는 숲 곳곳에 흩어져 경계를 서며 숙영지를 지켜주고 있었다.

그들 덕에 의천무맹의 고수들은 오랜 싸움에 지친 몸을 잠시 누일 수 있었다.

하지만 그렇다고 모든 일을 월문에만 의지할 수는 없어서 양계초 등 맹의 수뇌들은 그나마 몸이 상하지 않은 고수들을 추려 숙영지 주변에서 번을 서고 있었다.

저벅저벅!

문득 누군가 눈 밟는 소리가 들렸다.

순간 숲의 경계에서 번을 서던 고수들의 눈빛이 번쩍였다. 발소리와 함께 어둠 속에서 몇 개의 서늘한 빛이 보인다.

북방 설원에서 살아가는 늑대 무리일 수도 있지만, 추격해 온 마인들일 수도 있어서 의천무맹 고수들은 이미 검을 뽑아 들고 있었다.

그리고 곧 빛의 정체가 밝혀졌다.

사람의 안광이다. 안광을 뿜어내는 검은 형체는 분명 사람임을 말해주고 있었다.

"누구냐?"

번을 서던 자가 날카로운 목소리로 소리쳤다.

적의 정체를 묻는 동시에 숙영지 안쪽에 외인이 출현을 알리기 위한 질문이었다.

"월문의 사람이오. 검을 거두시오."

무사의 질문에 어둠 속에서 지친 대답이 들렸다.

"월문? 불을 밝히게!"

질문을 던진 무사가 함께 번을 서던 동료에게 말했다.

그러자 그의 동료가 화섭자에 불을 붙였다.

화륵!

순식간에 어둠 속에 작은 빛의 공간이 생겨났다. 그리고 다음 순간 의천무맹의 고수들 사이에서 놀란 음성이 터져 나왔다.

"헉!"

"엇?"

놀란 의천무맹 고수들이 거두려던 검을 다시 들어 올리며 몇 걸음 뒤로 물러났다.

"젠장, 사람 구경 처음 하나? 뭘 저렇게 놀라?"

어둠 속에서 투덜거리는 소리가 들렸다.

"곽부, 말조심해! 맹의 무사분들이다."

투덜거리는 곽부에게 월문칠랑의 대사형 무광이 주의를 줬다.

"정말 월문의 사람들이오?"

맹의 무사들 중 한 사람이 다시 물었다.

그러자 월문의 장로 고태가 불쑥 횃불 아래로 들어서며 말했다.

"그렇소. 난 월문의 장로 고태요! 그리고 이 친구들은 월문의 제자들이고! 가서 사람들에게 전하시오. 월문이 대마인(大魔人) 잔마의 머리를 잘라 왔다고!"

말을 하는 고태의 뒤쪽에는 온몸에 피를 뒤집어쓴 듯 월문칠랑이 잘린 잔마의 머리를 들고 서 있었다.

*   *   *

─잔마가 죽었다. 월문의 제자들이 잔마의 목을 베어 왔다.

깊이 잠들었던 숲이 깨어났다. 수십 개의 천막에 불이 밝혀졌다. 피곤도 사라졌다. 의천무맹의 고수들은 저마다 천막 밖으로 달려 나와 놀란 표정으로 한곳을 바라봤다.

맹의 수뇌들이 밤늦게 모인 월문 문주의 막사였다.

월문 문주의 막사 주변은 삼엄한 경계가 펼쳐져 있었다. 묵천이 단의 고수들이 바람도 들어갈 수 없을 만큼 촘촘하게 경비를 서고 있었던 것이다.

그래서 맹의 수뇌들이 백문보의 막사에 들어갈 때는 서늘한 긴장감을 느끼기조차 했다.

그러나 그렇다고 백문보를 만나지 않을 수도 없었다. 월문 문도들이 잔마의 머리를 가지고 왔다는 사실을 자신들 눈으로 확인해야 하기 때문이었다.

잔마의 머리는 급히 만든 투박한 목함에 들어 있었다.

누구도 죽은 사람의 잘린 머리를 보고 싶지는 않았지만 그 대상이 잔마라면 사정이 다르다.

의천무맹 토벌대의 수뇌들은 목함에 든 잔마의 머리를 흘깃 확인하고 물러났다. 누구도 그 잔혹한 대마인의 잘린 머리를 자세히 보거나 손으로 꺼내보는 사람은 없었다.

사실 슬쩍 스쳐보는 것만으로도 목함에 든 것이 잔마의 머리임을 모를 사람은 없었다.

"정말… 잔마구려."

이하장의 장주 이정산이 혼란스러운 감정이 묻어나는 말투로 말했다.

그로서는 둘째 아들 이장원을 죽인 잔마임으로 그의 죽음을 쌍수를 들어 환영할 일이었다. 그런데 그 일을 월문의 제자들이 해냈다는 사실이 그를 마냥 기쁘게 만들지 않았다.

월문과 이하장은 삼십육마의 난 이후 줄곧 불편한 관계를 유지해 왔다.

삼십육마의 난이 끝나고 유령마 단석괴의 목을 벤 월문이 십팔장문에 선택되려는 순간, 이하장이 철혈가와 사돈 관계임을 내세워 그 지위를 가로챘기 때문이었다.

더군다나 그 당시 이정산은 십팔장문에서 탈락한 월문의 문주 백문보에게 조롱 섞인 위로의 말까지 건넸었다.

당시에 백문보는 어떤 반발도 하지 않고 물러났으나, 이후 월문과 이하장은 같은 북방의 문파이면서도 전혀 교류를 하지 않을 정도로 냉랭한 관계를 유지하고 있었다.

그런 월문이 잔마의 목을 베었으니 이정산으로서는 마냥 기뻐할 수만은 없었다.

"그런데 어떻게 잔마를……?"

모용지가 믿기지 않는다는 표정으로 백문보에게 물었다.

그러자 백문보가 담담하게 대답했다.

"운이 좋았던 모양입니다. 잔마가 무리하게 아이들을 공격하다가 아이들의 기습에 당한 모양이더군요. 물론, 자세한 것은 저도 알 수 없지만……."

"음… 그래도 잔마의 무공을 생각하면……."

모용지는 여전히 월문의 젊은 제자들이 잔마를 벤 것을 믿을 수 없다는 표정이다.

그러자 백문보가 다시 말했다.

"과거 백무곡에서도 아이들이 잔마의 한 팔을 잘랐지요. 물론 제 아들놈은 무공을 상실하는 큰 부상을 입었고, 제자들 중 둘이 팔이 잘렸지만. 그래서 잔마가 아이들을 보자 이성을 잃었던 모양입니다. 그 빈틈을 아이들이 운 좋게 노린 것이지요."

백문보가 믿지 못하는 모용지에게 나름의 이유를 설명했다. 물론 모용지가 믿고 안 믿고는 그리 중요치 않았다.

중요한 것은 지금 그들 앞에 잔마의 수급이 있다는 사실이었다.

솔직히 말하면 월문칠랑이 잔마의 머리를 가져왔을 때, 가장 놀란 사람은 백문보 자신이었다. 그는 사실 월문칠랑과 장로 고태가 살아 돌아오지 못할 것이라고 생각하고 있었기 때문이었다.

"눈앞에 증거가 있으니 월문의 제자들이 잔마를 제거하는 큰 공을 세운 것에 의구심을 갖는 것도 예의는 아닐 것이오. 백 문주께 축하의 말씀을 드리겠소. 이로써 월문이 십팔장문의 지위에 오르는 것에 반대할 사람은 없을 것이오! 축하드리오! 맹의 약속은 지켜질 것이오!"

여러 사람이 의구심을 갖는 와중에 의천단주 양계초가 백문보에게 확고한 믿음을 드러냈다.

양계초는 십팔장문이 될 것이 확실한 월문과 우호적인 관계를 맺기 위해 미리 호의를 보이는 것 같았다.

비록 구대천문이 의천무맹의 중심이라 해도 십팔장문 역시 무림에서 무시할 수 없는 존재감을 갖기 때문이었다.

"감사합니다. 앞으로 월문은 맹과 무림의 안정을 위해 모든 노력을 다할 것입니다."

백문보가 양계초에게 가볍게 포권을 하며 대답했다.

그러자 모용지와 관경도 어쩔 수 없다는 듯 축하의 말을 건넸다.

"축하드리오. 향후 월문의 활약을 기대하겠소이다."

"백 문주, 축하하오!"

"고맙습니다. 앞으로 많은 가르침 부탁드립니다."

백문보가 두 사람에게도 포권을 하며 감사를 표했다.

그러자 떨떠름한 얼굴로 서 있던 이정산도 뒤늦게 입을 열었다.

"흐흠, 축하드리오, 백 문주!"

"고맙소. 앞으로 잘 부탁드리겠소."

백문보가 이정산에게 가볍게 미소를 지어 보이며 대답했다.

그러고는 자신의 천막에 모인 사람들을 둘러보며 다시 입을 열었다.

"오늘 월문이 이런 공을 세운 것은 모두 여러분들의 도움이 있었기에 가능한 일이었습니다. 하지만 비록 잔마가 죽었지만 마졸들의 세력은 여전하고, 만계지마가 있을 가능성이 크니 안심할 수는 없는 일입니다. 내일 아침 일찍 산을 넘어 요동으로 들어가지요. 길은 본문의 묵천이단이 열겠습니다."

"맞는 말씀이오. 아직은 절대 안심할 때가 아니오. 내일 아침 일찍 떠납시다. 월문에서 길을 열겠다니 고맙소. 자, 이제 그만 돌아들 갑시다."

양계초가 모용지 등을 돌아보며 말했다.

그러자 모용지 등이 뭔가 아쉬운 표정을 지으면서도 양계초의 뒤를 따라 백문보의 천막을 나갔다.

백문보는 의천무맹의 수뇌들이 자신의 천막에서 충분히 멀어질 때까지 조용히 서 있었다. 그러다가 사람들이 각자의 막사로 돌아가자 문득 입을 열었다.

"거기 있는가?"

"예, 문주님!"

백문보의 부름에 장로 고태가 조용히 모습을 드러냈다. 아마도 맹의 수뇌들이 왔을 때부터 천막 뒤에 머물러 있었던 듯싶었다.

그런 고태를 보며 백문보가 물었다.

"피곤할 테지만 자세히 말해보게. 대체 어떻게 일이 이렇게 된 것인지. 아무래도 좀 더 상세히 알아야겠어."

＊　　　　＊　　　　＊

"마기 폭발?"

"그렇습니다."

백문보의 물음에 고태가 어두운 표정으로 대답했다.

"그 아이도 이번에는 확실히 느꼈겠군."

"그럴 겁니다. 오는 내내 표정이 좋지 않았습니다."

"다른 아이들이 눈치챘는가?"

백문보가 다시 물었다.

"시월은 뭔가 문제가 있다고 생각했을 겁니다. 무광을 가장 가까이서 도왔고, 마기가 폭발하려던 무광을 안아서 진정시켰으니까요. 다른 아이들은 그냥 무광이 잔마와의 싸움에 몰입해서 일어난 현상으로 생각하는 것 같습니다만… 그런데 그보다 더 심각한 문제가 있습니다."

"더 심각한 문제라니? 또 무슨 문제가 있단 말인가?"

모든 것이 자신이 원하는 대로 되어가고 있는 백문보. 이제 곧 월문은 십팔장문의 지위에 오를 것이다. 그런데 그런 월문의 앞날에 방해가 될 것 같은 일들이 발생하고 있었다. 백문보의 마음이 불안한 것은 당연했다.

"잔마, 그자가 죽기 전 천인혈마 마문을 입에 올렸습니다. 물론 그 역시 다른 아이들은 관심을 두지 않겠지만, 무광은 다를 겁니다. 자신에게 일어난 변화에 신경이 곤두서 있을 테니까요."

"음……."

고태의 말에 백문보가 침음성을 흘리며 생각에 잠겼다. 그런데 그런 백문보 앞에 고태가 조심스럽게 한 가지 물건을 꺼내놓았다.

"그리고… 이걸 보셔야 할 것 같습니다."

고태가 꺼낸 물건은 검게 그을린 작은 나뭇조각이었다.

"뭔가?"

고민에 빠져 있던 백문보가 의아한 표정으로 물었다.

"무너진 협곡을 넘어 후퇴할 때 발견한 것입니다."

고태가 말하자 백문보가 무심하게 나뭇조각을 집어 들고 시선을 주었다. 그러다가 문득 그의 동공이 움직임을 멈추더니 이내 서늘한 살기가 눈가에 감돌았다.

"이것들이 정말……!"

"비록 다른 글자는 지워졌지만 남아 있는 열(熱)자 하나만으로도 그것이 열화문의 것임을 부인할 수 없을 것입니다. 계곡이 무너진 것은 결국 의천단주의 결정이란 뜻입니다. 의천단에 열화문 출신의 고수가 있으니 말입니다."

고태가 냉정하게 말했다.

"정말 사악한 자가 아닌가. 자신들의 안전을 위해 가장 뒤에서 싸우고 있는 본문의 문도들을 고립시켜 시간을 끌기 위한 사냥감으로 적에게 던져주다니."

"문제를 삼아야지 않겠습니까?"

고태가 물었다.

"지금은 아닐세."

백문보가 고개를 저었다.

"하지만……."

"이 조각 하나로 의천단주를 몰아세울 수는 없어. 다만… 우리가 이 사실을 알고 있다는, 그리고 그를 입증할 증거가 있다는 느낌을 줄 수는 있겠지. 그럼 그 스스로 알아서 그 대가를 우리에게 치를 걸세. 누가 뭐래도 의천단주 양계초는 현 의천무맹의 중심인물이니까. 적으로 만드는 것보다 이용하는 것이 낫네."

"그렇기는 하지요. 문주님의 판단에 따를 뿐입니다."

고태가 이런 상황에서도 분노보다 문파의 실리를 앞세우는 백문보에게 두려움을 느끼는지 고개를 숙이며 대답했다.

"아무튼 좋은 패를 얻었군. 나중에 열화문의 힘을 쓸 수도 있을 것 같고."

백문보가 검게 탄 나뭇조각을 품속에 소중하게 갈무리하며 말했다.

"모든 일이 월문의 부흥을 예견하는 것 같습니다. 희생도 많았지만 그 이득이 적지 않습니다."

고태가 기분을 전환하려는 듯 힘이 들어간 목소리로 말했다.

"이럴 때일수록 조심해야 하지. 아이들은?"

"휴식을 취하고 있습니다."

"음… 고 장로가 잘 살펴보게. 무광이 어찌 행동하는지. 문으로 복귀하면 그때 내가 그 아이와 이야기를 해보겠네."

"군자의 어른을 만나야지 않겠습니까?"

"청명단은 충분히 있지만 만날 필요는 있겠지. 아무래도 이 문제를 근원부터 해결할 방책을 찾아야 할 것 같군."

"그럼 아이들의 비밀을 군자의 어른께 털어놔야 할 텐데요."

고태가 걱정스럽게 말했다.

"이미 알고 있다고 봐야 하네. 사기(邪氣)를 억제하는 청명단을 만든 것이 하루 이틀도 아니고. 지난번에 아이들을 보기도 했으니까. 다만 그것이 육마의 마공이라는 것을 알지는 모르겠지만……."

"그럴 리가요? 그걸 알고 있다면 왜 그가……?"

"그도 내게 원하는 것이 있을 테니까. 군자의… 말이 군자의지 사실 본문과는 늘 거래를 하는 관계였네. 속을 알 수 없는 자라서 늘 껄끄러웠지."

백문보가 걱정할 일이 아니라는 듯 담담하게 말했다.

"아무튼 군자의의 도움을 얻어 아이들의 마기만 완전히 통제할 수 있으면 더할 나위 없이 좋을 텐데요. 만약 그렇게 하지 못한다면 아이들을 포기해야 할지도……."

고태가 말꼬리를 흐렸다.

"맞는 말이네. 벌써 포기하기에는 너무 아까운 일이지만. 물론 그동안 충분히 이득을 보기는 했지만 그래도 이렇게 빨리 포기하기에는……."

백문보가 아쉬운 듯 고개를 저었다.

"분명히 방법이 있을 겁니다."

고태가 힘주어 말했다.

"그래야지. 월문을 위해서도, 유검을 위해서도… 그리고 무엇보다 그 아이들 자신을 위해서."

백문보가 무겁게 중얼거렸다.

*   *   *

하룻밤 사이에 많은 것이 변했다.

월문이 처음 청림에 왔을 때. 그들은 의천무맹 구원대의 길잡이 노릇을 하는 변방의 작은 문파 문도들이었지만, 하룻밤의 휴식을 끝내고 침엽수림을 떠나는 아침에는 의천무맹 무사들의 중심이 되어 있었다.

맹의 고수들을 앞에서 이끄는 것은 월문의 묵천의룡단이었고, 후방의 방비를 맡고 있는 무사들은 묵천대호단이었다.

의룡단과 대호단 단주들은 백문보에게 수시로 사람을 보내 앞뒤의 정황을 보고했다.

그 모습은 마치 의천무맹 토벌대의 우두머리가 백문보인 것처럼 보이게 만들었다.

백문보는 여전히 양계초나 다른 무맹의 수뇌들에게 공손했지만, 그런 공손함이 오히려 강자의 아량처럼 느껴지고 있었다.

다만 이상한 것은 잔마의 목을 베었다는 월문칠랑이 모습을 드러내지 않고 있다는 것이었다. 다른 사람들 같았으면 의천무맹 무사들 앞에 모습을 드러내 무림의 젊은 영웅들로서 그 존재감을 드러냈을 텐데, 월문칠랑은 전혀 그 모습을 보이지 않았다.

그래서 무맹의 고수들 사이에서는 월문칠랑이 이미 무리를 떠나 다른 길로 가고 있다는 소문이 돌기도 했다.

혹은 그들이 잔마를 상대하는 와중에 크게 다쳐 모처에서 몸을 회복한 후 월문으로 돌아올 것이란 소문도 돌았다.

그리고 사실 그 소문들은 어느 정도 사실이었다.

무맹의 고수들이 하룻밤의 휴식을 취하고 침엽수림을 떠날 때 월문칠랑은 이미 숙영지로부터 벗어나 있었기 때문이었다.

"아무리 생각해도 이해할 수가 없네."

곽부가 산비탈을 타고 오르며 중얼거렸다.

"그만 투덜거려. 문주님도 다 생각이 있으셔서 따로 오라 했겠지."

앞서 길을 가던 소후가 책망하듯 말했다.

"그러니까 그 생각이 무엇이냐는 말이죠. 왜 따로 이렇게 험한 길을 가야 하는 겁니까?"

곽부가 투덜댔다.

"우릴 생각해서 내리신 결정일 거야."

무광이 달래듯 말했다.

"우리 때문이라고요?"

곽부가 되물었다.

"음, 만약 우리가 모습을 드러내면 우린 월문으로 돌아가는 동안 편할 시간이 없을 거야. 사람들의 관심을 끊임없이 받을 테니까."

"그게 뭐 나쁜가요?"

곽부가 되물었다.

"문주께서는 아직 우리가 세상의 주목을 받길 원치 않으시는 거지. 더 성장하고, 더 강한 무인이 되기 위해선 지금은 사람들의 관심 밖에 있는 것이 더 낫다고 생각하신 걸 거야."

"…수련에 방해가 된다는 말이군요."

곽부가 시무룩하게 말했다.

"또한 우리가 자만하는 것을 경계하시는 것이기도 하겠지."

무광의 말에 곽부가 말없이 고개를 끄떡였다. 무광의 말처럼 곽부 자신 먼저 잔마를 벤 이후 무척 들떠 있었기 때문이었다.

이제부터 월문칠랑이 무림의 젊은 영웅으로 만인의 추앙을 받으며 화려하게 살아갈 것이라는 기대감에 빠져 있기도 했다.

그리고 그런 마음이 무공 수련에 방해가 된다는 것을 이미 요 며칠 사이 경험하고 있었다.

아침저녁으로 짬을 내서 해온 운공에 집중하기 힘들었고, 빨리 무림에 나가 사람들의 관심을 받고 싶은 마음이 들기도 했다.

하지만 생각해 보면 그나 월문칠랑이나 아직은 더 수련이 필요한 젊은 무인들이었다.

이번에 운 좋게 잔마를 베었지만, 월문칠랑 중 홀로 잔마를 상대할 만한 무공을 가진 사람은 없었다.

사실 운이 없었다면 월문칠랑 모두가 죽을 수도 있는 싸움이었던 것이다.

"생각해 보니 대사형 말이 맞는 것 같아요. 솔직히 잔마를 벤 것은 운이 좋은 거였죠. 아! 물론 대사형의 실력을 무시해서 하는 말은 아닙니다!"

잔마를 상대한 무광의 기분이 상할까 봐 곽부가 얼른 변명을 덧붙였다.

그러자 무광이 고개를 저었다.

"아니, 사제의 말이 틀리지 않아. 나 역시 잔마를 홀로 상대할 만한 무공은 없어. 이번에는 시월이 도와줘서 운 좋게 기회를 잡은 거지."

"맞다! 시월, 넌 어떻게 잔마의 발목을 벨 생각을 했어?"

듣고 있던 부리가 문득 생각이 났다는 듯 시월에게 물었다.

사실 모든 사람들이 잔마를 무광이 베었다고 생각하고 있었지만, 그 시작은 시월의 기습이었다.

"그냥 뭐… 급하다 보니 나도 모르게 그렇게 된 거죠. 솔직히 지금은 그때 상황이 생각도 나지 않아요. 저야말로 운이 좋았던 거죠, 히히."

시월이 어깨를 으쓱하며 말했다.

그러자 무광이 고개를 저었다.

"아니다, 시월. 그건 단순히 운으로 치부할 수 없는 일이야. 넌 나와 잔마 사이의 빈틈을 정확하게 찾아냈어. 너의 공격은 자칫하면 내 움직임을 방해할 수도 있었고, 그래서 잔마에게 기회를 줄 수도 있었지. 그런데 넌 내 움직임에 전혀 방해를 주지 않으면서 잔마의 허점을 찾았어. 그건 분명히 네 눈의 승리였다."

무광이 확고하게 말했다.

그러자 시월이 어색한 표정으로 머리를 긁었다.

"대사형도 참… 그냥 그렇게 된 건데요."

"자신감을 가져. 넌 이제 훌륭한 무사야. 자만심만 아니라면 자신감은 무인에게 반드시 필요한 거다. 그 자신감이 어떤 상황에서든 널 여유 있게 해줄 테니까."

무광이 다시 한번 진지하게 충고했다.

"예, 대사형. 꼭 기억할게요."

시월이 순순히 무광의 충고를 받아들였다.

그러자 무광이 잠시 걸음을 멈추고 먼 산을 바라봤다.

멀리 보이는 산준령을 따라 월문의 문도들과 의천무맹의 고수들이 한데 섞여서 산을 넘고 있었다.

"후……."

무광이 길게 한숨을 내쉬었다.

"사형, 무슨 걱정이 있어요? 출발할 때부터 표정이 좋지 않은데… 정말 어디 다친 거 아니죠?"

부리가 걱정스럽게 물었다.

"다친 곳 없다니까 그러는구나."

"그럼 왜 그렇게 한숨을 쉬어요?"

부리가 다시 물었다.

"그냥 조금… 조금 이질적이라는 느낌이 들어서."

"이질적? 뭐가요?"

"음… 이렇게 따로 회군을 하며 멀리서 월문의 문도들을 보니까 마치 우리가 월문의 사람이 아닌 것 같은 느낌이 들어. 낯설다고 할까……."

우울함이 밴 목소리로 무광이 중얼거리듯 말했다.

"그야 뭐… 좀 그렇긴 하죠. 하지만 사실 우리가 월문의 사람이기는 해도 월문에 머문 시간이 채 한 달도 안 되는걸요. 계속 잠룡동에서만 살았잖아요. 애초에 낯설 수밖에 없는 것 아닐까요?"

"그런가?"

부리의 말에 무광이 고개를 끄떡였다. 그럴 수도 있겠다 싶은 모습이다. 사실 월문의 문도라고는 하지만 월문칠랑을 직접 본 월문의 문도조차 그리 많지 않았다.

백문보에게 선택된 이후 그들은 줄곧 잠룡동에서 수련했고, 백무곡 싸움 이후에야 처음으로 신검산의 월문 본가를 방문했기 때문이었다.

그리고 그 방문조차도 극히 짧았었다. 이후에는 만화원과 청림까지 월문에 머물 시간조차 없이 바쁘게 움직인 월문칠랑이었다.

그래서 그들에게 월문의 사람이란 신검산의 본문에 사는 문도들이라기보다는, 함께 수련한 사형제들과 문주 백문보, 그리고 소문주 백유검과 세 장로들 정도로 느껴지곤 했다.

하지만 그럼에도 불구하고 무광은 부리가 말한 이유 말고 알수 없는 감정의 거리를 느끼고 있었다. 이제는 문주 백문보와 장로들에게조차도 거리감이 느껴지기 때문이었다.

그러나 무광은 자신의 속마음을 사제들에게 말할 수는 없었다. 다만 그의 마음이 수련 시절의 그것과는 조금 다른 길로 들어서고 있음을 느끼고 있을 뿐이었다.

*   *   *

여정은 순조로웠다. 마인들의 추격은 더 이상 없었다.

잔마가 죽은 이상 그들도 큰 혼란에 빠졌을 것이 분명했다.

홍안령 북동쪽 능선을 다시 넘은 의천무맹 고수들은 요동 평원을 내달려 순식간에 요동의 지배 가문인 모용세가의 권역에 이르렀다.

그리고 그곳부터는 더 이상 쫓기는 신세가 아니었다. 의천무맹 구대천문 중 일파인 모용세가의 힘에 정면으로 도전할 마인은 아직은 현 무림에 존재하지 않았다. 그것이 설혹 삼십육마의 생존자라 해도.

그리고 그즈음에서 월문의 문도들은 의천무맹 고수들과 갈라져 월문 본가가 있는 신검산을 향해 서쪽으로 길을 잡았다.

"월문의 노고에 감사드리오. 곧 무림에 의천무맹의 화록산 회맹을 알리겠소. 이번 출행으로 이미 월문은 장문의 지위를 얻은 것이나 마찬가지지만, 그래도 격식을 갖춰 장문의 위에 오르는 것이 좋을 테니 말이오."

떠나려는 백문보를 배웅 나온 양계초가 말했다.

"조금… 부담스럽군요. 십팔장문의 한자리에 든다고 화록산 회맹을 소집하는 것은… 지금까지 그런 일은 없지 않았습니까?"

양계초의 말에 백문보가 되물었다.

"아, 물론 단지 월문의 장문 등극을 축하하기 위해서 화록산 회맹을 소집하는 것은 아니오. 잔마는 죽었지만 이번 청림의 변은 아무래도 심상치가 않아서 그 일에 대한 논의를 해야 할 것 같기에 회맹을 소집하려는 것이오."

"그렇다면야… 그렇지요. 잔마의 무리에 만계지마가 있었다면 이건 간단히 넘길 문제는 아니지요."

백문보가 고개를 끄떡였다.

"어쩌면 삼십육마의 난에서 살아남은 마인들에 대한 대대적인 조사를 다시 시작해야 할지도 모르겠소. 그때가 되면 아마도 맹은 다시 한번 월문의 도움을 청하게 될 것이오. 그들 대부분은 북방이나 서역의 오지에 숨어 있을 테니 말이오."

"장문이 된 이상 그에 대한 의무를 다해야겠지요. 그럼 돌아가서 소식을 기다리겠습니다."

"그럽시다. 회맹 일정이 정해지면 사람을 보내겠소. 그럼 화록산에서 봅시다!"

"단주께서도 편안한 길 되십시오."

백문보가 양계초에게 가볍게 포권을 해 보인 후 기다리고 있는 월문의 문도를 향해 소리쳤다.

"신검산으로 돌아간다! 출발!"

백문보의 명에 월문의 문도들이 요동에 들어와 구한 말(馬)에 올라 서쪽을 향해 달리기 시작했다.

"한동안 무림에 월문의 이야기가 가득하겠구려."

월문의 문도들이 떠나자 모용지가 양계초 곁으로 다가서며 말했다.

"아무래도 그럴 것이오. 잔마를 베었으니……"

양계초가 대답했다.

"일이 이렇게 되고 보니 새삼스럽게 월문주가 야심이 큰 사람이었구나 하는 생각을 하게 됩니다. 세상의 눈을 속이고 저런 강한 전력을 키워낸 것을 보면……"

모용지가 백문보를 호위하듯 둘러싸고 달리는 월문의 묵천이단의 고수들을 보며 다시 말했다.

"그렇게 말이오. 묵천이단이라… 백여 명의 일류고수라면 구대천문의 전력과 비교해도 그리 부족하지 않을 것이오. 하지만 그것보다 더 관심이 가는 것은 월문칠랑이라는 백문보의 그 어린 제자들 아니겠소?"

"아, 그 아이들… 맞소. 그 아이들이 잔마를 베었으니."

"솔직히 난 그 아이들이 협곡에서 살아 돌아올 거라고는 전혀 생각지 못했었소. 그래서 백문보가 참 독한 인간이라 생각했었소. 그곳에 어린 제자들을 남겨두고 홀로 빠져나왔으니 말이오.

그런데 이제 보니 그는 그 제자들의 능력을 믿고 그런 선택을 한 것 같소."

양계초가 무거운 음성으로 말했다.

그러자 모용지가 조심스럽게 물었다.

"구대천문에 위협이 될 거라고 보시오?"

"…글쎄올시다. 어쩌면 그럴지도… 야심을 가졌고, 그에 어울리는 힘도 구축했으며, 속내를 감추는 심성도 가지고 있으니… 위험한 자요."

양계초가 말했다.

"속내를 감춘다는 것은……?"

모용지가 되물었다.

"이런 말을 하더구려. 협곡의 눈사태가 자연적인 것이 아닌 누군가 인위적으로 일으킨 것 같다는… 그 이유로 염초를 태운 흔적이 있었다고 말이오."

"아!"

양계초의 말에 모용지가 나직하게 탄식했다.

"그런데 그 일에 대한 추궁이나 공식적인 조사를 요구하지는 않았소. 그렇다고 그 일이 잔마 일당이 한 일이라고 여기는 것 같지도 않았고 말이오. 그건 곧 나에 대한 묵시적인 협박과 같소. 언제라도 그 일을 문제 삼을 수 있다는. 그러니 월문의 행보를 방해하지 말라는… 그는 분명 그 일이 의천단에 있는 열화문 고수들에 의해 일어난 일임을 알고 있을 것이오."

"후우……."

양계초의 말에 모용지가 길게 숨을 내쉬었다. 일이 이렇게 되고 보니 백문보가 생각보다 훨씬 더 무서운 인간이라는 생각이 들었던 것이다.

그런 백문보를 그동안 모용지는 무시하고 홀대했었다. 그런 자신의 행동이 향후 모용세가에게 적지 않은 부담이 될 수도 있었다.

"아무튼 무림에 새로운 강자가 탄생한 것은 맞는 것 같소. 물론 그것이 얼마나 갈지는 알 수 없지만⋯⋯."

양계초가 멀어지는 월문의 문도들을 차가운 시선으로 바라보며 중얼거렸다.

*　　　　*　　　　*

백문보는 조금 높은 구릉에 세워진 자신의 천막에서 흥청거리는 월문 문도들의 소란을 즐기고 있었다.

월문이 이번 청림에서의 공으로 십팔장문에 오르게 되었다는 소식은 이미 월문도에게 널리 알려져 있었다.

그것도 구대천문 문주들이 약속한 일이므로 되돌릴 수도 없었다. 오랜 세월 품고 있던 백문보의 꿈이 실현된 것이다.

백문보로서는 즐거운 귀환길이 아닐 수 없었다.

그런데 백문보가 그렇게 느긋한 성공의 기쁨을 즐기고 있을 때 문득 천막 밖에서 장로 고태의 목소리가 들렸다.

"문주님, 고태입니다."

"아, 들어오게."

백문보가 얼굴에서 미소를 지우고 덤덤한 표정으로 돌아왔다.

그러자 고태가 급히 안으로 들어와 조금 당황한 표정으로 말했다.

"쉬시는데 죄송합니다."

"무슨 일인가?"

고태의 표정이 심상치 않음을 확인한 백문보가 물었다.

"손님이… 왔습니다."

"손님? 이 밤중에 누가?"

백문보가 의아한 표정으로 물었다.

"청림 입구에서 만났던 소림의 법철 선사와 무당의 동풍선께서 오셨습니다."

"…그들이 왜?"

백문보가 당황한 표정으로 물었다. 소림승 법철과 무당의 도사 동풍선이 이 시간에 이런 장소로 그를 찾아올 이유가 없었기 때문이었다.

"아직 이유를 묻지는 않았습니다."

하긴 월문의 일개 장로가 감히 운중오문의 고수들에게 왜 백문보를 찾아왔는지 물을 수는 없었을 것이다.

세력은 구대천문에 부족할지 모르지만, 그 무공의 깊이와 절정 고수의 숫자에선 구대천문을 압도하는 운중오문이기 때문이었다.

"음… 일단 안으로 모시게!"

아무리 늦은 시간이라도 운중오문 출신의 고수들이라면 만나지 않을 수 없는 백문보다.

그들은 단순한 말 한마디로도 충분히 월문을 곤란하게 할 수 있기 때문이었다.

"알겠습니다."

고태가 대답을 하고는 급히 천막을 나갔다.

"운중오문이 대체 왜……?"

천막을 나가는 고태를 보며 백문보의 표정이 딱딱하게 굳었다.

소림승 법철과 무당의 도사 동풍선 은학이 고태의 안내를 받으며 백문보의 막사로 들어왔다.

"어서 오십시오. 두 분!"

백문보가 최대한의 예의를 갖춰 두 사람을 맞았다.

무림에서 운중오문이라 불리는 소림, 무당, 화산, 아미, 동성문의 사람들은 구대천문의 고수들조차 쉽게 만날 기회가 없는 존재들이었다.

그만큼 강호에 나오는 일이 드물고, 나오더라도 사람들의 이목을 피해 은밀하게 활동하는 운중오문의 고수들이었다.

"밤늦게 불쑥 찾아와 미안합니다."

소림승 법철이 한 손으로 합장을 하며 사과를 했다.

"무슨 말씀을! 운중오문의 현인들을 만나는 영광은 시와 때를 가릴 수 없는 일이지요. 오히려 이렇게 찾아와 주시니 저로서는 영광입니다. 자, 이리 앉으시지요."

백문보가 미리 준비한 의자에 앉기를 권했다.

"차(茶)를?"

"아닙니다. 밤늦게 차까지 얻어 마시는 폐를 끼칠 수는 없지요."

법철이 차를 준비시키려는 백문보를 얼른 만류했다.

"그래도……"

"아닙니다. 조금만 시간을 내어주시면 됩니다. 밤도 깊어서 차를 마시면 잠도 오지 않을 것이고……."

법철이 미소를 지으며 다시 한번 차 준비를 만류했다.

"알겠습니다. 그런데 어쩐 일로 이렇게……?"

백문보가 여전히 이해할 수 없는 방문이라는 듯 두 사람을 보며 물었다.

그러자 법철이 슬쩍 고태에게 시선을 주었다.

"아! 고 장로는 그만 나가보시게."

"알겠습니다, 문주님. 그럼 말씀들 나누십시오."

법철과 동풍선이 고태의 존재를 꺼려 함을 눈치챈 백문보가 고태를 내보냈다.

백문보는 고태가 완전히 밖으로 나가기를 기다려 다시 한번 두 사람에게 질문을 던졌다.

"운중오문의 현사들께서 절 찾아주심은 큰 영광이지만, 또한 걱정이 앞서는군요. 혹, 본문이 무슨 잘못을 한 것이 아닌가 하여……."

그러자 동풍선이 표정을 굳히며 입을 열었다.

"문주께는 미안하지만 솔직히 좋은 일로 찾아뵌 것은 아닙니다."

"…가르침을 주십시오."

백문보가 살짝 아미를 모으며 긴장한 채 말했다.

그러자 동풍선이 잠시 뜸을 들이다가 결심을 한 듯 입을 열었다.

"이런 이야기일수록 솔직하게 말하는 것이 오해를 만들지 않는 법이니 가감 없이 말하겠습니다. 우리 두 사람은 청림에서 그 안으로 들어가 싸움에 참여치는 않았습니다."

"예, 그건 알고 있습니다."

청림 밖에서 두 사람을 본 후, 두 사람의 모습을 본 적이 없었기에 충분히 짐작할 수 있는 일이었다.

"하지만 청림에서의 싸움을 지켜는 보고 있었습니다. 가급적 무림의 싸움에 관여하지 않는 것이 운중오문의 오랜 전통이라……."

"그것 역시 알고 있습니다."

백문보가 대답했다.

"당연히 월문 무사들의 영웅적인 활약도 모두 보았습니다. 특히… 협곡에서의 싸움 말입니다."

"제자 아이들… 말이군요."

"그렇습니다. 그리고 그 싸움을 통해 우린 한 가지 사실을 확인할 수 있었습니다."

동풍선의 말투가 갑자기 차갑게 느껴졌다.

순간 백문보는 등골이 서늘해짐을 느꼈다.

"어떤 일을 말입니까?"

백문보가 긴장한 목소리로 물었다.

그러자 동풍선이 지체하지 않고 대답했다.

"청림으로 오기 전 우린 한 사람에게서 믿을 수 없는 이야기를 들었습니다. 정파에 속한 한 문파에서 천하를 피에 잠기게 했던 삼십육마의 마공이 재현되고 있는 것 같다는… 믿을 수 없는 일이었지요. 하지만 간과할 수도 없는 일이라 우리 눈으로 직접 확인하고자 청림으로 간 것입니다. 그리고 놀랍게도 그 이야기가 사실일 수도 있다는 생각을 하게 되었습니다. 협곡에서 잔마를 상대하던 월문의 젊은 영웅들을 보고 나서 말이지요."

쫙!

한순간 백문보의 얼굴이 석상처럼 굳었고, 뼈가 으스러질 정도로 움켜쥔 그의 손이 부르르 떨려왔다.

제 5장
—
갑작스러운 파국(破局)

　두 달 가까운 여행이 끝나가고 있었다. 그런데 지난 두 달 동안 일어난 일들을 생각하면 시월은 일 년 이상의 시간이 흐른 것 같았다.

　그래서 신검산 중턱에 세워진 월문의 본가가 조금은 생경하게 느껴졌다.

　"본대에는 언제 합류합니까?"

　앞서가던 무릉이 무광에게 물었다.

　"때가 되면 장로님이 오신다고 했다."

　"하지만 신검산이 눈앞인데요."

　무릉이 이해할 수 없다는 듯 되물었다.

　"곧 오시겠지. 여기서 쉬도록 하자."

　일행은 신검산이 바라보이는 작은 숲에 들어와 있었다. 이대로 달리면 반나절이 지나지 않아 월문에 도착할 수 있는 거리였다.

하지만 아직 백문보로부터 본대에 합류하라는 연락이 없었다.

"그냥 월문으로 들어가면 안 될까요? 우리가 외부인도 아니고……."

이번에는 부리가 무광에게 물었다. 그러자 무광이 고개를 저었다.

"그래도 문주께 명을 받았으니 받은 대로 움직여야지."

"하지만 그건 월문 밖에서의 일이지 월문 안에서까지 사람들의 눈을 피할 필요는 없잖아요?"

"그렇긴 하지만… 그래도 일단 기다리자. 장로님이 오신다고 했으니."

"…후, 잔마를 베었는데 오히려 죄인처럼 움직여야 하니……."

부리가 못마땅한 듯 투덜거렸다.

"문주께서도 다 생각이 있으셔서 내린 명령이니 불평하지 마."

무광이 부리를 다독였다.

"알았어요. 어쨌든 월문으로 들어가면 우린 문파의 영웅 대접을 받겠죠? 흐흐, 야! 소후, 네가 제일 애가 타겠다?"

"무슨 소리야?"

부리의 말에 소후가 퉁명스럽게 되물었다.

"천하제일 미녀가 기다리고 있잖아. 우담은 그새 더 아름다워졌겠지?"

"쓸데없는 소리 하지마."

"쓸데없는 소리가 아니라, 이번에 돌아가면 약혼이라도 해두는 게 어때? 본래 아름다운 여인은 홀로 놔두는 게 아니라더라."

"누가?"

소후가 되물었다.

"그… 아… 아마 누군가 그랬을 거야."

"멍청한 소리 그만 좀 해라! 우리 나이가 몇인데 벌써 혼인 이야기를 하냐?"

"스물이 넘었으면 혼인할 나이지, 뭐. 안 그래요, 대사형?"

부리가 무광에게 물었다.

"못 할 나이는 아니지."

무광이 고개를 끄떡였다.

"거봐. 그러니까 이번에 돌아가면 잘 이야기해 봐. 우리 모두 가족이 없잖아. 물론 월문이 우리 집이기는 하지만… 그래도 너희 둘이 혼인을 하면 우리도 가족이라는 것을 갖게 되는 것 아니냐. 기분 좋을 것 같아. 월문에 대한 애정도 더 생길 것 같고. 지금은 문주님과 소문주님이 아니면 월문은… 아직 좀 어색하지."

장난으로 시작한 말이었지만 끝은 진지하게 마무리 짓는 부리다.

그러자 소후가 대답을 하려는데 무광이 먼저 입을 열었다.

"괜찮은 생각 같다. 가족이라……"

무광까지 부리의 말을 거들자 소후가 머리를 긁적이며 대답했다.

"사형까지 왜 그러세요. 솔직히 지금 저희가 혼인할 상태는 아니잖아요. 아무 준비도 한 게 없는데……."

"그거야 문주님이 도와주실 거야. 아마 너희들이 혼인한다면 문주님도 좋아하실걸?"

부리가 다시 말했다.

"허락하실까?"

소후가 되물었다.

"당연하지. 문주님은 우릴 자식처럼 아끼시는데, 부모에게 가장 기쁜 일은 자식이 시집, 장가가는 거 아니겠냐? 그러니까 한번 말씀드려 보자."

"…대사형이 말씀드려 주실래요?"

소후가 자신의 입으로는 말하기 어렵다는 듯 무광에게 물었다.

"당연히 해줄 수 있지. 사제가 결심만 하면!"

무광이 적극적으로 호응했다.

사실 무광은 잔마를 상대하던 중 자신의 몸속에 내재된 마기를 확인한 후부터 줄곧 불안감에 시달리고 있었다. 그리고 그 불안감은 월문과 자신의 거리감으로 이어졌다.

월문은 변방에 위치해 있지만, 무림에서는 정파의 전통을 이어 온 문파였다. 그런 월문의 제자가 마기를 지니고 있다는 것은 위험하기 짝이 없는 일이었다.

그 마기가 어떻게 자신의 몸속에 깃들었는지는 중요치 않았다. 마기가 몸속에 존재한다는 사실 자체만으로도 그는 월문과 적지 않은 거리를 느끼고 있었다.

월문으로 복귀하면 그 마기의 실체에 대해 문주 백문보와 논의할 생각이지만, 이미 생긴 월문과의 거리감은 어쩔 수 없었다.

이럴 때 소후가 설우담과 혼인을 하고, 월문 내에서 가정을 이룬다면 월문에 대한 거리감이 한결 줄어들 거 같은 무광이었다.

그래서 그는 소후와 설우담의 혼인을 적극적으로 지지할 생각이었다.

"좋아, 좋아! 아주 좋은 일이 연이어 생기겠구만. 우리 사형제들은 잔마를 베어 월문의 영웅이 되었고, 또 소후와 우담이 혼인을 하면 그것도 큰 경사고… 하하하! 즐거운 귀환길이야."

부리가 설우담과의 혼인에 동의한 소후의 결정이 기쁜지 호탕한 웃음을 터뜨렸다.

그런데 그때 문득 시월이 자리를 털고 일어나며 말했다.

"장로님이 오시는 것 같아요."

"장로님이?"

소후의 혼인 이야기에 빠져 있던 월문칠랑이 얼른 자리에서 일어나 시월이 가리킨 방향을 바라봤다. 그러자 어느새 모습을 드러낸 고태가 빠르게 월문칠랑이 있는 곳으로 다가오고 있었다.

"장로님!"

월문칠랑이 숲으로 들어서는 장로 고태를 마중했다.

"음, 모두 별일 없지?"

"그렇습니다."

무광이 대답했다.

"그래, 그동안 고생했다."

고태가 고개를 끄떡이며 말했다.

"이제 본문으로 들어가는 겁니까?"

뒤쪽에서 부리가 물었다.

"그 전에 잠시 들를 곳이 있다."

"들를 곳이라면……?"

"문주께서 본가로 들어가기 전 너희들에게 월문의 옛 유적을 보여주고 싶다고 하시는구나. 아마도 너희들이 월문에 대해 좀 더 많은 것을 알기를 원하시는 것 같아."

"그럼 다시 여행을 떠나는 겁니까?"

무광이 물었다.

"먼 곳으로 가는 것이 아니다. 신검산 북동쪽에 초기 월문 조사들이 가문의 터전을 잡았던 유적이 남아 있다. 문주께서는 월문에 들어가기 전에 너희들에게 그곳을 보여주길 원하시더구나."

고태가 말을 하면서 신검산 북동쪽을 손으로 가리켰다.

신검산이 높은 산은 아니지만, 가파른 절벽과 바위들로 이뤄진 북동면은 워낙 험해서 평소 사람들의 접근이 어려운 지역이었다.

"저곳에서 월문이 시작되었다고요?"

곽부가 놀란 표정으로 물었다. 절대 사람이 정착할 수 없는 지형처럼 보이기 때문이었다.

"음, 본래 어떤 문파든 초기 세력이 약할 때는 외부의 침입이나 공격을 걱정할 수밖에 없지. 신검산 북동쪽은 험한 지형이라 사람이 살기 어렵지만 대신 외부의 침입도 어려운 곳이다."

"아, 그런 면도 있긴 하군요."

곽부가 이해가 간다는 듯 고개를 끄떡였다.

그러자 고태가 다시 입을 열었다.

"사실 너희들을 그곳으로 데려가는 것은 중요한 의미가 있다. 지금까지 북동쪽 유적은 월문의 직계 후손들에게만 방문이 허락된 곳이었다. 월문 백씨의 사당 같은 곳이어서……."

"그런 곳에 저희가 가도 될까요?"

무광이 조심스럽게 물었다.

"문주께서 그만큼 너희들을 중요하게 생각한다는 뜻이겠지. 자! 그만 가자. 아마도 문주께서 먼저 너희들을 기다리고 계실 것이다."

"예, 장로님! 사제들, 서두르자!"

무광이 월문칠랑을 향해 소리쳤다.

*   *   *

후우웅!

절벽 사이로 난 길로 들어서자 사방에서 바람이 불어왔다. 그럼에도 길은 보는 것과 달리 위험하지 않았다. 오래되었지만 단단한 돌계단이 목적지까지 이어져 있기 때문이었다.

시월 등 월문칠랑은 고태가 이끄는 대로 신검산 북동면을 올랐다.

목적지는 월문의 초기 유적지, 이제는 건물의 흔적조차 남아 있지 않아 산 아래서는 정확한 위치를 파악할 수 없는 곳이었다.

그러나 그럼에도 돌을 깎아 만든 계단은 수백 년이 지난 오늘날까지도 단단하게 남아서 방문객이 어렵지 않게 산을 오를 수 있게 길을 내어주고 있었다.

산을 오르다 보니 산주변이 붉게 물들기 시작했다. 노을이 지기 시작한 것이다.

그리고 그 노을이 핏빛으로 변할 때쯤 일행의 눈에 몇 개의 폐허가 보였다.

"저 폐허들은 초기 월문의 조사들께서 집을 짓고 기거하셨던 곳이다. 월문 조사들께서는 무림에 세력을 형성하는 것보다 무공을 수련하는 무도인으로서 사셨던 분들이다. 현재 월문의 무공들인 묵천신공이나 만월검법과 성하검법은 모두 그 당시에 만들어진 것이다."

잠시 걸음을 멈춘 고태가 오래된 유적들을 보며 그 장소의 의미를 설명했다.

월문칠랑은 경건한 시선으로 옛 월문 선조들의 유적들을 둘러보며 고태의 설명을 들었다.

"당시 선조들의 무공은 전설의 경지라고 전해진다. 그 당시의 무공 경지를 재현한 후손이 지금까지 없다고 평가되니까."

"문주님도요?"

무릉이 물었다.

"음, 문주께서도 인정하시더구나. 초기 선조들 무공의 칠 할도 구현하지 못하셨다고."

"설마… 그럴 리가요."

소후가 믿지 못하겠다는 듯 말했다.

그러자 고태가 미소를 지으며 대답했다.

"물론 나도 문주님의 말씀을 모두 믿는 것은 아니다. 하지만 확실한 것은, 칠 할은 아니더라도 문주님도 초기 선조들의 무공 경지에 이르지 못하신 것은 분명하다. 문주께서 말씀하시길 만약 그 경지에 이른다면 당대 무림의 십대고수에 너끈히 들어갈 것이라고 하더구나."

"와……."

"십대고수……."

월문칠랑이 탄성을 흘렸다. 무림에서 십대고수의 반열에 오른다는 말은 당대 무림의 제일인자를 다툰다는 말과 다름없었다.

잔마를 베어 한껏 기세가 오른 월문칠랑에게조차 무림십대고수란 말은 꿈의 경지였다.

그런데 월문의 무공이 그런 경지의 고수까지 배출할 수 있다니 놀라움과 자부심이 한껏 느껴지는 것은 당연한 일이었다.

"하지만 역시 그런 경지라는 것은 도달하기 쉽지 않겠지. 다만… 문주께서는 소문주께 일말의 기대를 하시기는 하는 것 같더구나."

"소문주님의 재능이라면 가능성이 있을 겁니다."

무광이 백유검에 대한 믿음을 드러냈다.

그러자 고검이 고개를 저었다.

"소문주의 재능 때문이 아니다. 너희들이 구해 온 천년화정 때문이다."

"천년화정에 그런 힘이 있을까요? 저희들은 단지 소문주님의 예전 무공을 회복시킬 수 있다면 다행이라고 생각하고 있었습니다만……."

"그 이상일 것이다. 군자의께서도 그리 말씀하셨으니까."

"소문주님의 상태는 어떤가요?"

부리가 뒤늦게 백유검의 상태를 물었다.

만화원에서 천년화정을 가져온 이후, 그것을 복용한 소문주 백유검의 상태를 확인하지 못하고 청림으로 떠났던 월문칠랑이었다.

"몸은 완전히 회복하셨고, 지금은 천년화정의 기운을 내공으로 받아들이기 위해 수련 중이시다."

"아… 정말 회복하셨군요. 하긴 그래야 저희도 보람이 있죠."

부리가 고개를 끄떡였다.

"아무튼 다시 만나게 되면 완전히 달라진 소문주님을 보게 될 거다."

"궁금하군요. 소문주님의 무공이 얼마나 발전했을지."

무광이 기대가 서린 표정으로 말했다.

"아마 기대 이상일 것이다."

"…그런데 한 가지 여쭙고 싶은 게 있습니다."

갑자기 무광이 고태에게 말했다.

"무엇이냐?"

"혹시… 저희가 수련한 무공에 어떤 부작용이 있을 수 있습니까?"

"……."

갑작스러운 질문에 고태가 물끄러미 무광을 바라봤다. 그러다가 무심하게 입을 열었다.

"무공을 수련하다 보면 그 경지가 높아질 때마다 예상치 못한 어려움에 직면하게 되지. 너에게도 그런 시간이 찾아왔느냐?"

"그것이… 어쩌면 그런 듯합니다."

"음… 일단 가자. 네가 겪는 어려움에 대해 문주님을 뵙고 상의해 보도록 하자꾸나."

고태가 어두워진 표정으로 말하고는 월문칠랑을 데리고 다시 걸음을 옮기기 시작했다.

*　　　　　*　　　　　*

스산한 공기, 세월의 흔적이 묻어나는 오래된 냄새, 그리고 두 개의 호롱불이 만들어내는 그리 넓지 않은 빛의 공간…….

그 안에서 백문보는 간단한 음식을 준비해 놓고 월문칠랑을 기다리고 있었다.

단지 옛 유적을 둘러보는 것으로 알고 왔던 월문칠랑이 석실로 들어서다 말고 준비되어 있는 음식을 보고 놀라 잠시 걸음을 멈췄다.

"어서들 들어오너라."

걸음을 멈춘 월문칠랑을 백문보가 손짓을 하며 부드럽게 불렀다.

그러자 월문칠랑이 다시 걸음을 옮겨 석실 안으로 들어갔다.

"앉거라. 아직 저녁 요기 전이라 간단히 음식을 준비시켰다. 본 문으로 들어가기 전에 너희들과 따로 밥 한 끼 정도는 하고 싶었다."

백문보의 말에 칠랑의 얼굴에 감격의 빛이 떠올랐다. 아무렇지도 않은 일 같지만, 이런 작은 배려가 고단한 어린 시절을 보낸 월문칠랑에게는 무척 큰 선물이기 때문이었다.

"감사합니다, 문주님!"

무광이 칠랑을 대신해 고개를 숙여 보이고 백문보의 맞은편에 앉았다. 그러자 다른 사형제들도 얼른 각자 자리를 잡고 식탁으로 쓰인 거대한 석탁에 둘러앉았다.

"자, 일단 먼저 식사들부터 하자. 나도 아직 요기 전이라 배가 고프구나."

백문보가 칠랑에게 음식을 권하고는 자신이 먼저 음식을 먹기 시작했다.

식사는 조용하지만 따뜻한 분위기에서 이어졌다. 석실의 차가웠던 공기는 스승과 제자, 문주와 문도들 간의 보이지 않는 정 때문인지 금세 훈훈하게 변했다.

그렇게 간단하지만 정갈한 음식으로 저녁 요기를 끝낸 백문보가 식사 끝 무렵에 작은 술병을 꺼내 들었다.

"너희들은 술을 마셔본 적이 없지?"

술병을 꺼낸 백문보가 물었다.

"그렇습니다."

무광이 대답했다.

"광, 네 나이가……?"

"이제 곧 스물하나입니다. 소후와 부리가 스물이 되고, 무릉과 도원 그리고 곽부가 열아홉이 됩니다. 그리고……."

"훗, 시월은 아직 어린 건가?"

백문보가 평소의 그답지 않게 농담을 던졌다.

"저, 저도 새해가 되면 열일곱… 인데요."

"오? 그래? 벌써 그렇게 되었나? 이젠 사내가 다 되었구나."

백문보가 대견하다는 듯 시월을 보며 말했다.

그러자 무광이 입을 열었다.

"시월의 체구가 왜소해서 조금 어려 보이기는 하지만, 지난 삼 사 년간 가장 많이 변한 사람은 시월일 겁니다."

"음, 그래?"

"이번에 잔마를 벤 것 역시 시월 덕분이었지요. 아직 공력은 부족할지 모르지만 무공에 대한 감각은 저희들보다 낫습니다."

"아, 아니에요. 사형도 참, 무슨 그런 말씀을 하세요!"

시월이 당황한 듯 손을 저으며 원망스러운 눈으로 무광을 바라봤다.

그러자 백문보가 웃으며 말했다.

"아니다. 나도 광의 생각과 같구나. 시월 넌 네가 생각하는 것보다 훨씬 특별한 재능을 지녔어. 겉으로 보기에는 약해 보이지만 네 몸과 심장은 그 누구보다 강하다. 네게… 묵천금강공을 전수한 효과를 보는 것 같아 기쁘구나."

백문보까지 시월을 칭찬하자 시월의 얼굴이 발갛게 상기되었다.

"전… 아직 많이 부족합니다. 사형들에 비해서……"

"그렇게까지 부족한 것도 없어 보이지만, 네가 그렇게 느낀다고 해도 조급하게 생각하지 말거라. 무공이란 초기에는 시간의 벽이 크지만 십여 년 정도 수련하면 시간의 벽도 사라지게 되니까."

"명심하겠습니다."

시월이 공손히 고개를 숙이며 대답했다.

그러자 무광이 조심스럽게 입을 열었다.

"무공에 대한 가르침을 주셔서 여쭙고 싶은 게 있습니다만……"

"기분 좋은 일이지. 스승과 제자 간에 무공에 대한 대화를 나누는 것은. 하지만 일단 술 한 잔씩은 마시자꾸나. 너희들에게 첫 술을 따라주는 일은 내가 하고 싶구나."

백문보가 부드러운 시선으로 무광을 보며 말했다.

"알겠습니다. 감사합니다!"

마치 아버지에게서 처음 술을 배우는 아들처럼 무광이 얼른 대답했다.

그러자 백문보가 순백의 자기로 만든 일곱 개의 잔을 꺼내 석탁 위에 올려놓은 후 술병을 열고 각각의 술잔에 술을 따랐다.

술잔에 술이 차자 한순간에 석실이 그윽한 주향으로 가득 찼다.

단지 그 향기만으로도 백문보가 준비한 술이 천하의 명주임을 말해주고 있었다. 그건 술을 한 번도 마셔보지 않은 월문칠랑 역시 알 수 있었다.

일곱 개의 잔에 술을 따른 백문보가 술을 한 잔 한 잔 들어 월문칠랑에게 건넸다.

월문칠랑은 세상에서 가장 귀한 보물을 건네받듯 소중하게 술잔을 받아 들었다.

"자, 마시거라. 잘 성장해 주었고, 잘 싸워줬다. 너희들 덕분에 이제 월문은 십팔장문 혹은 그 이상의 문파가 될 것이다! 고맙다!"

백문보가 술을 권하자 월문칠랑이 어색해하면서도 하나둘 고개를 돌려 술잔에 든 술을 마셨다.

"큭!"

술을 마시다 말고 시월이 사레가 걸린 듯 소리를 내며 인상을 썼다.

"하하! 역시 시월은 아직 어린 모양이구나. 쓰지? 하지만 곧 그 쓴 술이 삶의 시름을 잊게 해준다는 것을 알 때가 올 것이다. 물론… 그것이 그리 유쾌한 일은 아니지만."

백문보가 깊은 눈으로 시월을 보며 말했다.

그러자 시월이 얼른 술잔에 남은 술을 모두 마셔 버렸다.

그러고는 술잔을 조심스럽게 석탁에 내려놓으며 자세를 바로잡았다.

그런데 그 순간 시월은 갑자기 자신이 내려놓은 술잔과 음식을 담은 접시들, 그리고 석탁 그 자체가 빙글거리며 회전하는 듯한 느낌을 받았다.

'이게 술에 취한 느낌인 건가?'

애써 흔들리는 정신을 바로잡기 위해 노력하면서 시월이 생각했다.

하지만 정신을 차리려 할수록 오히려 어지러움이 더욱 심해졌다. 시월이 당황한 얼굴로 눈을 돌려 사형제들을 바라봤다.

그런데 그 순간 사형 무릉과 도원이 거의 동시에 석탁 위에 쓰러지는 것이 보였다.

그 뒤를 이어 다른 사형제들도 석탁에 머리를 대고 정신을 잃었다.

"이게 어떻게… 어……."

쿵!

놀란 시월이 백문보에게 질문을 던지려는 순간, 그도 정신을 잃고 석탁 위에 너부러졌다.

"문… 주님……?"

그나마 마지막까지 정신을 잃지 않고 있던 무광이 힘겹게 백문보를 불렀다.

그러자 백문보가 담담하게 대답했다.

"취한 모양이구나. 쉬거라!"

백문보의 대답을 들으며 결국 무광도 정신을 잃고 석탁 위에 쓰러졌다.

월문칠랑이 술 기운에 취해 정심을 잃고 쓰러진 후에도 백문보는 얼마간 침묵을 지켰다.

그러다가 우울한 표정으로 중얼거렸다.

"너희들에게 첫술로 이런 독주를 주길 원하지는 않았었다. 하지만 어쩔 수가 없구나. 이게 월문을 살리는 길이니. 후우……! 아이들을 옮기게!"

백문보가 처연한 시선으로 쓰러진 월문칠랑을 보고 있는 고태에게 명했다.

"정말… 이 방법밖에 없을까요?"

고태가 물었다.

"애초에 이렇게 될 일이었지 않나. 그들이 아니더라도. 이 아이들을 영원히 월문 사람으로 둘 수는 없다는 것은 고 장로도 알고 있었지 않은가?"

"…그렇긴 하지요."

"다만 그 시간이 예상보다 너무 빨리 왔을 뿐… 적어도 모용가 정도는 무너뜨린 후에 인연이 끝날 줄 알았는데……."

백문보가 아쉬운 표정으로 쓰러진 월문칠랑을 바라봤다.

순간 고태가 칠랑에 대한 연민이 아니라, 칠랑을 더 이용하지 못하는 아쉬움을 토로한 백문보에게 흠칫한 표정을 짓다가 침착함을 회복하고는 다시 물었다.

"죽이실 겁니까?"

"그게 가장 확실하지. 하지만… 그들이 원치 않는군."

"무슨 이유일까요?"

"내 약점을 쥐고 있겠다는 거지."

"아이들을 내어주실 겁니까?"

"그래야 할 것 같아."

"그건 너무 위험합니다. 차라리……."

"나도 차라리 내 손으로 끝내고 싶네. 이 아이들을 위해서도 그게 좋아. 그들의 손아귀에 들어가면 이 아이들은 영원히 태양을 보지 못할 테니까. 살아도 산 것이 아닐 것이네. 어린 시절 이 아이들이 겪었던 고난보다도 훨씬 고통스러울 거야. 월문을 위해 이런 결정을 했지만, 나도 차라리 내 손으로 죽여주고 싶네. 어쨌거나 내가 길러낸 아이들 아닌가. 하지만……."

"이건 정말… 사람이 하지 못할 일인 것 같습니다."

고태가 고개를 저으며 중얼거렸다.

"알고 있네. 그러나 후회하거나 마음을 바꾸는 일은 없을 걸세. 월문의 미래가 달린 일이니까."

"그들을 믿을 수 있습니까?"

고태가 두려운 듯 물었다.

"백척간두! 믿을 수도 믿지 않을 수도 없는 일이지. 하지만 지금은 그들의 요구를 받아들일 수밖에 없네. 아니면 월문은 멸문지화를 면치 못할 거야. 삼십육마의 마공으로 제자를 길러낸 문파가 무림에서 설 자리가 있겠는가?"

"……."

백문보의 말에 고태가 대답을 하지 못했다.

"난 모든 일에서 양면성을 보네. 과거 모용가에게 배신당한 후 오늘날 훨씬 강한 월문을 만들어낸 것처럼. 이번 일 역시 월문의 영광을 위한 밑거름이 될 수 있을 거네. 시간이 흐르면 날 이용하기 위해 이 일을 덮은 것이 운중오문의 족쇄가 될 걸세."

백문보가 냉정한 표정으로 말했다.

고태는 그의 표정에서 무엇으로도 꺾을 수 없는 백문보의 야망을 보았다. 그래서 결국 그는 이 일 역시 변할 수 없는 일이라는 것을 깨달았다.

"문주님께서 원하시는 결과가 있기를 바랄 뿐입니다."

고태가 뒤늦게 입을 열었다.

"그렇게 될 걸세. 결국은… 아이들을 옮기게."

"예, 문주!"

*　　　*　　　*

똑. 똑. 똑, 똑!

돌바닥에 떨어지는 물방울 소리가 규칙적으로 석실에 울렸다.

곰팡이 냄새 가득한 석실은 동쪽으로 뚫린 작은 창을 통해 그나마 빛이 들어오고 있었다. 그럼에도 불구하고 석실을 밝히기엔 턱없이 부족한 빛이었다.

하지만 어둠에 익숙해진 사람의 눈에는 사물을 분간하기에 충분한 빛이기도 했다.

철렁!

갑자기 흘러나온 쇠사슬 부딪히는 소리가 천장에서 떨어지는 물방울 소리를 집어삼켰다.

"컥!"

그 순간 시월이 번쩍 눈을 떴다.

철렁!

다시 쇠사슬 소리가 요란하게 일어났다.

"뭐야?"

시월이 자신의 발에 묶인 쇠사슬을 보며 공포에 질린 소리를 내질렀다.

"설마 꿈을 꿨던 거야?"

시월이 당황한 목소리로 중얼거렸다.

발목에 채워진 족쇄와 그 족쇄에 연결된 쇠사슬은 어린 시절 사막의 노예시장에 끌려갔을 때와 같은 모습이었다.

자신이 여전히 노예상에게 잡혀 있는 열두 살의 어린아이고, 월문의 제자가 되어 무공을 익히고 강호를 종횡한 것은 잠시 꾼 꿈일 뿐인가 하는 생각이 떠오를 수밖에 없었다.

하지만 시월은 곧 자신이 꿈을 꾼 것이 아니라는 사실을 알아챘다.

왜냐하면 그의 옆에 어린 노예들이 아니라 그와 함께 무공을 수련하고 잔마를 베었던 사형제들이 그와 같은 모습으로 쓰러져 있었기 때문이었다.

"사형! 사형들!"

시월이 비명처럼 사형들을 불렀다. 그러나 정신을 잃고 쓰러져 있는 그의 사형제들은 쉽게 깨어나지 않았다.

"사형! 엇!"

쿵!

몸을 일으켜 대사형 무광에게 다가가려다가 시월이 그 자리에 고꾸라졌다. 발목에 매여 있는 족쇄와 쇠사슬이 그의 발목을 낚

아챘기 때문이었다.

"대체 뭐야? 빌어먹을!"

시월이 돌바닥에 부딪혀 피가 흐르는 얼굴을 들어 올리며 악을 쓰듯 소리쳤다.

그러나 그 누구도 그의 외침에 대답하는 사람이 없었다.

"도대체 무슨 일이 일어난 거야! 사형들! 대사형! 정신 좀 차려요. 제발요. 모두 죽은 거예요? 크흐흑!"

시월이 갑자기 울음을 터뜨렸다. 참으려 해도 흘러나오는 눈물이 그의 시야를 가로막았다.

그런데 그때 거짓말처럼 대사형 무광의 목소리가 들렸다.

"시월… 울지 마. 나 안 죽었으니까."

                    *   *   *

모든 내공이 사라졌다.

차례대로 정신을 차린 월문칠랑이 알아챈 첫 번째 변화였다. 그리고 단단한 족쇄에 묶인 두 발을 발견했다.

그들은 모두 한순간에 변한 자신들의 처지에 놀라고 당황해 고함을 치며 분노했다. 그러나 그들에게 무슨 일이 일어났는지 설명해 주는 사람은 아무도 없었다.

그렇게 그들은 작은 두 개의 창만 존재하는 어두운 석실에 짐승처럼 갇혀 있었다.

"사형… 우린 죽는 걸까요?"

작은 창을 통해 밤이 지나고 아침이 왔음을 알 수 있을 즈음,

분노하는 것도 지쳐 잠시 잠이 들었다가 깨어난 시월이 마치 무공을 잃지 않은 사람처럼 꼿꼿하게 앉아, 쉬지 않고 운기를 시도하고 있는 무광에게 물었다.

"죽을 운명이었다면 이미 죽지 않았을까? 이렇게 묶어두었다는 건 당장 우릴 죽이지는 않는다는 의미일 거다."

무광이 침착하게 대답했다.

"…문주님일까요?"

시월이 조심스럽게 물었다.

정황으로 보면 당연히 문주 백문보가 한 일이다. 그러나 시월은, 아니, 다른 월문칠랑도 자신들의 내공을 사라지게 하고, 짐승처럼 묶어놓은 것이 백문보일 거라고는 도저히 믿기지 않았다.

어린 시절 백문보의 손에 거두어져 자식처럼 보살핌을 받고 자란 월문칠랑이었다. 그런 백문보에 대한 믿음은 쉽게 버릴 수 없는 미련이었다.

"나도 아니길 바라지만……."

무광이 말꼬리를 흐렸다.

"대체 왜요?"

시월이 되물었다. 백문보가 자신들을 배신할 이유가 없기 때문이었다.

오히려 월문칠랑은 이제 막 월문과 백문보에게 큰 힘이 되기 시작한 상태였다. 그들의 나이를 생각할 때 앞으로 수십 년 동안 월문의 가장 강력한 전력이 될 수도 있는 월문칠랑이었다.

그런 월문칠랑을 백문보가 버릴 이유가 없었다.

"나도 의문이구나. 무엇 때문인지……."

무광이 우울한 음성으로 중얼거렸다.

그런데 그때 갑자기 어둠 속에서 무거운 소음이 흘러나왔다.

그르릉!

소리가 난 쪽에서 불쑥 빛이 들어왔다. 아침임에도 불구하고 호롱불을 들고 있다는 것은 열린 문 쪽도 지하라는 의미일 것이다.

빛과 함께 두 사람이 석실로 들어왔다. 불빛에 두 사람의 얼굴이 비치자 월문칠랑 입에서 누가 먼저랄 것도 없이 고함이 터져나왔다.

"장로님!"

"이게 어떻게 된 겁니까?"

"무슨 일이 일어난 겁니까?"

월문칠랑이 석실로 들어선 고태와 천중한에게 질문을 쏟아냈다.

두 사람은 월문칠랑의 질문 세례를 들으면서 들고 온 호롱불을 벽에 걸었다.

그리고 천천히 월문칠랑 앞으로 다가섰다.

그러자 무광이 다시 물었다.

"이 일이… 수련의 연장이라고 생각하는 것은 지나치게 낙관적인 것이겠지요?"

무광의 질문에 고태가 잠시 침묵하다 고개를 끄떡였다.

"그렇다."

"그럼… 우린 버려지는 겁니까?"

"…어쩔 수 없구나."

고태가 무겁게 대답했다.

"장로님!"

"대체 이유가 뭡니까?"

부리와 곽부가 악을 쓰듯 소리쳤다. 도저히 이 상황을 받아들일 수 없는 월문칠랑이었다.

그러자 고태가 잠시 생각에 잠겼다가 입을 열었다.

"무광!"

"예, 장로님!"

"지난번에 청림에서 잔마를 벨 때 이상한 느낌을 받았지?"

"…설마 그것이……."

"음."

고태가 고개를 끄떡였다.

"그럼 정말 제가 수련한 무공이 천인혈마 마문의 무공이란 말입니까?"

"…그렇다."

"어떻게 그런……?"

무광이 믿을 수 없다는 듯 중얼거렸다. 물론 자신이 수련한 무공이 뭔가 이상하다는 것은 알고 있었다. 특히 잔마를 상대할 때 폭발했던 광기는 그 자신조차 두려운 것이었다.

하지만 그 광기가 삼십육마의 일인이자 천인의 피를 손에 묻혔다는 천인혈마 마문의 무공이라고는 절대 인정하지 못했던 무광이었다.

비록 잔마가 정확하게 마문의 무공으로 지목하기는 했지만.

"긴 이야기지만 짧게 말해주마. 그간 쌓인 정이 없다면 거짓말일 것이고. 그 정을 끊으려면 그 이유 정도는 말해줘야 할 테니까.

너희들이 수긍하든 안 하든."

"듣겠습니다."

무광이 마치 당연히 들어야 할 말이라는 듯 단호하게 말했다. 내공을 상실한 상태지만, 무광의 기세는 고태를 압도할 만큼 강력했다. 내공을 잃기 전 무광은 한 명의 완성된 무인이 되어 있었기에 가능한 일이었다.

그 기세에 놀란 고태가 잠시 무광을 바라보다 한숨을 쉬며 입을 열었다.

"삼십육마의 난 당시 문주께서는 유령마 단석괴를 베는 큰 공을 세웠다. 그런데 그때 문주께서는 또 하나의 행운… 행운이라 해야 할지 모르겠다만, 예상치 못한 물건들을 손에 넣으셨다. 유령마 단석괴가 그 이전에 죽은 여섯 마인의 무공 비급을 가지고 있었던 것이다."

"…그걸 우리가 수련한 겁니까?"

무광이 물었다.

"음, 처음에는 그 마공들을 월문을 십팔장문의 자리에 추천하겠다고 약속한 모용세가에 선물할 생각이었다. 그런데 모용세가는 우릴 배신했지. 그래서 문주께서는 그 비급들을 달리 사용하시기로 결심하셨다."

고태가 당시의 일을 회상하듯 잠시 말을 끊었다.

그러자 무광이 무겁게 입을 열었다.

"그래서… 우리가 월문에 들어오게 된 것이군요. 버려진 고아들, 노예로 팔려 갈 아이들… 그 아이들에게 마공을 전수하고 월문의 야망을 위한 도구로 사용하기 위해, 그리고 문제가 되면 언제든 이렇게 버릴 수 있는 존재로서 말입니다."

"그렇게까지 너희들을 비하할 필요는 없다. 물론 너희들은 처음부터 밝은 곳에서 살 수는 없는 운명이었다. 너희들의 역할은 음지에서 월문의 적들을 처단해 나가는 월문의 숨은 힘이 되는 것이었다. 그러나 그렇다고 문주께서 너희들을 이렇게 쉽게 버리듯 포기할 생각을 하신 것은 아니었다. 문주께선… 정말로 너희들을 아끼셨다. 다만 너희들이 어떤 무공을 수련했는지 예상치 않게 빨리 알려졌을 뿐."

고태가 괴로운 표정을 지으며 말했다.

그러자 무광이 고태를 서늘한 눈으로 바라보다가 불쑥 물었다.

"우린 죽습니까?"

"아니."

고태가 고개를 저었다.

"그럼 우린 어떻게 되는 겁니까?"

"그들이… 너희들을 데려가겠다고 하는구나."

"그들이 누굽니까? 누가 우리의 비밀을 알게 된 겁니까?"

옆에서 부리가 소리쳤다.

"너희들도 보았을 것이다. 청림에 들어가기 전 만났던 운중오문의 고수들을."

"소림과 무당의 그……?"

"그래. 그들이 청림에 온 것은 너희들의 실체를 의심해서였다. 너희들이 마공을 수련했다는 것을 누군가에게 들었다고 하더구나. 그리고, 무광 네가 협곡에서 잔마를 죽일 때 그 사실을 확신한 거지."

고태가 차마 무광과 시선을 마주치지 못하겠는지 슬쩍 시선을
돌리며 말했다.

"누가 그 사실을 그들에게 알렸는지는 아십니까?"

"모르겠다. 솔직히 월문 내에서도 너희들은 비밀리에 수련한
문주님의 직속 제자로 알려졌지 마공 수련에 대해서는 극소수만
알고 있었거든. 그래서 솔직히 문주님도 무척 당황하고 계신다."

고태가 대답했다.

그러자 무광이 다시 물었다.

"그들과 어떤 거래를 한 것입니까? 운중오문이라면 무림의 존경
을 받는 고귀한 문파들인데 천하를 피에 잠기게 만든 삼십육마의
마공을 비밀리에 전수한 월문의 과오를 단지 저희들을 내어주는
것만으로 묻어주지는 않을 텐데요."

"음… 솔직히 말하마. 그들은 월문이 의천무맹 내에서 그들을
대신해 주길 바라더구나. 아마도… 구대천문의 힘을 견제해야 할
필요성을 느낀 모양이야. 그들은 우리가 구대천문의 위치에 오를
수 있게 도와주기로 했지. 사실 그 역할은 너희들이 했어야 하는
일이었는데……."

"…월문으로서는 나쁘지 않은 거래군요."

"음……."

고태가 짧은 대답으로 이내 수긍했다.

"그런데 그들은 우릴 왜 데려가려는 겁니까?"

그동안 말이 없던 소후가 물었다.

"운중오문은 무공에 대해 놀라운 집념을 보이는 문파들이다.
그런 그들에게 삼십육마의 마공을 수련한 너희들은 좋은 연구 대

상이겠지. 물론 정확한 것은 아니다. 그저 짐작일 뿐!"

"연구 대상… 결국 거기서도 이렇게 갇혀 지내겠군요."

소후가 체념한 듯 말했다.

"미안하구나."

고태가 진심으로 미안한 표정으로 말했다.

"차라리 그냥 죽여주시면 안 되나요?"

부리가 물었다.

"…미안하구나."

고태가 다시 사과했다.

"문주님을 뵐 수 있을까요?"

무광이 덤덤한 표정으로 물었다.

"글쎄… 모르겠다. 너희들이 떠나기 전에 한번 오실는지."

"우린 언제 떠납니까?"

무광이 다시 물었다.

"두어 달은 여기서 지내게 될 거다. 청림에서 잔마를 벤 이후 무림문파들의 시선이 온통 우리 월문으로 향하고 있어서 쉽게 너희들을 이동시킬 수 없다. 그동안 음식은 충분히 넣어주마."

"아주 고맙습니다!"

곽부가 빈정거렸다.

그러나 고태는 그런 곽부의 빈정거림에 화를 내지 않았다. 지금은 그 어떤 비난도 감수할 수 있는 고태였다.

"문주께 전해주십시오. 떠나기 전에 한 번은 뵙고 싶다고. 소문주도 역시 말입니다."

"…전하기는 하겠다만……."

"만약 오지 않으시겠다면 다른 말을 전해주십시오."

"무엇이냐?"

고태가 물었다.

"가능하면 우릴 여기서 죽이라고 말입니다. 만약… 우리가 운중오문으로 간 후 천우신조로 살아남게 된다면! 그때는… 월문은 세상에서 가장 위험한 적을 갖게 될 겁니다. 멸문을 걱정해야 할 만큼!"

"이놈!"

고태가 이번만은 화를 냈다.

월문칠랑이 측은하기는 하지만 월문의 멸문을 운운하는 것은 참을 수 없었던 것이다.

"삼십육마의 마공 중 여섯 마인의 마공을 수련한 우리입니다. 불가능할 거라고 보십니까? 모르면 몰랐으되 우리의 무공이 어떤 무공인지 알고 있는데?"

"그렇다 한들 감히… 월문의 멸문을 입에 담다니 문주님의 은혜를 그런 식으로……!"

말을 하다 말고 고태가 입을 닫았다.

"은혜라… 키워주신 은혜는 천년화정과, 잔마의 목을 베는 것으로 갚았다고 전해주십시오. 답례로 부족하지 않을 겁니다. 그러니 이제 남은 것은 배신당한 원망뿐이지요."

무광이 너무 차분해서 오히려 두렵게 느껴지는 표정과 목소리로 말했다.

그런 무광을 복잡한 시선으로 바라보던 고태가 벽에 걸린 호롱불을 들어 올리며 천중한에게 말했다.

"그만 가세. 나중에 다시 오지!"

그러자 천중한이 깊게 한숨을 쉬며 들고 있던 묵직한 자루를 무광 앞에 내려놓았다.

쿵!

"미안하구나. 내가 할 말은 그것뿐이다. 끼니들 거르지 말거라. 가시지요."

석실에 들어와 처음이자 마지막으로 말을 하고는 천중한이 고태를 앞세우고 석실을 떠났다.

제 6장
—
불사의 운명에 패를 걸다

약속대로 고태는 주기적으로 먹을 것을 가지고 석실을 찾아왔다.

그러나 첫날과 다르게 더 이상 말을 하지 않았다. 그는 그저 건량이 든 음식 꾸러미를 월문칠랑 앞에 던져놓고 잠시 그들을 지켜본 후 석실을 떠나곤 했다.

월문칠랑도 더 이상 고태에게 질문을 던지거나, 그에게 분노를 표출하지 않았다. 대신 그들은 싸늘한 무관심으로 고태를 대했다. 그들은 마치 고태를 그들의 공간에 없는 사람처럼 취급했다.

그런 월문칠랑의 냉대를 고태는 묵묵히 받아들였다. 그 자신이었다고 해도 같은 모습이었을 것이기 때문이었다.

오늘도 그렇게 고태가 석실을 다녀간 후 다른 때처럼 부리가 건량이 든 자루를 풀다가 문득 중얼거렸다.

"그런데 참 이상하군."

"뭐가?"

발목에 족쇄와 쇠사슬들이 달려 움직이기 불편한 와중에도 부리를 도와 사형제들에게 음식을 나눠주는 일을 하던 소후가 물었다.

"굶는 것도 아닌데 왜 이렇게 살이 빠지지?"

음식이 든 자루를 풀던 손을 들어 올리며 부리가 말했다.

"음… 그러고 보니 정말 그러네. 하는 일도 없이 앉아서 먹기만 하는데."

소후도 고개를 갸웃했다.

"이거 음식에 뭘 넣은 거 아니냐?"

부리가 눈을 부릅뜨며 건량 자루를 풀어 헤쳤다. 그러고는 그 안에 든 건량들을 들어 올렸다.

"설마 그렇게까지야 하겠냐? 그냥 이런 더러운 일을 당하다 보니 심력을 너무 써서 그런 모양이지. 본래 너무 신경을 많이 쓰면 사람은 마르게 되어 있잖아?"

소후가 설마 월문에서 그렇게까지 했을 리는 없다고 생각하는 듯 고개를 저었다.

"제길, 그들이 무슨 일인들 못 하겠어? 철저하게 우릴 이용하고 버렸는데……."

부리는 음식에 뭔가 들어 있을 거란 의심을 떨치지 못하는 것 같았다. 그래서인지 부리가 무광을 돌아봤다.

"사형! 어떻게 할까요?"

부리의 물음에 무광이 가부좌를 튼 자세 그대로 입을 열었다.

"곽부!"

"예, 사형!"

벽에 등을 기대고 꾸벅꾸벅 졸고 있던 곽부가 얼른 대답했다.

"너도 살이 빠졌느냐?"

"예?"

갑작스러운 무광의 질문에 곽부가 어안이 벙벙한 표정으로 되물었다. 졸고 있었기 때문에 부리와 소후의 대화를 듣지 못했던 것이다.

"석실에 갇혀 있는 동안 살이 빠졌냐고 묻는 거다."

무광이 다시 물었다.

"살, 살이요? 글쎄요. 그게… 음… 좀 빠진 것 같기는 합니다."

"좋아. 그럼 곽부는 오늘부터 굶는다."

"예?"

곽부가 화들짝 놀란 표정으로 되물었다. 그도 그럴 것이 월문칠 랑 중 식욕이 가장 왕성한 사람이 곽부였기 때문이었다. 그런 그에게 굶으라는 것은 가장 어려운 명령이었다.

그런데 곽부의 반문에 대답하는 대신 무광이 시월을 불렀다.

"시월!"

"예."

"너도 굶는다."

"…저도요?"

"그래. 두 사람 모두 굶는다."

"아니, 왜요? 음식은 충분하잖아요?"

곽부가 화가 난 듯 되물었다.

그러자 부리가 혀를 차며 소리쳤다.

"쯔쯔, 그러니까 이 자식아. 사람이 이야기할 때는 좀 깨어 있어! 주구장창 퍼 자지 말고. 음식에 뭐가 들었을지도 몰라서 그걸 확인하려고 굶어보라는 거잖아! 그런데 사형! 왜 곽부와 시월이죠?"

부리가 곽부에게 화를 내다 말고 무광에게 물었다.

"지금 우리에겐 두 사람이 가장 필요하니까."

무광이 뭔가를 결심한 듯 굳은 표정으로 말했다.

시월은 무광의 지시대로 음식을 먹지 않았다. 곽부도 불평을 늘어놓으며 배가 고프다고 아우성을 쳤지만, 결국 시월처럼 굶을 수밖에 없었다.

그렇게 하루가 지나자 시월도 허기를 느끼기 시작했다. 곽부의 구시렁거림은 더 시끄러워졌다. 그러나 그러면서도 곽부는 음식을 먹겠다는 소리는 하지 않았다.

그런데 이틀이 지났을 때, 이상한 일이 일어났다.

시월이 느끼는 허기는 더욱 더 강해졌는데 이상하게 몸에 힘이 붙은 것 같은 느낌이 들었다.

"사형, 이상하지 않아요?"

문득 시월이 옆에서 서로 등을 기댄 채 허기를 견디고 있는 곽부에게 물었다.

작은 창을 통해 들어온 빛의 새로운 하루를 알리는 시간이었다.

"이상하긴 뭐가 이상해. 배고파 죽겠는 건 언제나 마찬가진걸. 지금이라면 신발이라도 씹어 먹겠다."

곽부가 퉁명스럽게 대답했다.

"배가 고픈 것은 맞는데요. 정신이 좀 더 맑아지고, 팔과 다리에 힘이 들어가는 것 같지 않아요?"

시월이 다시 물었다.

"이틀 굶더니 정신이 어떻게 됐냐? 어떻게 굶은 놈이 힘이 나겠어… 어? 어라?"

말을 하면서 팔에 힘을 주어보던 곽부의 눈이 커졌다.

"맞죠?"

"햐… 이거 요상하네. 정말 힘이 제대로 들어가는데? 마치 내공을 되찾은 것처럼."

곽부의 눈빛이 반짝였다.

그러자 시월이 고개를 저었다.

"운기를 해봤는데 내공이 다시 돌아온 것은 아니에요. 다만 그동안 우리가 조금 오해를 했던 것 같아요."

"오해?"

"예, 몸에 힘이 없는 것이 내공이 사라졌기 때문이라고만 생각했던 거죠. 그런데 내공만 사라진 게 아니라 어떤 약재에 의해 근력도 쓸 수 없게 되었던 것 같아요."

시월이 맑은 눈으로 곽부를 보며 말했다.

"음… 그럴 수도 있겠구나. 하긴, 무인은 내공이 아니라 근육의 힘만으로도 여러 가지 일을 할 수 있으니까?"

곽부가 고개를 끄떡였다.

그런데 그때 문득 무광의 목소리가 들렸다.

"맞는 말이다. 특히 곽부 너는."

"어, 대사형! 일어나셨어요?"

자고 있는 줄 알았던 무광이 두 사람을 바라보고 있자 곽부가 놀란 듯 물었다.

"음, 너희들 이야기를 듣고 있었다. 그런데 근육에 힘이 생겼다는 거지?"

무광이 확인하듯 물었다.

"예, 대사형. 호랑이라도 때려잡겠어요."

곽부가 주먹을 들어 올리며 말했다.

"시월 너는?"

"전 본래 팔 힘은 별로잖아요. 다만 정신은 훨씬 맑아진 것 같아요."

시월의 대답에 무광이 고개를 끄떡였다. 그러고는 잠시 빛이 들어오는 창문을 바라보다가 문득 입을 열었다.

"운이 좋다면, 한 번의 기회는 있을 것 같다."

"어떤 기회요?"

곽부가 물었다.

"이곳에서 시월을 내보낼 수 있는 기회."

"시월… 을요?"

"응."

무광이 대답했다.

"어떻게요?"

곽부가 다시 물었다. 그런데 그 순간 석실 이곳저곳에서 쇠사슬 소리들이 들려왔다.

자고 있던 월문칠랑이 모두 잠에서 깬 것이다. 그들 역시 잠결에 시월 등이 하는 대화를 듣고 있었는데, 시월을 이 석실에서 내보낼 수도 있다는 무광의 말에 정신이 번쩍 들어 선잠을 털고 일어난 것이다.

"쇠사슬을 끊어낼 수만 있다면, 저 창을 통해 시월을 내보내는 거지."

"에이, 어떻게 저 창으로 시월을 내보내요. 시월이 다시 갓난아이가 되지 않는 이상 불가능한 일이에요."

곽부가 고개를 저었다. 워낙 작은 창이었다. 고양이라면 모를까 사람은 절대 통과할 수 없는 창이었다.

"그래서…시월은 좀 더 굶어야겠다. 할 수 있겠니?"

무광이 미안한 표정으로 시월에게 물었다.

그러자 시월이 굳은 표정으로 대답했다.

"해볼게요."

처음에는 시월도 불가능한 일이라고 생각했다. 아니, 대답을 하는 그 순간에도 시월은 불가능할 거라 생각하고 있었다. 그러나 무광의 눈빛을 보는 순간 시월은 하지 못할 거란 말을 할 수 없었다. 무광의 눈에서 말로 표현할 수 없는 간절함을 보았기 때문이었다.

"고맙다. 한번 해보자. 사제들은 어떻게든 저 창 주변을 넓혀 봐. 손으로 바위를 갈아서라도. 그리고 곽부는 지금부터 시월의 쇠사슬을 끊는다."

"예?"

곽부가 놀란 눈으로 무광을 바라봤다.

그러자 무광이 단호하게 말했다.

"불가능하다는 말은 지금 우리에겐 사치다. 내공이 없는 이상, 우리 중 가장 큰 힘을 낼 수 있는 사람이 곽부 너다. 아마도 그래서 문주께서… 음… 아무튼 월문에서도 근육의 힘을 감소시키는 약재를 음식에 넣었을 것이다. 하루아침에 쇠사슬을 끊는 걸 기대하지는 않는다. 하지만 곽부 너의 타고난 신력이라면, 결국에는 가능하지 않을까?"

"…해볼게요."

곽부도 역시 자신이 시월의 발에 묶여 있는 쇠사슬을 끊을 수 있다고 생각하지는 않았다. 하지만 시월과 마찬가지로 무광의 간절함을 외면할 수 없었다.

그런데 그때 소후가 입을 열었다.

"대형, 쇠사슬을 끊는 것보다 쇠사슬을 벽에서 뽑아내는 것이 빠르지 않을까요?"

"벽에서?"

"예, 쇠를 잘라내는 것보다야 벽에 박은 고리를 뽑아내는 게 쉬울 것 같은데요."

"음… 그게 낫겠니?"

무광이 곽부를 보며 물었다.

그러자 곽부가 고개를 끄떡였다.

"그거라면… 해볼 수도 있을 것 같습니다. 시간이 걸리겠지만……."

"좋아. 그럼 부탁한다."

"예, 대사형! 지금 당장 시작할게요."

곽부의 대답을 들은 무광이 다른 월문칠랑을 보며 말했다.

"그리고 지금부터 각자 자신이 수련한 무공비결을 최대한 시월에게 전한다. 시월! 넌 똑똑하니까 사형들이 말해주는 무공비결을 최대한 기억해 둬. 자그마치 삼십육마 중 여섯의 무공이다. 천우신조로 이곳을 나간다면 어떻게든 네게 도움이 될 거다."

"예, 사형! 그렇게 할게요."

시월이 얼른 고개를 끄떡였다.

그렇게 월문칠랑은 최악의 상황에서 다시 무엇인가를 하기 시작했다.

*   *   *

작렬하는 태양, 먼지가 일어나는 사막, 그 위를 시월이 걷고 있었다. 몸에는 한 올의 수분도 남아 있지 않았다.

그럼에도 시월은 걷기를 멈추지 않았다. 멀리 보이는 검은 산에만 도착하면 살 수 있을 거란 기대가 지친 그를 포기하지 않고 걷게 만들었다.

불가능한 일일 수도 있지만, 그렇다고 아무것도 하지 않고 사막한가운데서 말라 죽기를 기다릴 수는 없는 시월이었다.

그렇게 걷다가 쓰러지고 걷다가 쓰러지기를 몇 번 결국 시월은 더 이상 쓰러진 몸을 일으키지 못했다.

'이대로 죽는 건가'

시월이 턱으로라도 사막을 기어가려고 얼굴을 땅에 묻었지만 그렇게 해서는 단 일 보도 전진할 수 없었다.

그래서 결국 죽음을 받아들여야 한다고 생각하는 그 순간 한 사람의 목소리가 들렸다.

"널 내게 팔겠느냐?"

"…예."

시월이 고개를 끄떡였다.

그 순간 누군가 그의 어깨를 쳤다.

"시월, 정신 차려!"

"헉!"

시월이 퍼뜩 정신을 차렸다.

그리고 자신이 사막이 아닌 석실에 갇혀 있다는 것을 깨달았다.

그런 시월의 귀에 대고 소후가 재빨리 말했다.

"고 장로가 왔다. 조심해!"

순간 석실의 문이 열리면서 고태가 석실 안으로 들어왔다. 시월이 얼른 어두운 구석으로 물러나 앉았다. 고태가 자신이 굶고 있다는 것을 눈치채지 못하게 하기 위해서였다.

턱!

고태가 다른 때처럼 음식이 든 자루를 내려놓았다.

"오늘은… 건량이 아니라 밥과 고기를 가져왔다. 제대로 된 음식을 먹은 지 오래되었으니 맛있게들 먹어라."

순간 무광의 눈빛이 번쩍였다.

"때가 된 겁니까?"

"음… 내일 밤 이곳을 떠나게 될 것이다."

"문주께서는 끝내 오지 않으시는군요."

무광이 원망스럽게 말했다.

"문주께서도 마음이 아프실 테니까. 한 가지 위로가 될 만한 사실은 너희들은 영원히 월문과 무림의 영웅으로 기억될 것이란 거다. 무림에는 너희들이 청림의 변 이후 잠적한 만계지마 중산을 추격하러 나갔다가 돌아오지 못한 것으로 알려질 것이다."

"마지막까지 월문의 명성을 높이는 도구로 쓰시는군요."

"…푹 쉬거라. 내일 밤에 데리러 오마."

고태가 더 이상 할 말이 없다는 듯 매정하게 몸을 돌려 석실을 떠났다.

순간 무광이 곽부를 보며 말했다.

"사제, 시간이 없다. 어떻게든 오늘 중으로 시월을 내보내야 한다!"

"그래야죠. 반드시 오늘은 이 빌어먹을 쇠사슬 뿌리를 뽑아버려야죠!"

곽부가 고태가 가져온 음식은 쳐다보지도 않고 시월의 쇠사슬 뿌리가 박혀 있는 벽을 향해 달려들었다.

*   *   *

시간은 많은 것을 변화시킨다. 그중에는 불가능하다고 생각했던 일을 현실로 만들어내는 기적도 있다. 그 시간의 기적이 월문 칠랑에게도 찾아왔다.

그륵그륵!

한순간 벽에 박힌 쇠사슬의 고리가 제법 많은 소리를 내며 움직이기 시작했다.

"됐어! 젠장!"

곽부가 너무 기뻐서 욕설을 내뱉었다.

그리고 잠시 후 곽부의 손에 석 자가 넘는 거대한 쇠 말뚝이 뽑혀 나왔다.

"에랏!"

쿵!

곽부가 벽에서 뽑아낸 쇠 말뚝을 석실 바닥에 던져 버렸다.

"후아!"

쇠 말뚝을 던져 버린 곽부가 그대로 바닥에 드러누워 큰 숨을 내쉬었다. 그의 얼굴이 땀으로 범벅되어 있었다.

"좋아. 모두 모여!"

시월의 쇠사슬을 매달고 있던 쇠 말뚝이 뽑히자 무광이 즉시 월문칠랑을 불러 모았다.

그러자 월문칠랑이 재빨리 무광 주위로 모여들었다. 물론 각자 쇠사슬에 매여 있어 움직임에 한계는 있었지만, 그래도 무광의 표정을 읽기에 충분한 거리였다.

"오늘 시월을 내보낸다!"

사제들이 모이자 무광이 무겁게 말했다.

"나갈 수… 있을까요?"

소후가 불안한 표정으로 물었다.

곽부가 한 달여 동안 시월을 매달고 있는 쇠 말뚝과 씨름하는 사이, 창문 가까이에 있던 소후와 부리는 창틀의 옆면을 갈아내 그 폭을 넓혔다.

그러나 단단한 절벽을 뚫어 만든 창문이었으므로 정과 같은 도구 없이 창문의 크기를 넓히는 것에는 한계가 있었다.

그래서 창을 통해 사람을 내보내는 것은 여전히 불가능해 보였다. 비록 시월이 오랫동안 음식을 줄여 어린애보다도 왜소한 몸으로 변해 있다고 해도.

"반드시 나가야 한다. 오늘이 아니면 기회가 없어. 그리고 시월!"

"예, 사형!"

숨이 끊어지지 않을 만큼 극소량의 음식만 섭취한 시월이지만 목소리에는 생동감이 묻어났다. 그의 타고난 생존력 여전히 힘을 내고 있는 것이다.

"만약 이곳을 나가게 된다면 만화원으로 가거라."

"…만화원이요?"

시월이 놀란 듯 되물었다.

"그래. 생각해 보면 만화원에서 만난 화노의 말은 모두 사실이었다. 그때 그는 우리를 길러 만화원으로 보낸 사람을 의심하라 했었지. 물론 당시 우린 그 말을 믿을 수 없었지만! 하지만 그의 경고는 현실이 되었다."

"그렇긴 하지만……."

시월이 말꼬리를 흐렸다.

화노가 한 말이 사실이었다고 해도 천년화정을 훔친 월문칠랑이다. 화노가 자신을 반길 리 없었다.

"꼭 그를 찾아가야 한다. 어떤 일을 당하더라도. 오직 그만이 잃어버린 내공을 되살릴 수 있고, 또 마공을 수련한 부작용을 없앨 수 있을 것이다. 이미 그의 능력은 확인하지 않았느냐?"

"…알겠습니다. 대사형 말대로 할게요."

"그리고… 다시는 월문으로 돌아오지 마라."

"예?"

시월이 어리둥절한 표정으로 무광을 바라봤다. 시월이 탈출하는 것은 다시 돌아와서 사형제들을 구하기 위함이었다.

그런데 월문으로 다시는 돌아오지 말라는 말은 자신들을 구하지 말라는 의미와 같았다.

"월문에 대한 복수 따위… 그리고 우리를 구하겠다는 의무감 따위는 버려라. 외모와 신분을 바꾸고 새로운 삶을 살아."

"아뇨! 그 말씀을 절대 따를 수 없습니다."

시월이 단호하게 말했다.

그러자 무광이 앙상한 시월의 어깨를 콱 움켜쥐었다.

"반드시 내가 시키는 대로 해야 한다. 네가 돌아오지 않는 것이 우리를 살리는 길이야!"

"그게 무슨……?"

"네가 홀로 월문을 상대할 수 있겠어? 아무리 네가 무공을 회복한다 해도?"

"……"

시월이 쉽게 대답을 하지 못했다.

"물론 무공을 회복하고 돌아오면 당장은 월문에 어느 정도 타격을 줄 수 있겠지. 하지만 결국 다시 잡히고 말 거다. 그런데 만약 네가 돌아오지 않으면 월문도, 운중오문도 쉽게 우리를 죽이지 못할 거다, 왜냐하면 사라진 너에 대한 두려움이 있을 테니까."

"두려움… 이라뇨?"

운중오문까지 자신을 두려워할 거란 말에 시월이 이해할 수 없다는 듯 무광을 바라봤다.

"살아 있는 너는 두 가지 측면에서 그들에게 두려운 존재다. 하나는 삼십육마의 마공을 수련한 우리를 두고 그들이 한 추악한 거래를 세상에 밝힐 수 있는 존재로서! 다른 하나는 언제가 네가 돌아와서 월문의 백씨 일족과 운중오문의 고수들에게 살수를 펼칠 것에 대한 막연한 두려움을 갖게 될 것이다."

"막연한 두려움……."

시월이 무광이 한 말을 중얼거렸다.

"문주도 알고 있을 거다. 무공만 회복한다면 시간이 갈수록 네가 소름 끼치게 두려운 존재로 변해갈 거라는 걸. 너의 그 강인한 생존력… 그게 얼마나 무서운 재능인지는 문주가 가장 잘 알고 있을 것이다. 그래서 문주나 운중오문은 네가 살아 있는 한 우릴 죽이지 않을 거야. 우리 목숨이 네게 가장 큰 약점임을 알고 있을 테니까. 네 입을 막고, 또 언젠가 네가 돌아올 것에 대비해 우릴 살려둘 거다."

"정말 그럴까요?"

시월이 되물었다.

"꼭 그렇게 될 거다. 그러니까 떠나면 돌아올 생각 말고 새롭게 네 인생을 살아."

"그래, 시월. 그렇게 해. 너라도 행복하게 살아간다면 우린 대만족이야. 그렇지?"

소후가 무광의 말을 거들며 다른 사형제들을 돌아봤다.

"아무렴! 시월이 행복하면 우리도 행복한 거지."

"그럼 그럼, 그자들이 평생 불안 속에서 살아가는 것도 즐거운 일이고. 시월, 절대 돌아오지 마! 네가 돌아오는 것은 문주를 편하게 해주는 일이야!"

무릉도 눈을 부릅뜨고 시월에게 말했다.

그러자 시월이 사형제들을 한 명씩 깊게 바라본 후 고개를 끄떡였다.

"알았어요. 당분간… 아니, 어쩌면 아주 오랫동안은 돌아오지 않을게요. 하지만 결국 돌아오긴 할 거예요. 월문 따위… 제 손으로 무너뜨릴 힘을 가지게 되는 날!"

시월이 마른 손을 움켜쥐며 조용하게 말했다. 그런데 그 조용한 말투가 오히려 강렬한 그의 의지를 더 확실하게 드러내 주었다.

그러자 무광이 길게 한숨을 쉬었다.

"후… 시월, 난 정말 네가 평생 돌아오길 바라지 않아. 네가 우릴 구해야 한다는 책임감으로 고독하고 힘들게 사는 걸 원치 않아. 난 그냥… 네가 네 행복을 찾아 살면 좋겠다."

"그래, 시월. 대사형 말대로 해. 말했지만 네가 행복하면 우리도 행복한 거야."

소후가 말했다.

그러자 시월이 씩 웃으며 대답했다.

"걱정 마세요. 그들에게 세상에서 제일 두려운 존재가 되는 일도 즐겁고 행복한 일이니까요."

"세상에서 제일 두려운 존재?"

소후가 되물었다.

"예, 언젠가 월문의 문도들은 먼 곳에서 들려오는 일곱 무인의 이름을 듣게 될 거예요. 그 이름은 사형들 이름일 것이고요. 그 이야기를 들으면 제가 돌아오고 있다고 생각하시면 돼요. 사형들의 무공비결은 이미 제 머릿속에 모두 들어 있으니까. 그 무공들을 모두 수련하고 말겠어요. 그리고 사형들의 이름으로 그 무공을 쓸 겁니다."

시월이 그의 사형들 한 명 한 명을 바라보며 말했다.

그러자 소후가 한숨을 쉬며 말했다.

"후… 시월, 넌 정말 무서운 녀석이었구나. 그런 엄청난 생각을 하다니. 육마의 무공을 모두 수련하겠다니. 정말 현실이 된다면… 문주는 이제 큰일 났네. 이런 녀석을 적으로 만들었으니. 일단 제자로 들였으면 버리지 말지 왜 원한을 맺었을까."

"시월, 이젠 그만 가야 할 시간이다."

무광이 창을 통해 들어오는 달빛을 보며 말했다.

그러자 시월이 몸을 일으켰다. 여전히 그의 다리에 매달려 있는 족쇄와 쇠사슬이 요란하게 울렸다.

"미안하다. 족쇄를 깨줄 수 있으면 좋았을 텐데……"

곽부가 머리를 긁적이며 말했다.

그러자 시월이 고개를 저었다.

"아뇨, 사형! 이것만으로도 충분해요. 이곳을 나갈 수만 있다면 이 족쇄는 어떻게든 풀 수 있을 거예요."

"…그래. 넌 본래 똑똑한 놈이니까!"

곽부가 고개를 끄떡였다.

"준비해라, 시월!"

무광이 시월을 재촉했다.

"예, 사형!"

시월이 마른 몸을 이끌고 창 쪽으로 다가갔다.

"후욱!"

심호흡을 한 시월이 좁은 창으로 머리를 밀어 넣었다. 팔을 앞으로 내밀면 어깨가 걸릴 가능성이 커서 팔을 옆구리에 붙인 채 머리만 먼저 밀어 넣은 것이다.

그래서 팔을 쓸 수 없게 된 시월을 뒤에서 무광과 곽부가 밀기 시작했다.

직!

시월의 옷이 좁은 창틀에 걸려 찢어져 나갔다. 옷과 함께 살갗도 찢겨 피가 흘렀다.

"괜찮아?"

힘을 쓰던 곽부가 걱정스럽게 물었다.

"괜찮아요. 걱정 말고 세게 밀어요!"

시월이 소리쳤다. 그러자 곽부가 입술을 깨물더니 온 힘을 다해 시월을 밀었다.

우두둑!

"욱!"

왼쪽 어깨가 탈골되는 소리와 시월의 입에서 신음 소리가 흘러나왔다. 하지만 탈골된 어깨 덕에 시월의 몸이 쑥 창문 밖으로 빠져나갔다.

"엇!"

턱!

시월이 창문 아래로 떨어지려는 몸을 빙글 돌리며 성한 오른팔로 창문턱을 잡고 매달렸다. 그의 발아래는 수십 장 높이의 절벽이었고, 그 아래로는 요하의 지류를 형성하는 강이 흐르고 있었다.

강물은 신검산 남쪽 능선에 위치한 월문 앞을 따라 흐르다가 방향을 바꿔 요하로 이어졌다.

"괜찮아?"

두꺼운 두께 때문에 창문 밖으로 고개를 내밀 수 없는 곽부가 손으로 창문턱을 잡고 있는 시월에게 급히 물었다.

"예, 괜찮아요."

시월이 놀라운 정신력으로 몸을 끌어 올려 창문까지 얼굴을 올린 후 곽부를 보며 대답했다.

"어깨는 어떠냐?"

무광이 물었다.

"부러진 것은 아니에요. 탈골된 거니까 맞추면 돼요."

"좋아. 아래로 뛰어내릴 수는 있겠어?"

무광이 다시 물었다.

"절벽 아래로 강물이 흘러요. 죽지는 않을 거 같아요."

"좋아. 그럼 이제 가!"

"……."

"어서!"

대답이 없는 시월을 무광이 재촉했다.

그러자 시월이 고개를 끄떡이고는 창턱을 잡고 있던 손을 놓았다.

그러자 순식간에 시월의 얼굴이 사라졌다. 대신 시월의 외침이 아련하게 들려왔다.

"반드시 돌아올 테니 꼭 살아 계세요!"

철썩!

잠시 후 시월이 강물에 떨어지는 소리가 아련하게 들렸다.

석실은 침묵에 빠졌다. 차가운 달빛이 시월이 떠난 창문을 통해 밀려 들어올 뿐 어떤 움직임도 없었다.

"무사하겠죠?"

차마 창문을 떠나지 못한 곽부가 반달만 덩그러니 보이는 밤하늘을 보며 중얼거렸다.

"그럼."

무광이 단호하게 대답했다.

"맞아. 시월은 무사할 거야. 예전에 천 장로님이 그랬어. 시월은 불사(不死), 불괴(不壞)의 운을 타고난 녀석이라고. 질긴 생명력을 가지고 있고 그걸 알아본 문주가 시월을 제자로 선택한 거라고."

소후가 말했다.

"젠장, 아직도 장로님이냐? 장로 놈이라고 해도 시원찮을 판에!"

부리가 투덜거렸다. 그러자 무광이 사제들을 보며 말했다.

"사제들, 이제부터 시간과의 싸움이다. 우린 아주 오랜 세월 빛을 보지 못하고 살게 될 거야. 그래도 살 수 있으면 살아야 한다. 적어도 시월이 돌아왔을 때, 우리 중 한 명이라도 사제를 마중해 줘야 하니까. 그러니까… 살자!"

"예, 사형! 반드시 살아남겠습니다. 우린 갇혀 있지만 시월이 우리 대신 세상을 종횡하며 살 테니. 우린 자유인입니다, 하하하!"

부리가 호탕하게 웃음을 터뜨렸다.

*　　　　*　　　　*

쾅!

고태가 벽에서 뽑힌 기다란 쇠 말뚝으로 강하게 바닥을 찍었다. 그러고는 무광을 노려보며 말했다.

"대체 무슨 짓을 한 거냐?"

"보시는 대로입니다."

무광이 덤덤하게 대답했다.

"이놈들… 시월을 정말 내보냈다는 거냐?"

"그렇습니다."

"이놈! 그게 월문을 얼마나 위험하게 하는 일인지 모른단 말이냐?"

"하아! 아직도… 우리를 월문의 제자로 생각하시는 겁니까? 설마?"

무광이 허탈한 표정으로 되물었다. 자신들이 여전히 월문을 위해서 뭔가를 해야 한다는 생각을 하고 있는 고태의 마음이 불쌍할 정도였다.

"그… 그건……."

자신의 실수를 깨달은 고태가 말을 더듬었다.

그러자 무광이 다시 말했다.

"사제가 떠나면서 한 말을 전해 드리겠습니다. 월문에선, 혹은 운중오문은 반드시 우릴 살려둬야 할 거라고 하더군요. 만약 우리가 죽으면 그 빚은 월문의 백씨 일족에게서 받아내겠다고 했지요. 사제에 대해 어떻게 생각하실지 모르겠지만… 전 왠지 그 경고가 허황되게 들리지 않았습니다."

"이놈……."

고태가 분노를 삭이지 못하고 무광을 노려봤다.

그러자 옆에서 부리가 중얼거렸다.

"시월 그 녀석이 참 독한 놈이긴 하지. 문주도 그 녀석의 독한 생존력에 반해 제자로 들였다고 했으니까. 더군다나 이제 시월은 우리 모두의 무공, 여섯 마인의 무공을 알게 되었으니… 아이고, 나 같으면 그런 사제를 적으로 두고는 발 뻗고 잠을 잘 수가 없겠다!"

"네가 감히 문주와 월문을 조롱하느냐?"

고태가 쇠 말뚝을 들어 올려 부리를 내려치려고 했다.

"그 쇠 말뚝에 제가 죽으면 나중에 사제가 월문 백씨 일족 중 누군가의 머리도 쇠몽둥이로 박살 낼 겁니다. 물론, 먼 훗날의 일이고. 백씨 일족의 일이니 고 장로님은 상관없을지도 모르겠지만요. 그리고 이렇게 묶인 채 지하에 갇혀 사느니 죽는 것도 나쁘지는 않지요. 부탁드립니다!"

부리가 겁을 내는 대신 오히려 자신의 머리를 고태가 든 쇠 말뚝 아래로 내밀었다.

"이놈……."

고태가 분노로 부들거리면서도 부리의 머리를 내려치지는 못했다. 그러다가 쇠 말뚝을 석실 한쪽으로 던져 버렸다.

쾅!

장로 고태의 공력이 실린 쇠 말뚝이 석벽을 뚫고 들어갔다.

"이것 참! 죽기도 힘드네."

고태가 쇠 말뚝을 던져 버리자 부리가 빙글거리며 뒤로 물러나 앉았다.

그런 부리의 조롱을 바라보던 고태가 서늘한 음성으로 말했다.

"그래 봐야 변하는 것은 없다. 내공도 없는 어린애 하나, 그것도 다리에 족쇄를 차고 있는 녀석을 잡지 못할 월문이 아니니까. 곧 다시 시월을 네놈들 옆에 데려다 놓으마."

"그런가요? 하지만 조심하셔야 할 겁니다. 자칫하다 월문도들 모두가 월문칠랑이 만계지마를 추격하러 갔다가 돌아오지 못한 것이 아니라 문주의 배신으로 갇혀 있다는 사실을 알게 될 테니까요. 그 비밀을 지키면서 사제를 찾아야 할 텐데… 쉬울까요?"

소후가 얼음장처럼 차가운 냉기를 흘리며 고태에게 물었다.

"걱정 말거라. 월문이 그렇게 호락호락하지는 않으니까. 아무튼… 저녁에 다시 오겠다. 그때 이곳을 떠난다. 물론 시월도 데려오마!"

말을 끝낸 고태가 급히 석실을 벗어났다.

고태가 떠나자 곽부가 길게 한숨을 쉬었다.

"후우… 전 정말 부리 사형이 죽는 줄 알았어요."

"걱정 마. 월문은 절대 우리를 못 죽여. 우린 이미 월문의 사람이 아니라 운중오문의 것이거든, 히히히!"

부리가 실실거리며 말했다.

"그래도 조심해. 어쨌거나 이제 우린 살아남을 이유가 있으니까. 언젠가는 시월을 만나야지."

무광이 말했다.

"사형도 참, 시월에게는 돌아오지 말라고 그렇게 당부를 하시더니 벌써 기다리시는 거예요?"

부리가 웃으며 물었다.

"돌아오지 말란다고 안 올 녀석도 아니지 않느냐?"

"그렇긴 하지만요."

"시월이 돌아왔을 때, 우리 중 죽은 사람이 있으면 무척 괴로워할 거야. 그러니까. 시월을 위해서라도 반드시 살아남자."

"그래야죠. 그리고 희망이라는 놈이 생기니까 이런 생활도 견딜 만한 것 같아요."

부리가 대답했다.

"지금은 그래도 앞으로 많이 힘들 거야."

"힘든 거야 이골이 난 우리 아닙니까?"

곽부가 소리쳤다.

"하긴… 어린 시절을 생각하면 나쁠 것도 없지."

무광이 무겁게 고개를 끄떡였다.

*　　　　*　　　　*

우적우적!

짐승이 사냥감을 뜯어 먹는 것 같은 소리가 어둠 속에서 들렸다. 빛은 거의 없었다.

동굴 반을 차지하는 수면을 통해 밖에서 들어오는 빛이 그나마 희미하게 사물을 비출 뿐이었다.

그런데 그 어두운 동굴 속에서 무엇인가를 뜯어 먹고 있는 것은 짐승이 아니라 사람이었다. 봉두난발, 빗지 않은 머리는 어깨에 닿아 있고, 옷이라고 부를 수 없는 넝마를 걸친 사람이었다.

그래도 해어진 옷 밖으로 드러난 팔과 다리의 근육은 마른 편이지만 쇠처럼 단단해 보였다.

휙!

봉두난발의 사내가 손으로 뜯어 먹던 음식을 동굴 안에서 찰랑이는 강물에 던져 버렸다.

머리와 뼈만 남은 물고기였다.

풍덩!

뼈만 남은 물고기가 물속에 떨어지자 그걸 먹겠다고 사방에서 물고기들이 몰려들었다.

순간 물고기 뼈를 던진 손이 무서운 속도로 물속으로 들어가 또 다른 물고기를 잡아 올렸다.

"이번엔 잉어구나!"

퍼덕거리는 잉어를 맨손으로 잡아 올린 사내가 중얼거렸다. 그러고는 익숙하게 짐승처럼 퍼덕거리는 잉어를 뜯어 먹기 시작했다.

잉어는 순식간에 뼈만 남았다. 사내가 퍼덕이는 잉어를 이빨로 뜯어 먹는 솜씨가 노련한 요리사가 날카로운 식칼로 살을 발라내는 것처럼 능숙했다.

풍덩!

머리와 뼈만 남은 잉어는 다시 물속으로 던져졌다. 뼈에 붙은 약간의 고기를 먹으려고 물고기들이 몰려들었지만, 사내는 더 이상 물고기를 잡아 올리지 않았다.

대신 그는 수면 아래에서 올라오는 빛에 자신의 얼굴을 비쳐보았다.

헝클어진 머리에 거친 얼굴은 제법 나이가 있어 보였지만, 그의 턱에 난 솜털 같은 수염은 그가 아직 스물이 넘지 않은 소년임을 말해주고 있었다.

"시월, 사람 몰골이 아니구나."

수면에 비친 얼굴을 보며 소년이 중얼거렸다.

소년은 절벽 중턱에 있는 월문의 석실 감옥에서 탈출한 시월이 었다.

시월이 이 동굴을 발견한 것은 그의 발목에 매달려 있던 족쇄 와 쇠사슬 덕분이었다.

석실 감옥의 창에서 뛰어내린 시월은 절벽 아래 강물 깊은 곳으 로 빨려 들어갔다. 헤엄치려 했지만, 그의 발목에 묶여 있는 족쇄 로 인해 발을 제대로 쓸 수 없었고, 그 족쇄에 달려 있는 쇠사슬 의 무게가 시월을 강바닥까지 끌고 내려갔기 때문이었다.

탈출하자마자 익사할 상황에 빠졌던 시월이지만, 오히려 그 순 간 살길이 열렸다.

수심 깊은 곳까지 내려가자 절벽 안쪽에 존재하는 비밀스러운 수중 동굴을 발견했던 것이다. 물 위로 헤엄쳐 올라가는 대신 강 바닥을 기어서 동굴 안으로 들어간 시월은 지금 그가 머물고 있 는 빈 공간을 발견할 수 있었다.

그리고 그 순간 시월은 즉흥적으로 한동안 수중 동굴에 머물기 로 결심했다.

그가 없어진 것을 알면 월문은 반드시 가장 뛰어난 고수들을 동원해 추격할 것이다. 내공도 없이, 더군다나 발목에 족쇄와 쇠사 슬을 매달고 월문 고수들을 피해 달아나는 것은 거의 불가능했다.

그럴 바에야 이 수중 동굴에 숨어서 한동안 지낸 후, 월문이 그 에 대한 추격을 포기할 때쯤 움직이는 것이 가장 안전한 탈출 방법이라고 판단한 것이다.

그때부터 시월의 수중 동굴 생활이 시작되었다.

다행히 먹을 것은 충분했다. 동굴까지 밀려 들어온 강물에는 제법 큰 물고기들이 있었다.

물론 처음에는 맨손으로 물고기를 잡기 힘들었지만, 익숙해지기 시작하자 이제는 손만 넣으면 물고기를 잡아 올릴 수 있을 만큼 능숙해진 시월이었다.

익숙해진 것은 물고기를 잡는 기술만이 아니었다. 발목에 족쇄와 쇠사슬을 매단 채 물속을 이동하는 것도 시간이 갈수록 능숙해졌다.

그래서 이제는 동굴을 벗어나 제법 멀리까지 강을 따라 내려갔다 오기도 했다. 그러나 그럼에도 불구하고 시월은 쉽게 동굴을 떠나지 않았다.

동굴을 떠나려면 적지 않은 준비를 해야 한다는 것을 알고 있기 때문이었다.

가장 먼저 할 일은 발목에 채워진 족쇄를 푸는 것이었다. 족쇄를 풀고 충분히 체력을 회복한 후 길을 떠나야 월문의 추격에서 안전할 수 있었다.

가끔은 아예 몇 년 동안 이 동굴에서 지낼까 생각도 했지만, 시월에게는 가야 할 곳이 있기에 그럴 수는 없었다.

"다시 해볼까?"

시월이 한동안 수면에 비친 자신의 얼굴을 들여다보다가 문득 몸을 일으켜 동굴 한쪽 구석으로 다가갔다. 그러고는 작은 쇳조각을 들고 단단한 돌에 갈기 시작했다.

슥슥슥!

칼을 숫돌에 갈듯 시월이 쉬지 않고 쇳조각을 갈았다. 얼마나 오랜 시간 쇳조각을 돌에 갈았는지 쇠는 짧고 뾰족한 송곳처럼 변해 있었다.

"후욱!"

한참 동안 쇳조각을 갈던 시월이 쇳조각을 들어 올린 뒤 바람을 불어 먼지를 털어냈다. 그러자 바늘보다는 굵고 송곳보다는 얇은, 마치 큰 열쇠 같은 모양의 쇳조각이 모습을 드러냈다.

"얼추 된 거 같은데……."

시월이 쇳조각을 바라보다가 자신의 발목에 채워진 족쇄의 열쇠 구멍으로 쇳조각을 가져갔다. 그러고는 이리저리 쇳조각을 돌리기 시작했다.

철커덕철커덕!

열쇠 구멍에서 움직이는 쇳조각 소리가 소란스럽게 일어났다. 하지만 족쇄는 쉽게 풀리지 않았다. 딱 맞는 열쇠가 아닌 이상 족쇄를 푸는 일이 그리 쉬울 리 없었다.

그렇다고 쉽게 포기할 시월도 아니었다.

월문의 문주 백문보나 장로들, 그리고 그의 사형제들 모두가 인정한 시월의 끈기였다.

시월은 시간의 흐름과는 아예 상관이 없는 사람처럼 쇳조각으로 열쇠 구멍을 쑤시는 일에 열중했다.

수중 동굴이지만 밤낮에 따라 강물을 통해 들어오는 빛의 양이 다르다. 그래서 동굴 안에서도 시간의 흐름은 알 수 있었다.

시월이 쇳조각으로 족쇄 풀기에 매달리는 동안 하룻밤이 지났다. 세상이 아침이 되었다는 것을 물을 통해 들어온 밝은 빛이 알려주고 있었다.

그렇게 아침이 온 줄도 모르고 족쇄 풀기에 열중하던 어느 순간 문득 족쇄에서 이질적인 소리가 들렸다.

철컥!

순간 시월의 눈에 희열의 빛이 보였다.

"됐어! 풀렸어! 이젠 어디든 갈 수 있어!"

제7장

—

독행(獨行)

스스슥!

시월이 물뱀처럼 움직였다. 두 발이 자유로워진 시월은 물속에서 내공을 회복한 것처럼 자유롭게 움직였다.

그러나 시월이 내공을 회복한 것은 아니었다. 월문의 문주 백문보가 시월과 월문칠랑을 내공을 회복할 수 없는 몸으로 만들어서 보통 방법으로는 절대 내공을 회복할 수 없었다.

무광이 시월에게 만화원의 화노를 찾아가라고 한 것도 그런 이유에서였다.

천하제일의 괴의, 천년화정조차 여러 약재들 중 하나일 뿐인 만화원에 가야만 망가진 단전과 혈맥을 고치고 내공을 회복할 수 있는 방법을 찾을 거라 판단했기 때문이었다.

그러나 내공이 없다고 수년간 수련한 무공이 완전히 사라지는 것은 아니다. 내공이 없는 몸이라도 보법과 검법 등 그동안 수련한 무공을 몸은 기억하고 있다. 다만 근육의 힘으로 상승 무공을 시현하는 데 한계가 있을 뿐이었다.

하지만 적어도 물살을 헤치고 나가는 데는 근육의 힘만으로도 충분했다. 거기에 더해 그동안 심심할 때마다 흉내 내본 사형제들의 무공은 시월에게 큰 도움을 주고 있었다.

그중에서도 특히 월문칠랑 중 가장 빠른 다리를 가졌던 소후의 만리보라는 보법은 족쇄가 채워져 있던 때부터 시월에게 큰 도움이 되었었다.

석실에 갇혀 있는 동안 장로 고태가 조금씩 털어놓은 사실에 의하면 만리보는 삼십육마 중 한 명인 풍천마(風天魔) 서운관의 독문 무공이었다.

삼십육마의 난 당시에 풍천마 서운관은 의천무맹의 추격대 백여 명 사이에 뛰어들어 이십여 명의 고수를 베고 유유히 사라졌던 보법의 달인이었다.

그 풍천마의 보법이 적어도 지금은 시월에게 가장 큰 도움이 되는 무공이었다.

강물을 따라 유유히 헤엄을 치던 시월이 한순간 몸을 빙글 돌렸다. 머리를 위로 한 시월의 눈에 차가운 달빛이 들어왔다.

"여전히 보름이면 그곳에 나와 있을까?"

시월이 중얼거렸다. 두 다리의 자유를 회복한 시월은 이제 신검산을 떠날 생각이었다.

석실에서 탈출한 지 이미 석 달이 지났다. 월문에서는 여전히 자신을 찾고 있겠지만, 지금도 신검산 주변을 수색하고 있을 리는 없었다.

어쩌면 이제는 세상에서 들려오는 풍문에 의지해 자신을 찾고 있을지도 모르는 일이었다. 충분히 신검산을 떠날 상황이 된 것이다.

더군다나 신검산 동북쪽 절벽 중턱의 석실에 갇혀 있던 사형제들은 이미 운중오문의 사람들에게 넘겨진 지 오래일 것이다.

더 이상 신검산에 남아 있을 이유가 없는 시월이었다. 그런데 신검산을 떠나기 전 한 사람만은 꼭 만나고 싶었다.

월문칠랑과 가까우면서 적어도 이 배신에 연루되지 않았을 한 사람, 그에게 월문칠랑만큼이나 친밀감을 느끼는 사람, 설우담이었다.

설우담은 잠룡동을 방문했을 때 가끔 월문에서의 삶에 대해 말하곤 했었다.

그때 그녀는 보름달이 뜨는 날이면 간혹 신검산 앞으로 흘러 나가는 강에 드리운 달을 구경하려 산책을 나오곤 한다고 했었다. 그리고 그 산책의 종점은 늘 초월루(初月樓)라고 했었다.

시월은 신검산을 떠나기 전 그 초월루에 들러볼 생각이었다. 마침 보름인 오늘 설우담이 초월루에 나와 있을 수도 있기 때문이었다.

시월은 어떤 움직임도 없이 강물에 몸을 맡겼다. 괜히 서둘다 소리를 내는 약간의 위험도 감수하고 싶지 않은 시월이었다.

시월은 신검산 남쪽에 위치한 초월루까지 물에 몸을 맡긴 채 이동했다. 그리고 초월루가 보이자 그대로 물속으로 가라앉았다.

물속에서 시월은 물고기처럼 자유롭게 움직였다. 그는 한 번도 수면 위로 올라오지 않고 초월루가 서 있는 높지 않은 절벽 아래까지 도달했다.

그리고 초월루가 수면에 만들어내는 그림자 속으로 들어간 이후에야 물 밖으로 조심스럽게 머리를 내밀었다.

"후우……."

시월이 오랫동안 참았던 숨을 조용히 뱉어냈다. 숨 한 번 쉬는 것조차 극도로 조심해야 할 만큼 위험한 장소였다.

이곳에서 월문 문도에게 발견되면 탈출은 불가능할 것이다. 그러나 그런 위험에도 불구하고 시월은 초월루 아래쪽 절벽으로 다가가 조심스럽게 절벽을 타고 오르기 시작했다.

'오늘 만나지 못하면 오랫동안 만나지 못할 테니까. 누님이 나와 있기를 바랄 뿐이다. 누님도 진실은 아셔야… 엇!'

절벽을 오르며 설우담을 만나면 할 말들을 생각하던 시월이 한순간 움직임을 멈췄다. 그리고 더 이상 절벽을 오르지 않고 몸을 바짝 절벽에 붙였다.

그런 시월의 귀에 익숙한 목소리가 들려왔다.

"설매, 또 왜 이래? 아직도 마음을 정하지 못한 거야?"

월문의 소문주 백유검의 목소리다.

시월은 하마터면 소리쳐 백유검을 부를 뻔했다. 그만큼 오랫동안 정이 든 목소리였다.

하지만 시월은 손으로 입술을 깨물며 하려던 말을 다시 삼켰다.

그가 예전의 시월이 아니듯, 백유검 역시 예전의 그가 아닐 것이기 때문이었다.

그때 이번에는 또 다른 익숙한 목소리가 들려왔다.

"제가 소문주님을 온전히 믿을 수 있다고 생각하시나요?"

설우담의 목소리다.

이번에도 시월의 마음에 동요가 일었다. 그러나 역시 두 사람 앞에 모습을 드러낼 수 없는 시월이었다.

"정말 아직도 날 못 믿겠어?"

백유검의 부드러우면서도 간절함이 느껴지는 목소리가 다시 들렸다.

"소문주님은 월문칠랑과 형제로 지냈어요. 그런데 정작 그들이 위험에 처했는데 아무런 일도 하지 않으셨죠. 그들이 문주님께 버림받아 무공을 잃고 짐승처럼 운중오문에 끌려갔는데도 말이에요."

순간 시월은 머리에 망치를 맞은 것 같은 충격을 받았다.

백유검은 몰라도 설우담까지 월문칠랑에게 일어난 일을 알고 있을 거라고는 생각지 못했던 것이다.

'그 사실을 알고도… 월문을 떠나지 않았어?'

한순간 설우담에 대한 배신감이 몰려들었다.

"어쩔 수 없는 일이었다는 걸 설매도 알고 있잖아. 그들을 희생시키지 않으면 월문이 멸문당할 상황이었다고."

백유검이 변명했다.

"그 말은 다시 그런 상황이 오면 저 또한 버리실 수 있다는 뜻 아닌가요?"

"그게 무슨 말이야. 설매를 왜 버려. 설매는 마공을 수련하지도 않았는데."

"단지 그들이 마공을 수련해서 버린 것은 아니겠지요. 애초에 월문칠랑을 언젠가는 버리고 말 소모품으로 생각했던 것 아닌가요?"

"…아버님은 그러셨을지 몰라도 난 아니야. 난 정말 그들을 좋아했어."

"그래요? 그런데 어떻게 소후의 여자였던 절 소문주님의 여자로 만들 수 있는 거죠?"

'헉!'

순간 너무 놀란 시월이 집중력을 잃었고, 절벽 틈 사이를 딛고 있던 발이 미끄러졌다.

투툭!

시월의 발이 미끄러지면서 작은 흙 부스러기들이 수면으로 떨어지며 미세한 소음을 일으켰다

그러자 백유검과 설우담의 대화가 뚝 끊겼다.

"누가 있나요?"

잠시 후 설우담이 백유검에게 물었다.

"밤 짐승이 낸 소리 같군. 사람 소리는 아닌 것 같아."

백유검이 대답했다.

"하긴 이제 월문 최고의 고수가 되신 소문주님의 눈을 피해 여길 감시할 사람은 없겠죠. 그 무공… 그들이 만들어준 거란 걸 인정하나요?"

"물론, 천년화정이 없었다면 불가능했을 테지."

"그들은 천년화정을 구하기 위해 죽음도 불사했죠. 오직 소문주님의 무공을 되살리기 위해서요."

"후우… 설매, 나도 알고 있어, 무광 사형이나 다른 사형제들이 날 위해 얼마나 노력했는지. 하지만 현실을 인정해야지. 그들을 위해 월문을 멸문시킬 수는 없잖아. 그리고 설매도 그래. 영원히 돌아올 수 없는 소후를 기다릴 수는 없는 거잖아. 설매도 그 사실은 인정하면서 왜 그래?"

"그래서 소문주께서 절 욕심내는 게 아무렇지도 않다는 건가요?"

설우담이 따졌다.

"설매. 그렇게 말하지 마. 설매에 대한 내 마음을 말하자면 나도 할 말은 있어. 사실 설매를 가장 먼저 마음에 둔 사람은 나였어. 설매가 처음 잠룡동에 찾아왔을 때부터 난 설매에게 마음을 뺏겼지. 그래서 무리하는 줄 알면서도 사형제들을 설득해 무령산 산적을 공격하러 갔던 거라고."

"그런데 왜 그때 마음을 털어놓지 않으신 거죠?"

"기회를 놓쳤을 뿐이야. 난 시간을 두고 설매에게 다가가려고 했는데 소후가 먼저 설매를 차지했지. 하지만 그 이후에도 난 늘 설매를 좋아했어."

"…정말요?"

"맹세할 수 있어. 사실 내가 부상을 당해 누워 있을 때 설매에게 간호를 부탁한 것도 그래서야. 그때 난 참 행복했지."

백유검의 부드러운 말이 들려왔다.

"좋아요. 어차피 서로의 마음을 확인했으니까요. 그런데 그럼 저와 정식으로 혼인을 하실 수 있나요? 제게 월문 미래의 안주인 자리를 주실 수 있어요?"

"그, 그건……."

설우담의 질문에 백유검이 쉽게 대답하지 못했다.

"역시. 대답하지 못하는군요."

설우담이 차갑게 말했다.

"알겠지만 내 혼사 문제는 내 마음대로 할 수 없어. 결국 정략

혼으로 이어질 거고. 하지만 내 마음은 언제나……."

"그만해요. 절 아시잖아요? 전 누군가의 첩으로 살아가고 싶은 생각이 추호도 없어요. 만약 나를 원하면 정식으로 혼인을 하게 해주세요."

"하지만 아버님이……."

"문주님을 설득하는 것은 소문주님 몫이죠. 그렇지 않으면 이제 더 이상 소문주님을 만나지 않을 거예요."

"설매! 그러지 말고……."

"왜 이러세요."

백유검과 설우담이 몸으로 실랑이하는 소리가 시월의 귀에 들려왔다.

가벼운 입맞춤 소리도 들리는 듯했다. 시월에게 그 소리들은 어떤 검이나 화살보다도 아프게 느껴졌다.

'겨우 세 달… 겨우 세 달밖에 지나지 않았어!'

시월이 마음속으로 소리쳤다.

백문보가 월문칠랑을 배신한 것이 세 달 전이다.

그런데 형제와 같던 백유검과 소후의 연인이었던 설우담은 이미 혼인을 논의할 만큼 가까워져 있었다.

더군다나 초월루 위쪽에서 일어나는 실랑이와 뒤이어 이어지는 입맞춤 소리는 이들의 관계가 결코 가볍지 않음을 말해주고 있었다.

시월이 분노로 몸을 떨었다. 백문보에 대한 원망은 있었지만, 백유검만큼은 월문칠랑의 처지를 안타까워하고 자신이 구하지 못한 현실을 괴로워할 줄 알았다.

그런데 월문칠랑이 석실에 갇혀 있을 때, 단 한 번도 찾아오지 않은 백유검은 그 시간 동안 소후의 여인이었던 설우담을 자신의 여자로 만들고 있었던 것이다.

설우담 역시 자신의 연인이 월문주의 배신으로 모든 무공을 잃고 짐승처럼 운중오문으로 끌려갔음을 알면서도, 겨우 석 달이 지나기도 전에 백유검의 여자가 되어 있었던 것이다.

말로는 혼인 전에는 절대 백유검의 여자가 될 수 없다고 했지만, 초월루 위에서 들리는 소리들은 이미 설우담이 백유검의 여자가 되었음을 확인해 주고 있었다.

'…고맙구나. 그나마 남아 있던 월문에 대한 미련을 한 올까지 사라지게 해주어서……'

시월이 바득 이를 갈며 생각했다.

그즈음 다시 백유검의 목소리가 들렸다.

"설매, 내가 어떻게 하든 아버님을 설득할 테니 기다려 봐."

"정말이죠?"

"음, 대신 설매도 한 가지는 양보해 줘."

"무엇을요?"

"아버님은 정략혼을 포기할 분이 아니야. 그러니까……."

"부인 두세 명은 거느리시겠다?"

"내가 원해서 하는 일이 아닌 걸 알잖아?"

"흥, 그야 모르죠. 사내들이 누구나 삼처사첩을 마다치 않으니까요. 아무튼 좋아요. 날 첩이 아니라 정식 부인으로 인정해 준다면 상관없어요. 하지만 명심해요. 언제나 제가 우선이어야 해요. 어떤 명문가의 여인이 와도."

"그야 당연하지."

"아이, 좀 그만해요."

"잠깐만 가만히 있어봐."

"이봐요, 도련님! 이제 돌아가야 할 시간이라고요! 자칫하면 장원의 문이 닫혀요."

"어, 벌써 시간이 그렇게 되었나?"

백유검의 아쉬운 목소리가 들린다.

"빨리 가요. 그리고 꼭 아버님께 허락을 받아줘요."

"알았어. 약속할게."

두 사람의 대화는 그걸로 끝났다. 뒤이어 두 사람이 초월루를 떠나는 소리였다.

"인간들이란……!"

절벽에 매달려 있던 시월이 허탈하게 중얼거리며 손을 놓았다. 그의 몸이 눕듯이 허공으로 밀려나더니 그대로 강물에 떨어졌다.

풍덩!

차가운 초겨울 강물이 시월의 온몸을 휘감았다. 시월은 삶을 포기한 사람처럼 그대로 강물 깊숙이 가라앉았다.

시체처럼 강물 깊이 가라앉던 시월의 몸에 한순간 강바닥에 닿았다.

시월은 강바닥에 몸을 누인 채로 꽤 오랫동안 머물렀다. 그러다 한순간 잠에서 깬 사람처럼 눈을 번쩍 떴다. 그의 눈에서 한 줄기 서늘한 안광이 흘러나와 수면으로 뻗어나갔다.

시월이 물속에 사는 짐승처럼 한 차례 몸을 꿈틀거렸다. 그리고는 물고기처럼 헤엄치기 시작하더니 한순간에 수면 위로 고개를 내밀었다.

"푸웃!"

시월이 입에 머금었던 물을 뱉어냈다. 그러고는 강물을 따라 힘
차게 헤엄을 치기 시작했다.

"언젠가는 돌아와서 물어보겠다. 말이 아니라 검으로. 어떻게
사람 마음이 그렇게 쉽게 변할 수 있냐고!"

헤엄을 치면서 시월이 중얼거렸다.

그날 시월은 신검산을, 월문을 떠났다.

*   *   *

후둑후둑!

봄을 알리는 비가 내리고 있었다. 갓 돋아난 연한 초록 잎들이
굵은 빗줄기를 이기지 못하고 이리저리 흔들렸다.

그러나 그 여린 잎들은 자신들을 몰아치는 빗줄기를 자양분 삼
아, 곧 무성한 초록의 숲을 만들 것이다.

시월은 짐승들이나 잠을 잘 법한 바위틈 작은 공간에 들어앉아
늑대 가죽으로 만든 모피를 뒤집어쓰고 시원하게 내리는 봄비를
바라보고 있었다.

봄비가 만들어내는 뿌연 안개 너머로 높은 산봉우리들이 아스
라이 보였다.

요하를 지나 동쪽으로 여행한 지 석 달째 되는 어느 날 아침이
었다.

단 한 번 와본 곳이지만, 왠지 낯설지 않게 느껴지는 산봉우리

들이다. 그 산봉우리들 사이에 만화원이 있었다.

시월은 대사형 무광의 충고대로 신검산을 떠난 이후 만화원을 향해 혼자만의 여행을 했다. 이곳까지의 여행 중 큰 위험을 겪은 것은 아니지만 무척 고단한 여행이었다.

혹시라도 자신의 행적이 월문주 백문보의 귀에 들어갈까 싶어 크고 작은 마을을 모두 피했고, 제대로 된 길을 따라 걷지도 않았다.

시월은 사람들이 없는 숲을 가로지르고, 짐승이나 다닐 법한 산길을 따라 이동했다. 더군다나 과거와 달리 몸에는 경공을 펼칠 수 있는 내공도 없었다.

그 때문에 관도를 따라왔으면 한 달이면 너끈히 도착했을 거리를 석 달이나 걸려 여행한 시월이었다.

"시원하게도 오네."

우적!

시월이 아침잠을 깨운 봄비를 바라보며 어제 저녁에 캔 산마를 한 입 깨물었다.

특별히 준비를 하고 떠난 여행이 아니었기에 식량은 여행 중에 사냥한 짐승이나, 산에서 캔 산마와 같은 것들로 대신했다.

겨울 땅에서 먹을 것을 캐내는 것이 쉽지는 않았지만, 인내심만큼은 누구에게도 뒤지지 않는 시월이었기에 언 땅에서도 결국에는 칡뿌리와 산마 같은 것을 캐낼 수 있었다.

그것도 최근 며칠간은 크게 고생을 할 필요가 없었다.

여행 중에 어느새 추운 겨울이 가고 봄이 오고 있었기 때문이었다. 봄기운은 땅에서부터 시작된다. 땅은 대지를 얼렸던 힘을 풀고 부드럽게 변했다.

땅이 녹기 시작할 즈음부터는 여행 속도도 조금 빨라졌다. 땅에서 먹을 것을 구할 수 있게 되면서 설원에서 사냥하는 시간이 줄었기 때문이었다.

우적우적!

시월이 단숨에 세 덩어리의 산마를 먹어 치웠다. 그러고는 입가에 묻은 산마의 흰 진액을 때 묻은 소매로 슥 닦아내며 중얼거렸다.

"그가 날 받아줄까?"

만화원이 가까워지자 걱정거리도 변했다.

월문의 추격과 하루 양식을 걱정하던 것에서 화노가 과연 자신을 어떻게 대할지가 걱정이 되는 시월이었다. 그의 괴팍한 성격을 생각하면 시월을 만나자마자 죽일 수도 있었다.

물론 무광 사형의 말대로 그가 일부러 그들을 놓아주고, 천년화정을 가져가게 했다면 조금 다를 수도 있지만, 그건 어디까지나 추측일 뿐이었다.

확실한 것은 단 하나, 화노라는 사람이 예측할 수 없는 성정을 지닌 괴팍한 노인이란 것밖에 없었다.

"어쨌든 지금으로서는 그만이 유일한 해결책이니까."

시월이 바위틈에서 기어 나왔다.

후두둑!

뒤집어쓴 늑대 가죽 위로 굵은 빗방울들이 떨어졌다. 하지만 그 빗방울들이 시월의 몸을 적시지는 않았다. 은빛으로 빛나는 늑대 털이 빗방울들을 막아주었다.

시월은 그렇게 늑대를 잡아 만든 모피를 뒤집어쓰고 비 내리는 숲으로 걸어 들어가기 시작했다.

저벅저벅!

비에 젖은 산길은 여행자를 불편하게 만든다. 그럼에도 시월은 꾸역꾸역 산기슭을 따라 짐승이 만들어놓은 길을 걸었다.

과거에는 무공을 지닌 몸으로 왔었지만, 이제 그의 몸에는 위험한 길과 가혹한 날씨를 이겨낼 내공이 없었다. 그래서 만화원으로 가는 길은 고단했다.

하지만 그래도 그나마 처음 왔을 때보다 나은 점도 있었다.

사형들과 처음 만화원을 방문했을 때는, 남동쪽에 있는 수십 장 높이의 절벽을 타고 올라갔었다. 만화원의 주인 화노의 눈을 피하기 위한 선택이었었다.

그러나 이번에는 굳이 화노의 눈을 피할 필요가 없었다. 아니, 오히려 시월은 조금이라도 빨리 화노가 자신을 발견해 주기를 원했다.

그래야 이 외로운 혼자만의 여행을 끝낼 수 있고, 또 조금이라도 빨리 화노의 마음을 알 수 있기 때문이었다.

주룩!

상념에 빠져 걷다 보니 한순간 발을 헛디뎌 시월의 몸이 젖은 흙과 함께 산비탈 쪽으로 쭉 밀려났다.

"젠장!"

시월의 입에서 자신도 모르게 욕설이 흘러나왔다.

단단히 결심을 하고 온 곳이지만, 이렇게 예상치 못한 일이 벌어지면 자신도 모르게 욕설이 흘러나왔다. 그리고 그때마다 월문에 대한 화가 치밀어 올랐다.

"꼭 돌아가고 만다! 무슨 일이 있어도!"

시월이 이를 바득 갈고는 미끄러져 내려온 산비탈을 다시 오르기 시작했다.

*   *   *

쏴아아!

만화원은 옛 모습 그대로 높은 산 위태로운 절벽 중턱에서 시월을 맞이했다.

그러나 모습은 그대로인데 분위기는 조금 달라져 있었다. 처음 왔을 때의 그 신비로운 아름다움이 이상하게 느껴지지 않았다.

"비가 와서 그런가?"

시월이 을씨년스럽게 느껴지는 만화원을 보며 중얼거렸다.

만화원 건물들 사이사이로 봄비가 만들어낸 안개가 흐르고 있었고, 지붕 위쪽으로는 어두운 비구름들이 드리워 있었다.

그런 풍경이 꽃들이 만발했던 만화원을 첫 느낌과 다르게 느껴지게 만들고 있는 것인지도 몰랐다.

"어쨌든 그를 만나야 하니까."

시월이 다시 만화월을 향해 걸음을 옮겼다. 역시 예전과 다르게 담을 몰래 넘지 않고 주저하지 않고 장원의 정문을 향해 다가 갔다.

쾅쾅쾅!

시월이 장원의 문을 강하게 두드렸다. 하지만 장원 안에서는 어떤 반응도 나오지 않았다.

"그가… 없는 건가?"

여러 번 문을 두드렸음에도 불구하고 화노가 나타나지 않자 문득 불안한 마음이 들었다.

이 먼 곳까지 왔는데 화노를 만날 수 없다면 시월은 무공을 되찾을 길이 없었다.

쾅쾅쾅!

시월이 다시 문을 두드렸다. 그러나 역시 장원 안에서는 어떤 반응도 없었다.

"정말 떠난 건가?"

시월이 중얼거렸다.

폐가처럼 을씨년스러운 장원의 풍경, 문이 부서질 듯 두드려도 모습을 드러내지 않는 주인, 보통 이런 일은 주인이 집을 버리고 다른 곳으로 떠나 버렸을 때 일어날 일이다.

"그런데 문은 왜 잠겨 있는 거지?"

시월이 고개를 갸웃했다.

장원을 버리고 떠났다면 굳이 문을 잠가둘 이유가 없기 때문이었다.

"일단 들어가 보긴 해야겠지!"

결국 시월은 처음 만화원에 왔을 때처럼 담을 넘기로 결심했다.

탁!

만화원의 높은 담장을 넘은 시월이 가볍게 땅에 착지했다. 비록 내공은 없어도 사형들이 급히 전해준 무공을 여행 중에 틈틈이 수련해서인지 시월의 몸은 짐승처럼 가벼웠다.

석실에 갇혀 있을 때, 음식을 최소한으로 섭취해 곧 죽을 것 같았던 그의 몸도 이제는 쇠처럼 단단해 보였다. 물론 마른 체구는 여전했지만.

"정말 아무도 없네……."

장원은 삭막한 겨울의 풍경을 하고 있었다. 꽃들로 만발했던 정원에서 더 이상 꽃은 찾아볼 수 없었다.

물론 눈은 다 녹아 있었다. 봄기운은 오히려 숲보다 더 먼저 장원을 찾아온 것 같았다. 아마도 이 봄비가 지나가면 몇몇 나무들은 싹을 틔우고 겨우내 땅 속에 묻혀 있던 화초들도 머리를 내밀 것이다.

하지만 적어도 지금 이 순간만큼은 만화원은 황량한 정원이었다. 그래서 이 낯선 장원의 삭막함은 시월에게 전혀 다른 곳에 와 있는 것이 아닌가 하는 의심을 만들어내게 했다.

덜컹!

시월이 건물 한 채의 문을 열어보았다. 건물 안은 그런대로 깨끗했지만, 역시 사람의 흔적은 찾을 수 없었다.

"정말 떠난 건가?"

시월이 털썩 작은 툇마루에 주저앉았다. 화노가 만화원을 떠났다는 생각을 하자 온몸에 힘이 빠지는 것 같았다. 화노를 찾지 못한다면 자신의 단전과 혈맥을 회복해 내공을 되찾기 위한 또 다른 여정을 시작해야 한다.

그 여정은 시작과 끝이 정해지지 않은 여정이 될 것이다. 그 막막함이 시월의 몸에서 기운을 뺏어 갔다.

"젠장!"

시월이 몇 개의 산봉우리 너머로 보이는 우울한 잿빛 바다가 보기 싫어 벌렁 바닥에 누웠다. 하지만 누워도 보이는 것은 처마 끝 비를 쏟아내는 잿빛 하늘이다.

"막막하구나!"

목적지를 잃은 여행객처럼 시월이 우울한 목소리로 중얼거렸다.

그런데 그때 갑자기 날카롭고, 신경질적이며, 조롱기 가득한 목소리가 들려왔다.

"이 도둑놈아! 남의 집에서 뭘 하고 있는 거냐?"

"엇?"

욕설이지만, 오히려 반가운 마음에 시월이 얼른 몸을 일으켰다. 그리고 목소리가 들려온 곳을 바라봤다.

그러자 어딜 다녀오는지 작은 보따리를 짊어진 화노가 어느새 장원의 정문을 열고 성큼 시월 앞에 다가와 있었다.

"의원님!"

시월이 뛰어오르듯 일어나 화노 앞으로 달려갔다.

"이런 빌어먹을 놈! 누가 보면 우리가 헤어졌던 혈육인 줄 알겠다. 남의 집에 들어와 도둑질이나 하는 놈이!"

화노가 다가온 시월에게 다시 한번 욕설을 퍼부었다.

"죄, 죄송합니다."

그제야 자신이 화노에게는 천년화정을 훔쳐 간 도둑일 뿐임을 깨달은 시월이 얼른 뒤로 물러나며 고개를 숙였다.

"이 염치없는 놈아! 그 귀한 천년화정을 훔쳐 갔으면 잘 먹고 잘 살지 왜 빌어먹는 거지꼴을 하고 찾아와 남의 집을 더럽히느냐?"

화노가 흥건히 젖어 있는 툇마루를 보며 욕을 했다.

"그, 그게… 죄송합니다. 의원님이 장원을 버리고 떠나신 줄 알고 그만……."

"흥! 이 귀한 곳을 버리긴 왜 버려! 그리고 설혹 내가 버리고 떠났다고 해서 네놈이 마음대로 더럽힐 수 있는 곳은 아니지? 안 그러냐? 꼬맹이 도둑놈아!"

"…죄송합니다."

하나같이 옳은 말이라 반박을 할 수 없는 시월이 얼굴을 붉히며 다시 한번 사죄했다.

"그런데 이번에는 또 뭘 훔쳐 가려고 다시 왔느냐? 나에게 들키면 죽을 수도 있다는 걸 알았을 텐데?"

화노가 시월을 보며 소리쳤다.

그러자 시월이 잠시 망설이다가 비가 내려 질퍽거리는 땅바닥에 무릎을 꿇고 앉았다.

"의원님, 도와주세요. 시키는 일은 뭐든 하겠습니다!"

갑작스러운 시월의 행동에 화노가 뜨악한 눈으로 시월을 바라봤다.

두두둑!

내리는 비가 화노의 우의에 떨어졌고, 시월의 머리 위로도 쏟아졌다.

화노는 쉽게 입을 열지 않았다. 무슨 일이냐고 묻지도 않았고, 미친 짓을 한다고 화를 내지도 않았다. 그는 그냥 물끄러미 시월을 바라볼 뿐이었다.

그러다가 문득 성가시다는 듯 손을 휘저으며 말했다.

"가서 아궁이에 불이나 넣어라!"

"예?"

"내공을 잃고 나서 귀까지 처먹은 거냐? 가서 아궁이에 불 좀 넣으라고! 오랫동안 불을 넣지 않아서 집이 엉망이다. 비도 오는데… 에잇! 날씨도 추잡스러워서! 서둘러! 난 잠시 다녀올 곳이 있으니까!"

"예? 예!"

시월이 정신을 차리고 얼른 대답했다. 화노는 그런 시월에게 눈길도 주지 않고 만화원 북쪽을 향해 걸음을 옮겼다.

"그런데 어느 건물에 불을 넣을까요?"

멀어지는 화노에게 시월이 소리쳐 물었다.

"당연히 네놈이 더럽힌 곳에 넣어야지!"

화노가 퉁명스럽게 대답했다.

"예, 얼른 불을 땔게요!"

시월이 급히 대답했지만, 어느새 화노는 북쪽 건물들 사이로 멀어지고 있었다. 그런 화노의 뒷모습을 빗속에서 우두커니 지켜보던 시월이 한순간 고개를 갸웃하면서 중얼거렸다.

"그런데 내가 내공을 잃은 것을 어떻게 알았지?"

*　　　　*　　　　*

화르르!

비가 내려 모든 것이 젖었지만 불을 피우는 것은 어렵지 않았다. 부엌 안에는 마른 장작이 한쪽 벽면 반을 채우고 있었기 때문이었다.

부싯돌 역시 아궁이 근처에 있었으므로 시월은 금세 아궁이에 불을 넣을 수 있었다.

그래도 한동안 사용하지 않아서인지 불기운이 아궁이를 달구고, 굴뚝에 온기가 돌기까지는 매캐한 연기가 부엌에 가득 찼다.

하지만 아궁이와 굴뚝은 이내 본래의 기능을 되찾아 금세 연기를 빨아들이고 뜨거운 불길을 만들어냈다.

활활 타오르는 아궁이 속 불꽃을 보며 시월은 잠시나마 긴장을 풀고 휴식을 취할 수 있었다. 장작들이 붉은 불덩이로 변해가는 모습을 멍하니 바라보고 있는 것만으로도 시월은 그간의 피로가 한결 풀리는 느낌이었다.

하지만 그 휴식은 오래가지 않았다.

아궁이에 제대로 불이 붙은 지 채 이각이 지나지도 않아 화노가 불쑥 모습을 드러냈기 때문이었다.

탁!

"밥 좀 해라!"

화노가 아궁이 앞에서 멍하니 불덩이를 바라보고 있는 시월 옆에 작은 자루를 던지며 말했다.

"예?"

"밥 좀 하라고! 굶을 거냐?"

"……."

시월이 대답 없이 어리둥절한 표정으로 화노를 바라봤다.

"왜? 하기 싫어?"

"아, 아닙니다."

시월이 얼른 고개를 저었다.

"그럼 얼른 밥을 지어. 우물은 동쪽 담장 아래 있으니까 물은 거기서 길어 오고. 이 부엌에 필요한 것은 다 있으니 저녁 준비를 마치면 날 깨워라. 난 눈 좀 붙여야겠다."

화노가 마치 오래전부터 시월이 자신의 시중을 들어온 사람인 것처럼 명령했다.

"그런데 반찬이……."

"그 옆에 소금 있다. 남쪽 담장 바깥쪽에 나물들이 눈이 덮인 채 조금 올라오긴 했더라. 여긴 고산이라 추운 곳이지만 지열이 강해서 나물들이 빨리 자라지. 또 봄은 봄이니까. 밥 한 그릇에 나물 한 접시면 족하다. 더 할 것도 없다."

"…알겠습니다."

"불만이면 지금이라도 떠나고."

"아닙니다."

시월이 얼른 고개를 저었다.

"하긴… 갈 곳도 없겠지."

화노가 퉁명스럽게 말하고는 부엌을 떠나 집 안으로 들어갔다.

"갈 곳도 없다라… 하긴 정말 갈 곳도 없지. 그런데 그 사실은 또 어떻게 아셨을까?"

시월이 자신에 대해 너무 잘 알고 있는 화노에게 의구심이 생겼다. 단순한 짐작만으로 말하는 것 같지 않기 때문이었다. 하지만 이내 고개를 저으며 중얼거렸다.

"때가 되면 말씀을 하겠지."

역시 인내심과 기다림은 타고난 시월이다. 시월이 머릿속에 일어나는 의문을 누르고 밥을 짓기 위해 움직였다.

*   *   *

드르렁드르렁!

시월이 해온 밥과 나물로 이른 저녁을 먹은 화노는 시월이 설거지를 끝내고 돌아왔을 때 이미 코를 골며 잠을 자고 있었다.

시월은 그런 화노를 깨우려다 말고 방 한쪽 벽에 등을 기대고 앉았다.

비는 여전히 내리고 있었다. 벌써 이틀째, 언제 그칠지 모르는 비가 지겹게 느껴질 만도 하지만 시월은 그 빗소리가 좋았다.

이렇게 빗소리를 듣고 있으면 그에게 일어났던 모든 일들이, 그리고 그가 해야 할 일들이 꿈처럼 느껴져서 고단한 마음을 잠시 쉴 수 있기 때문이었다.

산중의 밤은 빨리 찾아온다. 이른 저녁을 먹었음에도 밖이 금세 어두워졌다.

시월은 여전히 가볍게 눈을 감은 채 빗소리에 취해 있었다. 이런 시간이면 하룻밤이라도 빗소리를 들으며 앉아 있을 수 있을 것 같았다.

그런데 갑자기 그런 시월의 휴식을 화노의 목소리가 깼다.

"몸은 왜 그렇게 됐냐?"

갑작스러운 화노의 질문에 시월이 퍼뜩 눈을 떴다.

어느새 잠에서 깬 화노가 방 한쪽에 있던 오래된 등잔에 불을 밝히고 있었다.

"그게……."

얼핏 대답할 말을 찾지 못한 시월이 입안에서 말을 우물거렸다.

"배신이라도 당한 거냐?"

화노가 다시 물었다.

"알고 계셨나요?"

시월이 놀란 눈으로 화노를 보며 물었다.

"음, 짐작은 했지. 세상에는 월문칠랑이 만계지마를 추격하다가 실종되었다고 알려졌지만, 난 믿지 않았어. 만계지마가 대단한 자이기는 해도 혼자서 너희들을 죽일 정도는 아니고. 결정적으로 너희들이 월문으로 돌아간 후 다시 나오지 않았으니까. 아무리 은밀히 움직여도 내 눈은 피하지 못하지."

"설마… 신검산 월문에 오셨었어요?"

시월이 경악한 눈으로 화노에게 물었다.

"그럼 천년화정과 화정의서를 잃어버렸는데 가만히 앉아 있을 줄 알았느냐?"

"화정의서… 라뇨?"

시월이 되물었다. 자신들이 훔쳐 간 것은 천년화정 하나였다.

"역시 모르는군."

"저희들은 오직 천년화정만 필요했을 뿐입니다."

시월이 고개를 저으며 대답했다.

"나도 그렇게 짐작하고 있었다. 그가 자신의 계획을 다른 사람에게 발설하지는 않았을 테지."

"그… 라면 누구… 혹시 월문주요?"

"아니, 그는 화정의서의 존재조차 몰랐을 거야. 그 의서의 존재를 아는 사람은 나를 제외하곤 천하에 오직 한 명뿐이지."

화노가 고개를 저었다.

"그럼 그때 저희들을 옥에 놓아두고 떠나신 것이……?"

"맞아. 내가 너희들과 실랑이를 벌이고 있을 때, 그는 화정의서를 훔쳐내고 있었다. 내가 조금 늦었던 거지."

"대체 그가 누구죠?"

"있어. 그런 작자가! 열등감에 사로잡혀서 평생 동안 자신의 인생을 허비하는… 불쌍한 사람이지. 그래서 사악한 짓을 해도 그냥 두고 봤었는데, 이번에는 일을 제대로 친 거지."

화노가 인상을 찌푸리며 중얼거렸다. 뭔가 잔뜩 마음에 들지 않는 기색이 역력했다.

"혹시 그 사람이 우리 일과 연관이 있나요?"

시월이 물었다.

"그건 내가 묻고 싶은 말이다. 난 사실 그를 찾으러 너희들 뒤를 쫓은 거야. 천년화정이나 화정의서가 만화원에 있다는 것을 아는 사람은 그뿐이거든. 그런데 너희들은 만화원 내부 지형까지 알고 들어왔다. 그건 곧 그가 만화원의 정보를 너희들에게 주었다는 뜻이지."

"우린 월문주에게서 그 정보들을 들은 건데요?"

"그가 월문주에게 전하고, 월문주는 너희들을 움직인 거겠지. 혹시 월문에 나이 든 의원이 있었느냐? 아마… 의술은 무척 뛰어났을 거야. 모르면 모를까 그의 실력을 알면 천하제일의 명의 소리를 들었을 텐데."

"있어요! 군자의 공천보라는 사람이 월문의 오랜 손님으로 있었어요. 그분이 소문주도 치료하고, 월문에 여러 신단들을 만들어주었다고 하더군요. 전대 월문주부터 인연을 맺었다고……."

"군자의 공천보라… 이름은 그럴듯하게 새로 지었군."

"그가 맞나요?"

"이름은 다르지만 아마도 그일 것이다."

화노가 고개를 끄떡였다.

"그럼 그가 천년화정의 존재를 월문주에게 말한 것은 결국 화정의서라는 것을 빼내기 위해서……."

"그렇게 된 거지. 다만 그의 계획에서 어긋난 일이 벌어진 거지. 아마도 그는 내가 너희들을 그렇게 쉽게 놓아줄 거라고 생각지 못했을 거다. 분명 내가 너희들을 죽일 거라고 생각했겠지. 그것부터… 그는 정말로 날 잘 모르는 거지."

"대체 두 분은 어떤 사이신데요? 말씀하시는 것을 들어보면 적지 않은 인연이 있으신 것 같은데……."

시월이 물었다. 그러자 화노가 대답을 하려다 말고 멈칫 하더니 불쑥 화제를 돌렸다.

"그보다 네놈들은 어떻게 된 거냐? 정말 월문주가 배신을 한 거야?"

"예……."

시월이 시무룩하게 대답했다.

"왜 그런 일이 벌어졌지? 내가 알아본 바에 의하면 네 녀석들은 월문주가 월문의 미래를 위해 심혈을 기울여 키운 놈들인데. 그리고 이미 월문을 위해 큰 공을 세우기도 했고. 이렇게 쉽게 버리기에는 너무 아까운데. 나이도 젊고."

화노가 이해할 수 없다는 듯 중얼거렸다.

"우리가 마공을 익혔다고 하셨죠? 지난번에."

"그랬지. 확실히 마공이었으니까."

"그게 사실이었어요. 그리고 그 사실을 운중오문이 알게 되었어요. 운중오문은 그 일을 두고 월문주와 거래를 했습니다."

"거래?"

"예. 우리 사형제들의 내공을 폐쇄하고, 운중오문으로 데려가는 대신 월문주가 마공을 이용해 제자를 키운 사실을 묻어두는 것으로요. 거기에 더해 월문이 의천무맹에서 천문의 지위에 이를 수 있게 돕겠다고 했나 봐요. 물론 대신 월문은 의천무맹에서 운중오문의 꼭두각시 노릇을 하게 되겠지만……."

"나쁘지 않은 거래군."

화노가 고개를 끄떡였다.

"문주가 우릴 가두었고, 사형들이 힘을 모아 절 탈출시켰어요. 그때 대사형이 의원님을 찾아가라고 했지요. 사라진 내공을 되살릴 수 있는 유일한 사람일 거라고……."

시월이 간절한 표정으로 화노를 보며 말했다.

그러나 화노는 시월의 말에 특별한 관심을 보이지 않았다. 무슨 생각인가를 골똘히 하다가 눈살을 찌푸리며 중얼거렸다.

"결국 그자가 월문을 팔아 운중오문에 숨은 거군. 월문으로는 나를 막아낼 수 없다는 생각을 했겠지. 운중오문의 그늘 아래 숨어서 화정의서를 완전히 터득하겠다는 심산이야, 후우!"

화노가 길게 한숨을 쉬었다.

그러고는 잠시 침묵을 지키다가 혼잣말을 중얼거렸다.

"정말 어리석은 사람이 아닌가. 자기 재주가 미치지 못해 화정의서를 배우지 못한 것을 모르고… 과유불급, 능력이 미치지 못하는 자가 화정의서를 함부로 다루면 오히려 큰 화를 만나게 된다는 것을 왜 모를까, 하아……."

화노가 못마땅한 표정으로 연신 한숨을 쉬었다.

그런 화노를 보며 시월은 마음이 급했다. 그래서 화노가 자신을 치료해 줄지, 치료해 주면 그 대가가 무엇일지 묻지 않을 수가 없었다.

"제가… 내공을 되찾을 수 있을까요?"

시월이 조심스럽게 물었다.

"그럼!"

화노가 시월의 예상과는 달리 너무 쉽게 대답했다.

"예?"

"당연히 내공을 되찾을 수 있다고."

"정말요?"

시월이 다시 물었다.

"속고만 살았냐? 아! 그렇구만. 그동안 월문주에게 속고 살아왔으니 사람을 못 믿겠지. 하지만 난 월문주 따위의 인간이 아니야. 빈말을 하지 않는다. 넌 내가 고쳐주마. 대신! 너도 내 부탁을 들어줘야 해."

"하겠습니다!"

시월이 얼른 대답했다.

"내 부탁이 뭔 줄 알고?"

"뭐든 해야죠. 사형들을 구하려면!"

"…그들을 구할 생각이냐?"

"그럼요. 그렇지 않으면 무공을 회복할 이유가 없죠."

시월이 당연하다는 듯 대답했다.

그러자 화노가 귀찮다는 표정으로 중얼거렸다.

"제길, 그럼 시간이 조금 더 걸리겠네. 월문과 운중오문을 상대할 놈으로 만들어내려면… 어이구, 늙어 고생이다. 사형 한 명 잘못 둔 죄로!"

제 8장
—
은거의 시간

쿠르릉!

멀쩡한 건물이 한순간에 무너졌다.

시월은 당혹스러운 표정으로 만화원의 건물을 부수는 화노를 지켜보고 있었다.

그로서는 도저히 이해할 수가 없었다. 만화원을 떠난다 해도 굳이 집들을 부술 이유가 없었다.

그러나 화노는 망설임이 없었다. 그는 보통 사람이라면 들지도 못할 쇠망치를 들고 다니면서 기둥을 쓰러뜨리고 벽을 허물었다. 이틀이나 내린 봄비에 흠뻑 젖어 있던 건물들은 화노의 쇠망치에 허무하리만치 쉽게 무너졌다.

그렇게 한 시진에 걸쳐 만화원을 박살 낸 화노가 땀을 닦으며 무너진 집 한 채의 툇마루에 엉덩이를 붙이고 앉았다.

그런 화노 곁에 시월도 주춤거리며 앉았다.

"왜 부수냐고?"

불편한 얼굴로 앉는 시월에게 화노가 불쑥 물었다. 그는 마치 시월의 속을 읽고 있는 사람 같았다.

"예, 멀쩡한 집들을……."

"마음이 아픈 것은 내가 더하지. 내 손으로 일궈온 만화원인데."

화노가 침통하게 말했다.

"그런데 왜……?"

"제대로 사라지기 위해서."

"……?"

"그가 다시 이곳에 올 수도 있다. 화정의서만으로는 해결되지 않는 뭔가가 있다는 것을 느낄 테니까. 벽에 부딪히면 자기 자신에게서 문제를 찾지 않고 다른 곳에서 해결책을 찾으려는 게 그 사람의 성격이다. 그런 그에게 내가 이곳을 떠났다는 사실을 알려주고 싶었다."

"하지만 그냥 떠나도 되는 거잖아요?"

시월이 되물었다.

"그는 의심이 많은 사람이지. 무너진 만화원을 보지 않으면 내가 떠났다고, 혹은 이 만화원에 그에게 필요한 것이 남지 않는다는 걸 믿지 않을 거다."

"굳이 그걸 믿게 해야 할 필요가 있나요? 그가 찾아서 나올 것이 없으면 그만이잖아요?"

시월이 다시 물었다.

그러자 화노가 고개를 저었다.

"그럴 수는 없어. 그가 만화원을 뒤지는 것조차 포기하게 만들어야 해."

"대체 왜요?"

"우린 이곳에 남을 테니까."

"예?"

시월이 놀란 눈으로 화노를 바라봤다.

만화원을 부수는 화노를 보면서 시월은 오늘 자신이 만화원을 떠날 거라고 생각하고 있었다. 그런데 화노는 만화원을 무너뜨리고는 이젠 떠나지 않을 거라고 말하고 있었다.

"가자!"

당혹스러워하는 시월에게 아무런 설명도 해주지 않고 화노가 자리에서 일어났다. 그러고는 손을 툭툭 턴 후 만화원 동북쪽을 향해 걸어가기 시작했다.

그르릉!

거대한 바위가 마치 괴물이 울듯 옆으로 밀려났다.

시월은 화노의 무공이 이렇게 강했나 싶은 표정으로 밀려나는 바위를 바라보고 있었다.

그러나 바위가 밀린 것은 화노의 무공이 강해서가 아니었다. 아래쪽에 바위를 밀어낼 수 있는 장치가 만들어져 있었던 것이다.

밀린 바위 뒤쪽으로 어두운 동굴이 모습을 드러냈다. 거대한 괴물이 입을 벌리고 있는 형상의 동굴은 이상하게도 안쪽에서 열기가 흘러나왔다.

"들어가자!"

화노가 자신이 먼저 동굴 안으로 들어갔다.

동굴은 안으로 들어갈수록 넓어졌다. 처음에는 한두 사람이 겨우 지나갈 정도로 좁았으나, 곧 십여 명이 다닐 만큼 넓어졌고, 급기야 거대한 지하공간이 시월 앞에 나타났다.

사람의 손길이 거의 닿지 않은 거대한 지하 동굴, 그럼에도 습기가 거의 느껴지지 않는다.

'이상한 동굴이야. 어떻게 습기가 없지?'

시월이 부지런히 화노를 따라 걸으며 속으로 생각했다. 그러다가 어느 순간 화노가 걸음을 멈추더니 시월을 보며 물었다.

"뭔가 좀 이상하지 않으냐?"

"…습기가 없다는 것이……."

"아니, 그것 말고."

"……?"

"어둡지가 않잖아."

화노가 주변을 둘러보며 말했다.

"아! 정말 그러네요. 어떻게 된 거죠?"

"저길 봐라."

화노가 동굴 안 마른 벽을 가리켰다. 그러자 벽 안쪽에 여러 색이 섞여 있는 돌들이 보였다.

"저놈들이 야광주 노릇을 하는 거지. 캐서 부숴보면 귀한 보석들을 찾을 수 있어."

"저것들이 전부 다 보석이라고요?"

"전부 다는 아니고, 보석이 섞여 있다는 거지. 이렇게 높은 산에 만화원 같은 장원을 짓는 것이 한 사람 힘만으로 될 수 있겠느냐? 결국 재물이 있어야 가능한 일이지."

"여기서 보석을 채취하셨군요?"

"음… 이쪽으로 오너라."

화노가 놀라는 시월을 지하공간의 남쪽으로 데려갔다. 그러자 다른 곳과 달리 사람 손길이 닿은 세 개의 석실이 모습을 나타났다.

석실 한 곳에는 서간에 책자들이 가득했고, 다른 한쪽은 약재들을 모아놓은 약재실이었다. 그리고 나머지 한 곳은 사람이 기거할 수 있게 침상과 약간의 가재도구들이 들어 있었다.

"이곳이야말로 숨겨진 만화원의 중심이랄 수 있는 곳이다. 밖의 장원은 겉껍데기 같은 거지. 언제든 부숴도 상관없는!"

화노가 침상과 가재도구들이 있는 석실에 들어가 앉으며 말했다.

"…의원에게 왜 이런 비밀 공간이 필요한 거죠?"

시월이 의아한 표정으로 물었다.

이런 비밀 공간은 무가(武家)나 상가(商家)에나 어울리는 장소였다.

"그만큼 우리 화의일맥의 의술이 대단하다는 거지. 세상에 알려지면 위험한 의술도 적지 않다. 그리고 다른 이유는 이곳이야말로 서책과 약재를 보관하기에 적당한 장소이기 때문이지. 네가 말했듯이 이 동굴은 습기가 거의 없다. 서책에 벌레가 슬지 않고, 오랜 시간 약재를 보관해도 상하지 않는 장소지."

"어떻게 이렇게 건조할 수 있죠?"

시월이 물었다.

"이 산 자체가 화맥(火脈)이 흐르는 산이기 때문이다. 그 화맥과 가장 가까운 곳이 이 동굴이고. 이상하지 않더냐? 이렇게 높은 산에 기화이초가 만발한 화원이 있다는 게. 너도 보다시피 산이 높아 겨울이 긴데……."

"그렇긴 했죠. 그런데 만화원 인근에는 아직 잔설이 남아 있었잖아요?"

"화맥을 막은 곳은 그렇지만, 평소 꽃들이 자라는 곳은 이미 오래전에 땅이 녹아 있었다. 물론 비가 와서 제대로 그 차이를 느끼지 못했겠지만."

"그렇군요. 그래서 이 높은 곳에 신비로운 화원이 만들어질 수 있었던 거군요."

시월이 고개를 끄떡였다.

"아무튼 이곳에서 몇 년간 살 거다. 가급적 밖으로 나가지 않고. 눈 밝은 사람은 동굴 입구를 막은 바위가 움직인 흔적을 찾을 수도 있으니까. 물론… 만화원을 찾아올 사람은 거의 없지만."

"굳이 숨을 이유가 있나요? 군자의 어른이 온다 해서……."

"어른은 무슨 어른! 그가 너희들을 이용한 것을 알고도 그런 소리를 하느냐?"

"그야……."

"그는 사악한 사람이다."

"…사형이라고 하셨잖아요."

"그게 뭐, 내 사형이라고 해서 사악한 사람을 착한 사람이라고 해야 한다는 거냐?"

"그건 아니지만……."

"에이, 그 이야기는 그만하고, 어쨌든 그가 온다고 해서 내가 숨을 이유가 없긴 해. 오히려 그가 제 발로 찾아오면 그를 제압하고 화정의서를 회수하면 되니까. 그런데 그리고 그 사실을 모르겠느냐? 자신이 내 상대가 안 된다는 걸 뻔히 알 텐데. 그래서 온다면 만반의 준비를 하고 올 것이다. 예전에 너희들을 먼저 들여보낸 것처럼."

"…그렇겠군요. 혼자 오지는 않겠군요."

"그래도 두려운 것은 아니야. 적어도 만화원 안에서 날 위협할 자는 없으니까. 하지만 귀찮기는 하지. 그게 싫어서 세상을 등지고 사는 건데. 한동안은 너도 조용히 치료해야 하고."

"그런데 왜… 세상을 떠나 사시는 거예요? 그리고 정말 아무도 치료를 해주지 않으시나요?"

"그렇게 들었느냐?"

화노가 물었다.

시월이 고개를 끄떡였다.

"흠… 날 아주 괴물로 만들어 버렸군. 나 역시 의원이니 사람을 치료하지 않는 것은 아니다. 다만 내 존재가 세상에 알려지기를 원하지 않을 뿐. 화의일맥의 의술이 세상에 알려지면 별의별 사람이 다 찾아오지 않겠느냐? 그럼 복잡한 강호의 은원에 얽혀 들게 되지. 그래서 가끔 어쩔 수 없이 누군가를 치료할 때는 항상 내 정체를 숨기고 치료한단다."

"그러셨군요. 그런데 정말 제가 내공을 회복할 수 있을까요?"

"그 질문은 날 모욕하는 것이다. 화의일맥의 유일한 정통 전수자인 내가 그것 하나 못 할까. 다만… 시간은 조금 걸려. 한동안 이곳에서 숨어 살아야 할 만큼."

"그건 각오하고 있어요. 단전과 혈맥이 상했는걸요. 쉽게 낫지 않겠죠."

시월이 담담하게 대답했다.

"그것도 그렇고, 네가 운중오문에 잡혀 있는 네 사형들을 구하려면 지금보다 훨씬 강해져야 하니까."

"설마 무공도… 가르쳐 주실 거예요?"

시월이 놀란 눈으로 물었다.

"무공이야 더 배울 게 없지. 네 말대로라면 삼십육마 중 여섯 마인의 무공이 네 머릿속에 들어 있는 거 아니냐. 그럼 더 배울 무공이 뭐가 있겠느냐? 평생 수련해도 그것들을 완성하지 못할 텐데. 다만, 내공은 꽤 많이 높여주겠다."

"내공을요?"

"음, 운중오문의 고수들을 상대하려면 내공이 가장 중요하다. 그들은 산중에 틀어박혀 신공 수련에 몰두하는 자들이라서 보통 무인들과는 내공에서 큰 차이가 있단다. 그리고… 그 월문의 소문주라는 녀석, 그 녀석도 상대해야 할 것 아니냐."

"소문주가… 그렇게 강해질까요? 운중오문의 고수들만큼이나요?"

"과거라면 그럴 가능성이 없었겠지. 하지만 천년화정을 복용했다면 이야기가 달라진다. 솔직히 일이 이렇게 될 줄 알았다면 너희들이 천년화정을 훔쳐 가게 놔두지 않았을 거야. 그때는 다만 너희들이 비록 마공을 수련했지만, 심성은 괜찮은 것 같아서 가져가게 놔둔 거지. 천년화정이 귀한 약재이기는 하나 사람 목숨만큼 소중하겠나 싶어서."

"그러셨군요."

시월이 시무룩하게 말했다.

"그래도 걱정할 건 없다. 그놈보다 네가 훨씬 강해질 테니까."

"정말 그렇게 될까요? 전 사형들보다 자질이 부족해서 무공도 약했어요."

"후후, 다른 사람들 눈에야 그렇게 보일수도 있지만, 내 눈에는 아니다. 넌 누구보다 강한 아이야."

"어떻게 그걸 아세요?"

"의원이니까. 그것도 천하제일 명의! 사람 몸을 보는 데는 날 따라올 사람이 없지."

화노가 자신 있게 대답했다.

"…그렇게만 된다면……."

"그렇게 될 거라니까? 아무튼 나중에 딴소리하지 마라. 내 부탁 몇 가지는 꼭 들어줘야 해."

"당연하죠. 뭐든 시키는 대로 할게요."

"좋아. 그럼 오늘은 일단 이 주변을 정리하고 내일부터 본격적으로 치료를 시작하자."

"알겠어요."

시월이 얼른 대답했다.

*　　　　*　　　　*

모든 것이 느렸다. 화노는 절대 서둘지 않았다. 언뜻 보면 그냥 동굴 속에서 영원히 살 사람처럼 보였다.

시월에 대한 치료는 하루 이각을 넘기지 않았다. 그것도 침 몇

번 꽂는 것이 전부였다.

그 이외의 시간은 무료하게 흘러갔다. 화노는 청소를 하거나 음식을 준비하는 것 말고는 시월을 자유롭게 놓아두었다.

처음 며칠간은 그래도 화노가 달리 시킬 일이 있을지도 모른다는 생각에 화노 곁에서 머물렀지만, 그럴 때마다 화노는 시월에게 말했다.

"귀찮게 왜 자꾸 주변에서 얼쩡거리느냐? 너 하고 싶은 거 하다 때 되면 밥이나 지어!"

화노의 짜증스러운 말을 몇 차례 듣고 나서는 시월도 더 이상 화노 곁에 머물지 않았다.

그는 동굴 속 여기저기를 다녀보기도 하고, 사형들에게 전수받은 육마의 무공을 수련하기도 하면서 무료한 시간을 메워가기 시작했다.

가끔 화노를 따라 동굴 밖으로 나갈 때도 있었다.

주로 비가 내릴 때였는데, 화노는 비가 내리면 자신들이 움직인 흔적이 지워지기 때문이라고 말했다.

밖으로 나가면 얼마간 먹을 음식들을 준비해 오기도 하고, 무너진 만화원에서 살아가는 데 필요한 물건들을 챙겨 오기도 했다.

그렇게 시간이 흘러갔다.

비가 눈으로 바뀌고, 다시 눈이 비로 변하는 계절이 몇 번 반복되었지만, 시월의 생활은 크게 변하지 않았다.

하지만 그 느린 시간이 시월을 과거에 머물러 있게 하지 않았다.

시월은 어느 날 문득 자신이 무척 많이 변해 있다는 것을 깨달았다.

                    *   *   *

  그날 딱딱한 침상에서 눈을 떴을 때, 시월은 어쩌면 자신이 그
대로 하늘로 떠오를 수 있을 것 같다는 생각을 했다. 그래서 바보
같이 그 허황된 망상을 행동으로 옮겨봤다.

  탁!

  발을 굴렀을 때, 시월은 자신이 중력으로부터 완전히 자유로워
진 것 같은 느낌을 받으며 허공으로 떠올랐다.

  그리고 이내 그의 손이 동굴 천장에 닿았다. 도약한 높이가 대
략 일 장, 물론 사람인 것은 분명해서 천장에 손이 닿는 순간 이
내 바닥으로 떨어졌다.

  그런데 바닥에 내려설 때조차 어제와 달랐다. 그의 발은 마치
땅에 내려앉는 눈송이처럼 작은 소리도 내지 않고 바닥을 밟았다.

  "…다 나은 건가?"

  시월이 바닥을 밟고 선 자신의 두 발을 바라보며 중얼거렸다.

  그러자 맞은편 침상에서 화노가 누운 채로 입을 열었다.

  "겨우 다 나은 정도 같으냐?"

  "깨셨어요?"

  "그렇게 시끄럽게 구는데 잠을 잘 수 있겠냐?"

  "소리가 거의 나지 않았는데요?"

  "늙으면 귀가 잘 들리지 않는 사람도 많지만, 외려 소리에 더 민
감해지는 사람도 있는 법이다. 나처럼!"

  "…저 완전히 나은 건가요?"

시월이 다시 물었다.

"그러니까 겨우 다 나은 정도겠냐고?"

"그럼요……?"

"내공을 잃기 전에 네가 그 정도로 가볍게 도약을 했었느냐?"

화노가 물었다.

그러자 시월이 고개를 저었다.

"아뇨. 할 수 없었어요."

"그러니까. 다 나은 정도가 아니라 훨씬 강해진 거지. 그동안 네놈에게 먹인 약재를 생각하면 그 정도도 억울하지만."

화노가 눈살을 찌푸리며 말했다.

"그런데… 어떻게 하루아침에 이렇게 변할 수가 있죠? 어제 잠들 때까지만 해도 내공이 온전히 회복되지가 않았었잖아요?"

시월이 물었다.

그러자 화노가 이불을 걷어차고 자리에서 일어나 앉았다. 그러고는 장난기를 거둔 얼굴로 말했다.

"막힌 둑을 뚫는 방법은 여러 가지가 있다. 그중에서 고약하게 막힌 곳을 뚫는 방법으로는 힘을 모았다가 가장 심하게 막힌 곳을 한 번에 뚫어버리는 게 좋지. 그동안 난 네 힘을 제어하고 있었다. 화의일맥의 침술로 가능한 일이지. 그리고 어젯밤 네가 잘 때 그 제약을 풀었다. 그래서 오늘 네 몸이 이전과 확연하게 달라진 것이다."

"굳이 제게 비밀로 할 이유가 있었나요?"

시월이 의아한 표정으로 물었다.

"두 가지 이유다. 하나는 힘이 있으면서 쓰지 못하는 사람의 조급한 마음을 경계해서고. 네가 잘 때 그 제약을 푼 것은 혹시 급격한 몸의 변화에 네가 흥분해서 일을 그르칠까 걱정해서였다. 잠을 자면서 자연스럽게 네 몸이 네 공력을 받아들이길 바랐던 거지. 아무튼 결과는 좋은 것 같구나."

"그럼 이제… 모든 치료가 끝난 건가요?"

"네놈을 치료하는 일은 모두 끝났었다. 다만, 널 좀 더 강하게 만들려다 보니 시간이 걸린 거지. 그런데 강해진다는 면에서 볼 때 앞으로 네가 할 일이 지금까지 내가 한 일보다 많다는 건 알고 있겠지?"

"알고 있습니다."

시월이 얼른 대답했다.

무공 수련에 대한 책임은 온전히 시월 자신에게 있었다. 물론 화노가 만화원의 영약들로 도움을 줄 수는 있지만, 결국 병기를 다루고, 몸으로 무공을 완성하는 일은 시월 자신의 몫이기 때문이었다.

"네가 만화원에 온 지 벌써 삼 년이 지났다."

"벌써… 그렇게 되었군요."

"세상일이란 게 내일 일도 예측하기 힘든데, 삼 년이라면 무림의 정세도 많이 변했을 거야. 네 사형들이 어찌 되었을지, 월문은 또 어찌 변했을지… 그 변화의 폭이 너무 크면 네가 하려는 일이 어려워질 수도 있다. 그렇게 되면 내가 하려는 일 역시 어렵겠지."

"…쉽지는 않겠지요."

"그 모든 변수들을 극복할 수 있는 방법은 오직 하나다. 네가 강해지는 것. 그 어떤 변수에도 흔들리지 않을 만큼……."

"가능할까요?"

시월이 걱정스럽게 물었다.

"나도 모르겠다. 재료는 모두 준비되었어. 과거보다 더 강해진 내공, 진귀한 영약, 육마의 신공… 남은 것은 네 노력과 얼마간의 행운일 뿐이겠지. 그리고 또다시 시간… 망할 놈의 시간, 참 지루해 죽겠네."

화노가 투덜거렸다.

시월의 내공을 회복하는 동안 화노 역시 지하동굴에 갇혀 생활했다. 그래서 아무리 세상을 등지고 살아가던 화노라도 답답하지 않을 수 없었다.

그런데 앞으로도 그런 삶은 훨씬 오랫동안 계속될 수밖에 없었다. 시월이 월문을 넘어 운중오문의 절대고수들을 능가하는 무인이 되기 위해선 기약 없는 시간이 흘러야 하기 때문이었다.

"목숨을 걸고 수련할게요."

시월이 미안한 기색으로 화노를 보며 말했다.

"그래야지. 자칫하다가는 내가 늙어 죽을 수도 있으니까."

"무슨 그런 말씀을……."

"그러니까 죽을 각오로 노력하라고."

"알겠습니다."

"그럼 시작해. 시작은 언제나처럼 아침 식사를 준비하는 것부터다!"

"…예. 그래야지요."

시월이 피식 실소를 흘리며 대답하고 주방으로 달려갔다.

그러자 화노가 그런 시월을 보며 나직하게 중얼거렸다.

"그래도 십 년 이상은 걸리지 않을 거야. 새싹이 돋으면 금세 잎이 무성해지는 법이니까."

＊　　　　＊　　　　＊

무광이 수련했던 천인혈마 마문의 십전마경, 소후가 전수받은 풍천마 서운관의 만리보, 부리가 얻은 삼안괴 아술의 천목공, 무릉과 도원이 수련한 일월쌍마의 그 유명한 합격술인 일월공 그리고 곽부에게 부술(斧術)로 변형되어 전수된 광마 동인의 광마도법까지. 시월은 자신이 수련한 마금강 구서령의 불사적공에 더해 다른 여섯 가지 마공을 모두 수련해 나갔다.

물론 가장 중심이 되는 것은 오랫동안 수련한 마금강 구서령의 불사적공이었지만, 불사적공만으로는 화노가 원하는 경지의 무인이 될 수 없었다.

화노는 시월이 그가 알고 있는 여섯 가지 절대마공들을 모두 완성하기를 바랐다.

그런데 성질이 다른 여섯 개의 무공, 그것도 삼십육마의 마공 여섯 개를 동시에 수련하는 것은 사실 불가능한 일이었다. 자칫하면 상이한 성질의 무공이 충돌해 주화입마에 빠질 수도 있었다.

하지만 화노의 존재가 그 불가능한 일에서 일말의 가능성을 보게 만들었다.

"어떤 일이 벌어져도 널 살려낼 테니 마음 놓고 수련해라. 그리고… 아마도 특별한 일은 일어나지 않을 거다. 망가진 네 몸을 고치면서 넌 아주 특별한 녀석이 되었으니까. 그리고 본래 내공이 일정한 경지를 넘어서면 다른 성질의 내력이 만들어내는 부작용도 줄어들게 된다."

여섯 마공을 수련해 나가면서 간혹 불안해하는 시월에게 해준 화노의 격려였다.

그리고 그의 장담대로 화노는 시월에게 약간의 문제라도 생기면 놀라운 의술로 그 문제를 해결해 줬다.

그런 문제가 해결될 때마다 시월의 내공은 급격하게 상승했고, 그의 몸은 정말 불괴의 몸에 가까워져 갔다.

쇠가 담금질을 통해 강한 철로 변해가듯 시월은 육마의 마공이 가지고 있는 부작용들을 하나하나 해결해 나가면서 괴물 같은 존재로 변해가고 있었다.

그런데 사실 화노가 여섯 마공이 충돌하며 생기는 부작용을 해결하는 것보다 더 중요한 것을 시월에게 주었다.

마기(魔氣)의 제어, 월문의 문주 백문보가 군자의 공천보의 도움을 받아 만든 청명환으로도 완벽하게 해내지 못했던 마기의 제어를 화노는 할 수 있었다.

백문보는 월문칠랑에게 월문의 독문신공인 묵천신공을 수련케 하고, 군자의의 도움을 받아 만든 청명환을 복용시킴으로써 월문칠랑의 마기를 불완전하게나마 억제했지만, 화노는 화의일맥에 전해지는 놀라운 의술을 이용해 거의 완벽하게 마기를 제어했다.

하지만 그럼에도 화노는 그 방법을 방편일 뿐이라고 했다.

"결국 어떤 경우든, 독이나 약을 이용해 마기를 제어하는 것은 불완전한 방법이다. 네가 이 마공들의 마기를 완전하게 제어하는 길은 네 무공이 이 마공들이 지닌 마기를 뛰어넘은 경지에 이르는 것뿐이다. 그때가 되면 넌 너만의 무공을 가지게 될 것이고, 극마의 경지에 이를 것이다. 기왕 시작한 것 어떻게든 그런 존재가 되어야지 않겠느냐? 평생 환약에 의지해 살 수는 없는 일이니까?"

화노가 시월에게 마기를 억제할 수 있는 환약을 건넬 때마다 하는 말이었다.

무공 수련을 독려하기 위함이기도 했지만, 화노의 진심이 깃든 말이기도 했다.

그런 경지가 가능하냐고 묻는 시월에게 화노는 무림사에 존재했던 전설적인 고수들 이야기를 들려주며 시월을 격려했다.

화노는 화의일맥의 의원이었지만, 무림과 무공에 대해 그 누구보다 해박한 지식을 가지고 있는 괴의(怪醫)였다.

그런 화노의 아낌없는 지원 속에서 시월은 점점 여섯 마공에 익숙해져 갔고, 어느 순간 그 마공들을 넘어서는 자신만의 무공 세계로 진입해 들어가고 있었다.

*   *   *

후웅후웅!

그리 크지 않은 체구에 마른 몸을 가진 청년이 무너진 폐가의 지붕 위에 올라 멀리 보이는 겨울 바다를 바라보고 있었다.

바다에서 불어오는 차가운 바람이 칼날처럼 날카로웠지만, 청년은 오히려 시원한 듯 고개를 뒤로 한껏 젖혀 온몸으로 바람을 맞이했다.

"후욱!"

몸으로 바람을 맞이하는 것이 부족한지 청년이 크게 숨을 들이마셨다. 그리고 한동안 신선한 공기를 몸속에 가두었다가 길게 숨을 내쉬었다.

"좋아."

청년이 만족한 듯 고개를 끄떡이고는 다시 한번 크게 숨을 들이마셨다.

그리고 그 직후 마치 몸 안으로 들어온 공기가 그의 몸을 가볍게 만든 것처럼, 청년의 몸이 부유하듯 허공으로 떠올랐다.

한 마리 새처럼 허공으로 도약한 청년이 한순간 벼락처럼 검을 뽑아 허공을 갈랐다.

순간, 그의 검에 베인 공기가 아지랑이처럼 굴절되는 느낌이 들더니 이내 아무 일 없다는 듯 청년이 폐가의 마당에 내려섰다.

그러고는 검을 검집으로 회수한 뒤 가볍게 미소를 지었다.

"이 정도면 됐어!"

스스로 만족한 듯한 음성이 청년에게서 흘러나왔다.

그러자 그의 뒤쪽에서 불만스러운 노인의 투정이 들려왔다.

"되긴 뭐가 됐다는 거냐? 겨우 허공에 칼질 한 번 해놓고!"

"오직 마음의 눈으로만 볼 수 있는 초식입니다."

청년이 뒤를 돌아 노인을 바라보며 대답했다.

"마음의 눈 좋아하네. 뭐 하나라도 베고 나서 말을 하든지. 하여간 올해 초부터 마음에 안 들어! 대체 무공을 수련하는 건지 춤을 추는 건지, 도통 알 수 없는 짓거리만 하고 있으니, 퉤엣!"

노인이 마땅치 않은지 말끝에 침을 뱉었다.

"그래요? 정말 제가 뭘 하는지 모르시겠어요?"

"알면 이렇게 답답하겠냐? 매일 하는 짓이라고는 회초리 휘두르듯 허공에 검이나 휘두르는 게 전부인데. 바위를 박살 내든지, 아니면 나무라도 잘라보든지… 그것도 아니면 절벽을 오르내리든지. 눈에 보이는 게 있어야지. 그러다가는 가만히 앉아서 나 천하제일인이요 할 것 같구나."

노인이 청년에게 불평을 쏟아냈다.

"어르신조차 그렇게 보셨다면 성공이네요."

청년이 미소를 지으며 말했다.

화를 내고 있는 노인은 백발이 성성한 만화원의 괴의 화노였고, 그 화를 받아주고 있는 사람은 이제 이십 대 중반의 청년이 된 시월이었다.

"성공? 무슨 성공?"

화노가 퉁명스럽게 되물었다.

"어르신의 눈에도 보이지 않으면 세상 그 누구의 눈에도 보이지 않겠지요."

"보이지 않는 게 아니라 아예 없는 게 아니고?"

화노가 빈정거렸다.

"증거를 보여 드리죠."

"증거? 좋아! 어디 한번 보여줘라. 그래야 나도 좀 마음이 놓이겠다. 올해는 완전히 무공 수련에서 손을 놓은 것 같아 불안했거든."

"걱정 마세요. 다른 어느 해보다도 열심히 수련했으니까요."

대답을 하며 시월이 이끼가 낀 만화원의 담장을 향해 걸어갔다. 그러고는 손을 들어 가볍게 담을 밀었다.

구르릉!

시월의 가벼운 손길에 낡은 담장이 와르르 무너졌다.

"무슨 짓을 하는 거냐? 담장은 그냥 놔둬!"

화노가 화를 내며 시월 쪽으로 달려왔다. 그러다가 갑자기 얼어붙듯 걸음을 멈췄다.

"이게 대체……?"

"이제 믿으시겠어요?"

시월이 한쪽으로 비켜서며 화노에게 물었다.

놀란 화노의 눈에 무너진 반대쪽 면이 두부처럼 매끄럽게 잘린 담장이 드러나 보였다.

*　　　　*　　　　*

"무형의 검법이라……"

화노가 매끄럽게 잘린 담장의 한 면을 손으로 매만지며 중얼거렸다.

"결국 무공의, 특히 검이란 놈의 결론은 하나더군요. 적을 베는 것! 그것 말고 다른 목적이 없더라고요."

"그래서 베는 것에 충실했다?"

"예, 상대가 결코 피할 수 없는 일초의 검식! 그걸 만들어보고 싶었어요. 쉬운 건 아니죠. 그동안 수련한 다른 무공들이 모두 이 한 초식의 검법을 만들어내기 위한 기반이 되었어요. 어쨌든 뭐, 이 정도면 괜찮지 않나요? 보고 계셨던 어르신조차 눈치채지 못하게 담장을 베어냈으니까요."

"이 녀석아! 이건 괜찮은 정도가 아니구나. 이건 정말… 무서운

검법이구나. 절대 함부로 사용하지 말거라."

화노가 시월에게 경고했다.

"이 검을 쓸 일이 있겠나 싶기도 하고요."

시월이 덤덤하게 말했다.

"방심은 더 위험해!"

"방심이 아니라. 다른 무공도 그만큼 훌륭하다는 겁니다."

시월이 대답했다.

"하긴 다른 무공조차 자그마치 육마의 무공이니까. 네가 이 석실에 온 지 팔 년쯤 지났나? 적지 않은 시간이군. 어쨌든 이쯤에서 수련을 끝내려느냐?"

"그걸 왜 제게 물으세요? 수련의 끝을 결정하는 건 어르신이죠. 저야 무공 수련말고는 어르신에게 매인 몸 아닙니까?"

"무슨 말을 그렇게 서운하게 하나? 마치 내가 널 노예로 잡고 있는 것같이 말하는구나."

"틀린 말도 아니죠. 제 몸을 회복시켜 주시고, 내공은 예전의 제가 넘볼 수 없는 수준으로 높여주셨으니까요. 그리고 어르신의 말을 따르기로 약속이 되어 있는 일이었고요."

"그야 그렇다만, 이쯤 되면 없던 정도 생길 법하지 않느냐? 그런데 노예라니. 에이! 매정한 놈!"

화노가 투덜거렸다.

"하하하! 농담입니다, 농담! 그런데 사실 더 이상 이곳에 머무는 것은 의미 없는 것 같아요."

"그렇지? 그럼 이제 그만 세상에 나가볼까?"

화노가 눈빛을 반짝이며 물었다.

"같이 나가시게요?"

"그럼 나라고 계속 여기 처박혀 살라는 말이냐?"

화노가 진심으로 화가 난 얼굴로 소리쳤다.

"애초에 세상과 격리되어 살고 싶어 하셨잖아요. 그래서 만화원을 만든 거고."

"아무리 그래도 가끔은 세상 바람을 쐬야 하는 법이야. 그래야 삶의 활력이 생기는 법이다. 군자의가 와서 화정의서를 가져가기 전에도 아주 가끔은 여행을 나가곤 했었다."

"그건 이미 말씀하셨던 일이고요. 뭐, 그럼 함께 가시죠."

"그러자. 아니! 얼마간만 같이 가자. 대처로 나가면 넌 너대로 난 나대로 할 일이 있으니까."

화노가 고개를 저으며 말했다.

"무슨 일을 하시려고요?"

"뭐가 있겠느냐? 사형을 찾아야지."

"그 일은 제게 맡기셨잖아요? 절 치료해 주는 조건으로."

"시작부터 그럴 순 없지. 일단 내가 먼저 찾아보고, 어려우면 널 부르마."

"정말 운중오문에 있을까요?"

"아마도… 어쩌면 운중오문이 사형을 보호하는 것이 아니라 사형을 잡고 있을지도 모르지. 우리 화의일맥의 의술이 가진 신비한 힘을 알게 되었다면."

"…운중오문에 억류되어 있다면, 구하실 거예요?"

"구한다기보다 데려오기는 해야겠지. 파문을 당했어도 어쨌든 화의일맥에서 키운 사람이니까. 운중오문이라도 감히 화의일맥의 사람을 억류할 자격은 없다."

화노가 단호하게 말했다.

"당연하죠. 위대한 화의일맥의 일인데요."

시월이 고개를 끄떡였다.

"넌 화의일맥 안 한다며?"

화노가 퉁명스럽게 말했다.

"당장은 아니라는 거죠. 제 일들을 해결한 이후에는 생각해 볼
게요. 그래도 뭐, 화의일맥의 힘으로 이런 무공을 가지게 되었으니
아주 남이라고는 할 수 없잖아요?"

"망할 놈! 자기 편한 대로 생각하구나."

"이젠 그렇게 살려고요. 제가 하고 싶은 대로요."

시월이 어깨를 으쓱하며 말했다.

"음, 그것도 좋지. 그것이야말로 모든 무인이 꿈꾸는 대자유인
의 삶이니까. 아무것에도 거리낌이 없는… 바로 사형들을 찾을 거
냐?"

"아뇨. 무공에는 자신이 있지만 사형들의 위치를 확인하는 일
은 쉬운 일이 아니죠."

"그렇긴 하구나. 어려운 일이지. 바닷가 모래알 사이에서 보석
을 찾으려는 것처럼. 그럼 어떻게 하려고?"

"일단은 세상이 어떻게 변했는지 둘러보고 난 후 그들에게 내
가 돌아왔음을! 그러니 이제 두려움의 시간이 시작되었음을 알려
야겠지요."

"…후우! 그래! 다 좋다! 복수를 해도 되고, 사형들을 구하기 위
해 월문이나 운중오문과 전쟁을 해도 된다. 하지만 한 가지는 명

심해. 마기를 통제할 수 있다 해도 함부로 피를 보는 것은 너 자신을 파괴하는 일이란 것을! 정사(正邪)의 구분은 무공에 있지 않고 그 사람의 마음에 있는 법이다."

"걱정 마세요. 애초에 사람 죽이는 거 좋아하지 않으니까."

"하긴 넌 선천적으로 심성이 착한 놈이지. 에이, 오히려 그게 걱정이구나. 너무 물러서 독하게 일 처리를 못 할까 봐."

"그것도 걱정 마세요. 이젠 독해야 할 때는 그럴 테니."

시월이 시원하게 대답했다.

"알았다. 그럼 내일 떠날까?"

"그러죠."

시월이 고개를 끄떡였다.

"갈 때 그동안 캐서 다듬은 금붙이들을 좀 가지고 가자. 처량하게 돌아다니는 것보다는 부유한 졸부가 되어 여행하는 것이 나을 것 같으니까."

"졸부는 아니죠. 이곳에 보석이 얼마나 많은데요."

시월이 고개를 저었다.

그러자 화노가 역시 고개를 저었다.

"졸부 맞지. 어느 날 집 뒤에 있는 동굴에서 엄청난 금광석을 발견한 거니까. 일해서 모은 재물이 아니잖아? 그런 불로소득으로 재물 자랑하는 걸 졸부라고 하는 거다, 흐흐흐!"

화노가 능글맞은 웃음을 흘렸다.

시월과 화노는 그날 만화원에서 마지막 밤을 보냈다.

그날은 굳이 동굴에 들어가서 잠을 청하지 않았다. 두 사람은 무너진 만화원에 작은 천막을 치고 모닥불을 피운 채 하룻밤을 보냈다. 시월이 화노를 찾아온 이후 처음으로 동굴 이외의 장소에서 잠을 청한 밤이었다.

그리고 다음 날, 두 사람은 특별한 짐도 꾸리지 않고 금덩어리가 든 자루를 하나씩 든 채 만화원을 떠났다.

*   *   *

산을 내려온 시월과 화노는 반나절을 걸어 광활한 요동 벌판에 한 줌 뿌려진 씨앗처럼 존재하는 작은 마을 객점으로 들어갔다.

"춘래불사춘이라……!"

객점으로 들어가 자리를 잡고 앉은 화노가 창밖을 보며 중얼거렸다.

"왜요?"

시월이 물었다. 여전히 허름한 모습이었지만, 그래도 덥수룩하던 머리를 정리하고 그나마 가지고 있던 옷가지 중 깨끗한 옷을 골라 입어서인지 제법 헌칠해 보이는 시월이다.

"사람이 없잖아. 계절이 삼 월인데……."

"본래 요동 벌판에는 여행객이 드물잖아요. 더군다나 봄도 늦게 오고."

"웬걸! 산 아랫자락에는 꽃이 폈는데. 객점이 있다는 것은 평소 여행객이 적지 않다는 뜻이지. 여행객이 없는 땅에 객점을 열 수는 없으니까. 그런데 봐라. 손님이라고는 우리 둘밖에 없잖아. 점심때가 되었는데도 말이야."

화노가 자신의 생각을 늘어놨다.

"듣고 보니 그렇기도 하네요."

시월은 관심 없다는 듯 심드렁하게 대답했다.

"공기도 차가워. 무슨 일이 있는 모양이야."

"이 마을에요?"

시월이 되물었다.

"아니면 세상에."

화노가 대답했다.

그때 손님이 온 줄 모르고 있던 점소이가 부리나케 두 사람이 있는 곳으로 뛰어왔다.

"죄송합니다. 미처 손님들이 오신 줄 모르고."

"아무리 손님이 없어도 사람 온 줄은 알아야지."

"죄송합니다. 식사를 하실 건가요?"

"음, 뭐가 있지?"

화노가 물었다.

"요즘은 재료가 워낙 귀해서 국수나 채소볶음 정도입니다."

"오리는?"

"그건……."

"이상하군. 난 이곳에 오면 항상 오리구이를 먹었는데. 재료가 떨어졌던 적은 없거든?"

화노가 점소이에게 물었다.

"꽤 오랫동안 오지 않으셨나 보군요?"

점소이가 되물었다.

"뭐… 좀 됐지."

화노가 고개를 끄떡였다.

"그래서 요즘 이 주변 상황을 모르시는군요."

"왜? 무슨 일이 있어?"

화노가 흥미가 동하는 표정으로 물었다.

"말도 마십시오. 요즘 이곳 상황이 말이 아니에요. 사방에서 마적들이 날뛰고 있다고요."

"마적들?"

"예. 그래서 장사꾼들도 길을 떠나길 두려워하죠. 덕분에 오리 장수도 한동안 이곳에 오지 않았습니다."

"어떻게 그런 일이 있을 수 있지? 이 지역이 관의 힘이 미치지 못하는 곳이기는 하지만, 무림문파들은 제법 있어서 마적들을 그냥 두지 않았을 텐데."

"그래야 정상인데… 요즘은 모든 게 비정상이죠."

"모든 게 비정상이라고?"

"예, 정파라고 으스대던 자들이 요즘은 엄청 몸을 사려요. 자신들 문파에 들어앉아서 좀체 밖으로 나오지 않죠. 그래서 마적들이 이렇게 날뛰는 거예요."

"…이가검문이나 모용세가도?"

멀리 있기는 하지만 요동 땅에서 모용세가의 존재감은 절대적이었다.

"둘 다 마찬가지예요. 하여간… 무림에 무슨 사단이 났다고 들었는데 이 촌구석에서야 알 수가 있나요."

점소이가 머리를 긁적이며 대답했다. 그때 객점의 주방 안쪽에서 점소이를 부르는 소리가 들렸다.

"두삼! 손님들 주문하셨냐?"

"예예, 하셨어요. 그럼 잠시만 기다리세요."

점소이가 시월과 화노에게 꾸벅 머리를 숙이고 부리나케 주방으로 달려갔다.

"대체 모용세가의 발목까지 잡는 일이 뭘까?"

점소이가 물러가자 화노가 중얼거렸다.

"그러게요. 구대천문이 조심해야 할 정도라면 보통 일은 아닐 텐데요."

시월도 고개를 갸웃했다. 무림이 어떻게 돌아가든 그야 알 바 아니지만, 그래도 호기심이 동하는 것은 어쩔 수 없었다.

"심심하지는 않겠군."

화노가 턱을 괴며 말했다.

"그나저나 마적 소리를 들으니 갑자기 제일 먼저 갈 곳이 생각났어요."

문득 시월이 화제를 돌렸다.

"어딜 가려고?"

"어린 시절 제가 살던 곳에 한번 가보려고요."

"어린 시절? 월문에 들어가기 전에 살던 곳?"

"예, 예전에는 기억하고 싶지 않은 곳이라 찾아볼 생각조차 없었는데 갑자기 찾아가 보고 싶네요."

"갑자기 왜?"

"내가 태어난 곳이 어떻게 변했는지 궁금하기도 하고 또 혹시라도 여전히 그자들이 활동하고 있다면… 본래 제가 무공을 수련한 이유 중 하나가 아버지와 마을 사람들을 죽이고, 절 노예상에게 팔아넘긴 자들에게 복수하는 거였어요."

"시작부터 복수라. 하겠다면 어쩔 수 없지. 하지만 시작이 복수라니 좀 그렇구나. 그런데 벌써 십수 년이 더 지났는데 그자들이 여전히 마적질을 하고 있을까?"

"그러게요. 하지만 운 좋게 그들을 찾으면, 사막까지 절 끌고 간 노예상들도 찾을 수 있을 거예요. 조금… 긴 여행이 되겠죠."

"후… 네 과거와 연관된 모든 사람들을 찾아갈 테냐?"

화노가 조심스럽게 물었다.

"생각해 보면… 그들이 한 짓은 월문주가 한 일보다 더 잔혹한 일이었어요. 그런 자들이 멀쩡하게 세상을 살아가면 안 되는 거죠."

시월이 서늘한 말투로 말했다.

화노는 그런 시월을 걱정스럽게 바라봤지만, 더 이상 아무 말도 하지 않았다.

자신이 시월을 치료하고 무공 수련을 도왔지만, 시월의 인생은 이제 그만의 것임을 알고 있기 때문이었다.

제 9장
—
기억도 하지 못하는……

　큰 키는 아니지만, 마른 체형에 쇠처럼 단단해 보이는 팔을 가진 시월이 사람들 눈에는 오히려 위협적으로 보이는 듯했다.

　백두의 준령들이 서쪽으로 이어져 그 끝자락에 이르러 만들어낸 작은 산봉우리들 사이에 있는 작은 산골 마을, 그곳의 사람들에게 시월은 그렇게 보였다.

　어쩌면 등에 메고 있는 장검 때문일 수도 있었다.

　산중의 마을은 대체로 사냥을 하거나 약초를 채취해 살아간다. 그래서 검과 활 같은 사냥 도구들에 대해 익숙한 사람들이지만, 시월이 메고 있는 장검이 사냥을 하기 위한 도구가 아님은 한눈에 알 수 있었다.

　이런 장검을 쓰는 부류는 둘 중 하나다. 마적이거나 혹은 무인이거나.

어느 쪽이든 위험하기는 마찬가지여서, 그들은 시월이 묻는 말에 순순히 대답하지 않을 수 없었다. 그것만이 피를 보지 않고 이 낯선 손님을 돌려보낼 수 있는 유일한 방법이기 때문이었다.

시월을 상대하는 일은 마을에서 가장 나이가 많은 노인의 몫이었다.

"기억하오."

노인이 기억한다면서도 다시는 기억하기 싫은 일이라는 듯 눈살을 찌푸리며 말했다.

"그 당시에 저쯤에 아들을 데리고 살던 사람도 기억하십니까?"

시월이 손을 들어 볕이 잘 드는 산기슭을 가리키며 물었다. 지금은 숲이 우거져 사람이 산 흔적을 찾을 수 없는 곳이다.

"연춘?"

"연… 춘……."

순간 시월이 망치로 머리를 얻어맞은 것 같은 표정을 지으며 노인이 한 말을 되뇌었다.

"참 괜찮은 사람이었는데, 날래고 사냥 기술도 좋았지만, 사냥을 별로 좋아하지 않아서 약초를 캐며 살았다오. 물론 약초꾼으로서도 훌륭했지. 그 마적 놈들이 마을을 습격했을 때 어린 아들을 지키려다가 마적 놈들에게 죽었는데, 그때도 마적 놈들을 셋이나 죽이고 죽었다오. 그런데……."

노인이 말을 하다 말고 물끄러미 시월을 응시했다.

시월이 그런 노인의 시선을 회피하며 다시 물었다.

"그런 일을 당하고도 어르신은 여길 떠나지 않았습니까?"

"달리 갈 곳이 없었다오. 그리고 그 마적 놈들은 뜨내기였거든. 돌아오지 않을 자들이었으니까. 사실 이 근방에는 산적이 적지 않게 있소. 하지만 그들은 상인에게서 통행세를 받지 우리 같은 산골 마을 촌민들을 약탈하지는 않소. 애초에 그들도 이런 산골 마을 출신들이라서……."

"그자들이 정말 그 이후로 다시는 오지 않았습니까?"

"그렇소."

노인이 여전히 시월을 눈여겨보며 대답했다.

"그럼 그들의 정체도 모르시겠군요?"

"나중에 그들의 정체에 대해 듣기는 했소. 당시 약탈당한 마을이 한두 곳이 아니어서 그들에 대한 조사가 이가검문에서 이뤄졌거든."

"서압록의 이가검문 말입니까?"

시월이 되물었다.

"그렇소. 조사 결과에 의하면 흑룡단이라는 마적들이었는데, 본래 이 근방이 활동 무대가 아니라고 하더군. 요동 서쪽에서 활동하는 자들인데 그때는 무슨 바람이 불었는지 이곳까지 왔던 거지. 하지만 그 이후로는 이 근방에 모습을 드러내지 않았소. 어쩌면 이가검문이 추격에 나섰기 때문일지도. 물론 이가검문도 그들을 토벌하지는 못했다고 하지만……."

노인의 대답을 들은 시월이 묵묵히 고개를 끄떡였다. 그러다가 자리에서 일어나 노인에게 고개를 숙여 보였다.

"말씀 감사합니다. 건강히 지내십시오."

"가시오? 하룻밤이라도 쉬어가지 않으시고……."

"갈 곳이 있어서……."

시월이 말꼬리를 흐리고는 얼른 몸을 돌려 노인에게서 멀어졌다.

"…역시 그 아이인가?"

시월의 뒷모습을 보며 노인이 중얼거렸다.

"아는 사람이세요?"

잔뜩 겁을 먹고 있던 마을 사람들 중 한 명이 물었다.

"저 뒷모습을 보니 더 확실하군. 정말 그 친구와 닮았어."

"누구 말입니까?"

"누구긴, 아까 말했던 연춘이지."

"그럼!"

사내가 놀란 눈으로 이미 멀찌감치 마을을 벗어난 시월에게로 급히 시선을 돌렸다.

"맞을 거야. 연춘, 그 친구의 아들인 거야. 허어… 천운이군. 천운이야! 그 흉악한 마적 놈들에게 끌려갔는데 저렇게 훤칠한 청년이 되어 돌아왔다니."

노인이 회한이 묻어나는 목소리로 중얼거렸다.

"그런데 무인이 된 것 같지요?"

"그럼 더 잘된 거지. 더 이상 마적에게 당할 일은 없을 테니까. 가만있자… 저 아이의 이름이 뭐였더라."

"연춘이 아들이면 시월이지."

다른 노인이 그것도 모르냐는 듯 소리쳤다.

"맞아! 시월… 만산홍엽, 천지가 단풍으로 가득한 시월에 태어났다고 해서 그렇게 지었었지."

"지 어미가 일찍 죽었었지?"

"그랬지. 연춘 그 친구가 정말 애지중지 키웠지."

"…시월인 줄 알았으면 밥이라도 지어 먹일 걸 그랬군."

시월의 이름을 기억하고 있던 노인이 아쉬운 듯 산길을 따라 사라지는 시월을 보며 중얼거렸다.

＊   ＊   ＊

이상한 일이지만, 사람을 피해 여행하는 여행자에게도 세상의 소문은 바람을 타고 들려온다.

일 년 전부터 시작된 마련(魔聯)의 질풍 같은 발호, 변경을 쑥대밭으로 만들고 장성을 넘어 중원 무림까지 깊이 침투한 마인들의 도발에 의천무맹의 이름 아래 지켜온 무림의 평화는 순식간에 산산조각 났다.

무림 각지에서 의천무맹의 고수들이 공격받았고, 적지 않은 숫자의 문파들이 마인들의 공격에 멸문지화를 면치 못했다.

초기에는 예전처럼 토벌대를 구성해 마인들을 추격하던 의천무맹은 채 한 달이 채 지나지 않아, 토벌대를 불러들였다.

토벌대가 마인들을 사냥하는 것이 아니라, 마인들이 그들을 사냥하고 있다는 사실을 깨달았기 때문이었다.

급기야 의천무맹 주요 문파들의 고수들까지 백주 대낮에 마인들의 공격을 받는 일이 벌어지고, 무림 각지에서 이름난 고수들이 죽어나가자, 각 문파는 문도들의 출행을 금지하고 강호에 나가 있는 문도들까지 급히 본문으로 불러들였다.

그러자 마인들의 기세는 더욱 강해졌다.

의천무맹 고수들이 물러난 틈을 마인들이 속속 메워 나갔다. 곳곳에 과거에 사라졌던 마문(魔門)들이 재등장했고, 새로운 이름의 마문도 우후죽순처럼 생겨났다.

그 지경이 되자 과거 삼십육마의 난을 능가하는 정사대전이 임박했다는 소문이 파다하게 돌기 시작했다.

그리고 그 말을 증명이라도 하듯 정파의 힘은 의천무맹으로, 마도의 힘은 마련(魔聯)이라는 이름의 새로운 세력을 중심으로 급격하게 뭉치기 시작했다.

강호는 무법천지로 변해갔다.

혼란의 시기에는 자파의 안위가 우선일 수밖에 없는 무림에서 자신을 희생해 무림의 정의를 지키는 문파와 협사는 눈을 씻고 봐도 찾기 힘들었다.

그런데 그 어두운 시기에 한 젊은 영웅의 이름이 혜성처럼 등장했다.

북쪽의 변방에 위치한 십팔장문의 한 문파인 대월문의 소문주 백유검이 바로 그였다.

"이번에는 삼살도 응소를 베었다지?"

검은 옷을 입은 사내가 회색 옷을 입은 사내에게 물었다.

홍안령을 넘기 전, 마지막 마을의 객점에 들러 저녁 요기를 하고 있던 시월의 귀에도 두 여행객의 대화가 들려왔다.

"음, 정말 대단한 사람이야. 벌써 몇 명째야. 마련의 주요 고수를 벤 것이……."

회색 옷을 입은 사내가 대답했다.

"그러게. 아니, 마련 고수 한 명 벤 것이 중요한 게 아니라 지난 번에 묵천의룡단의 고수 열 명을 데리고 가서 귀마단을 몰살시킨 일이 더 대단한 거지. 단주 육이목의 목을 직접 베었고, 귀마단 일백 마인 중 절반을 도륙했으니까."

"맞아. 그 일로 무림천하에 월문신룡 백유검이라는 이름을 제대로 알렸지. 누군 그러더라고. 아마 무림십대고수에 들어갈 수도 있을 거라고."

"에이, 그건 너무 심했다. 아직 서른도 안 된 사람이 무림십대고수라니. 그건 좀 과장이고, 내 생각에는 백대고수 안에는 너끈히 들어갈 것 같아. 물론 백대고수 내에서 앞쪽에 위치할 것 같고."

검은 옷을 입은 사내가 고개를 저으며 반박하자 회색 옷의 사내가 이내 고개를 끄떡였다

"하긴 그 정도쯤이겠지. 아무튼 그 덕에 월문이 의천무맹 구대천문에 오를 수도 있다고 하더라고. 물론 그렇게 되면 구대천문이 아니라 십대천문이 되겠지만."

"십대천문이라! 대단한 일이야. 변방의 작은 문파였던 월문이……."

"뭐, 예전부터 저력은 있다고 알려졌었지. 다만 변방에 치우쳐 있다 보니 관심을 덜 끌었을 뿐. 삼십육마의 난 때는 유령마 단석괴를 죽였고, 청림의 변이 일어났을 때는 잔마를 베지 않았나. 그래서 십팔장문이 된 것이고."

"생각해 보니 그렇군. 정말 저력 있는 문파야. 월문주 백문보가 야심이 큰 인물이라더니……."

검은 옷의 사내가 말했다.

"야심에 어울리는 실력을 가지고 있으니 허황된 야심가는 아닌 거지. 아무튼… 그나마 월문신룡 백유검의 활약으로 정파에 생기가 도는 것 같아. 그동안은 줄곧 마련의 마인들에게 밀리는 형국이었는데……."

"곧 화록산에서 다시 회맹을 하겠지?"

검은 옷의 사내가 물었다.

"그러겠지. 이대로 있다가는 마련에게 무림을 통째로 빼앗길 수도 있으니까. 하지만 빨리는 안 될 것 같아. 모든 문파가 몸을 사리고 있으니까."

"하지만 곧 정신들 차리겠지. 갑작스러운 마련의 부상으로 의천무맹이 잠시 혼란했던 거지. 그리고 운중오문은 아직 움직이지도 않았어."

검은 옷의 사내가 고개를 저으며 말했다.

"그렇긴 하지. 운중오문의 고수들까지 산을 내려오면 아무리 마련의 마인들이 사나워도 버티기 힘들지. 그들로서는 아마 지금의 정세를 유지하는 게 최선일 거야."

"그럼 더 큰일이지. 무림이 이 상태로 교착되는 것은……."

"그러게 말이야. 우리같이 힘없는 사람들에게는 죽을 맛이지. 에이! 술이나 마시세."

두 사내가 우울한 듯 커다란 술잔에 술을 가득 따라 벌컥벌컥 마시기 시작했다.

'월문신룡이라… 훗!'

시월이 쓴웃음을 흘렸다.

세월이 많이 흐른 것 같기는 했다. 그가 월문을 탈출할 때 월문은 십팔장문의 한자리를 차지하기 위해 애쓰고 있었다. 그런데 이제는 천문의 자리를 노리고 있었고, 소문주 백유검은 마련이 일으킨 난세를 평정할 젊은 영웅으로 추앙받고 있었다.

무림과 월문의 소식을 들으니 시월은 자신이 꽤 오랫동안 세상을 떠나 있었다는 것을 실감할 수 있었다.

'칠 년… 아니, 팔 년인가?'

만화원 지하동굴에 들어가 생활한 시간조차 정확하게 계산되지 않는 시월이다.

'어쨌든 이제 그들에게도 시간이 가져온 변화를 알려줘야겠지.'

탁!

시월이 자리에서 일어났다. 그러고는 옆에 풀어놓았던 검을 들고 객점의 문을 나섰다.

"손님! 설마 지금 산길을 가시려고요?"

시월이 객점을 떠나려 하자 뒤늦게 객점 주인이 달려와 시월을 불렀다.

"예, 그렇습니다만……."

"아이구, 지금 어떻게 홍안령으로 들어갑니까? 요즘은 대낮에도 홍안령을 넘는 것이 두려운 일인데……."

객점 주인이 시월을 말렸다.

"급히 가야 할 일이 있어서요."

시월이 말하자 객점 주인이 고개를 저었다.

"물론 젊은 손님께서 무인이신 줄은 알겠지만, 요즘 홍안령에서 활동하는 마적들은 보통 마적들이 아닙니다. 마도가 발호하니 숨죽여 살던 마인들도 모두 세상으로 쏟아져 나와 개중 일부가 산채를 차지하고 주인 노릇을 하고 있지요. 홍안령에는 그런 자들이 적지 않습니다. 그러니 오늘은 이곳에서 주무시고, 내일 동행하실 분을 찾아 같이 가십시오."

객점 주인이 진심으로 시월에게 충고했다. 객방을 이용할 손님을 잡기 위해 일부러 하는 말은 아닌 듯싶었다.

"거, 그럽시다. 젊은 양반! 우리도 내일 홍안령을 넘을 건데 같이 갑시다!"

무림 정황에 대해 이야기를 나누던 두 여행객 중 검은 옷을 입은 사내가 시월에게 소리쳤다.

"고마운 말씀이나 급히 가야 할 곳이 있어서 오늘 중으로 길을 떠나야 할 것 같습니다. 죄송합니다. 그럼!"

시월이 가볍게 고개를 숙여 보인 후 빠르게 걸음을 옮겨 객점을 벗어났다.

"거참, 젊은 사람이 겁이 없네. 검을 든 것을 보니 무인인 것 같기는 한데……."

객점 주인이 안타까운 듯 중얼거렸다.

"젊으니까 겁이 없는 것 아니겠소! 뭐, 무공에 자신이 있어서 갔을 테니 너무 걱정하지 마시구려. 여기, 술이나 두어 병 더 주시오!"

검은 옷의 사내가 객점 주인에게 소리쳤다.

"그러지요. 그런데 두 분은 주무시고 가실 거죠?"

"그래야지 않겠소? 우린 저 청년 무사처럼 대범하지 못하다오.

우리도 검을 쓰지만 겁도 많은 사람들이라서, 하하하!"

검은 옷의 사내가 호탕하게 웃음을 터뜨렸다.

그러자 객점 주인이 얼른 고개를 저었다.

"겁이 많으신 게 아니라 신중하신 거지요. 젊은 사람들은 그걸 모르니 참… 잠깐 기다리십시오. 좋은 술 두 병을 내드리죠."

객점 주인이 시월이 떠난 객점 문을 닫고는 주방으로 걸어갔다.

*   *   *

호르릉호르릉!

밤부엉이 우는 소리가 구슬프게 어두운 숲을 오간다. 하지만 그 구슬픈 울음 속에 치열한 삶의 현실이 존재한다.

사냥을 나온 밤부엉이와 그로부터 살아남으려는 작은 들짐승들은 오늘 밤도 각자의 생존을 위해 치열한 싸움을 펼치고 있었다.

그 어둠을 좋아하는 또 다른 무리가 있었다.

저벅저벅!

시월은 깊은 밤 산길을 마치 대낮에 걷는 것처럼 거침없이 걸어가고 있었다. 호젓하게 뜬 달 때문에 시야는 밝았지만, 그래도 혼자 걷기에는 너무 위험한 산길이었고, 깊은 밤이었다.

그리고 어김없이 그의 앞을 막는 자들이 나타났다.

"멈춰라!"

불쑥 나무 위에서 뛰어내린 사내 둘이 시월의 앞을 막아섰다.

예상하고 있었다는 듯 시월이 무심하게 길을 막은 사내들을 바라봤다.

그러자 오히려 사내들이 당황했다. 이런 밤에 낯선 사내들에게 길이 막히면 당황하거나 겁을 먹어야 하는데, 상대는 지나치게 무덤덤한 표정이기 때문이었다.

"대범하구나. 이런 밤중에 홍안령 산길을 홀로 넘으려 하다니. 이곳에 산중호걸들이 가득하다는 것을 듣지 못했느냐?"

길을 막은 마적이 잔뜩 힘을 준 목소리로 물었다.

그러자 시월이 잠시 산적들을 바라보다가 불쑥 물었다.

"그 산중호걸 중에 흑룡단도 있다던데……?"

"…흑룡단과 인연이 있느냐?"

갑작스러운 시월의 질문에 두 산적이 잔뜩 기가 죽은 표정으로 되물었다. 아마도 산적들 사이에서 흑룡단은 제법 무게 있는 이름인 모양이었다.

"약간의 인연이 있어 흑룡단주를 만나려고 하는데, 길을 아시오?"

시월이 다시 물었다.

그러자 산적들이 서너 걸음 뒤로 물러났다. 그러고는 시월을 향해 급히 고개를 숙여 보였다.

"흑룡단과 관계된 사람인 줄 몰랐소. 길을 막아 미안하오. 오늘 일은 없던 것으로 해주시오."

산적들의 행동으로 그들이 얼마나 흑룡단을 두려워하는지 알 수 있다.

"날 흑룡단까지 안내해 줄 수 있소?"

시월이 다시 물었다.

그러자 산적들이 잠시 망설이다가 입을 열었다.

"흑룡단의 산채가 보이는 곳까지는 안내해 주겠소. 하지만…
우리가 산채에 들어갈 수는 없소."

"그거면 됐소."

시월이 고개를 끄떡였다.

"그럼… 따라오시오."

졸지에 행인을 터는 산적에서 길잡이로 변한 산적들이 산길을
벗어나 위태로운 숲으로 시월을 안내했다.

험준한 바위들이 가득한 산중 협곡, 그 협곡의 입구에 두터운
방책이 서 있었다. 그 방책 중심에는 불도 밝히지 않고 다섯 명의
마적이 경계를 서고 있었다.

방책이 보이는 곳까지 시월을 안내해 온 두 산적이 방책 앞 마
적들에게 들키기 싫은 듯 오십여 장 밖에서 걸음을 멈추고 시월에
게 말했다.

"다 왔소. 괜찮다면 우리는 여기서 돌아가 봐도 되겠소?"

산길을 걸어오면서 두 산적은 이미 시월이 보통 무인이 아니라
는 것을 알아채고 있었다. 시월이 산에서 살아가는 자신들보다 더
가볍게 밤길을 걸었기 때문이었다.

시월이 무림 고수일수도 있다는 생각에 산적들은 더욱더 조심
할 수밖에 없었다.

"고맙소. 이건 길 안내를 해준 대가요."

시월이 품속에서 작은 금붙이를 꺼내 산적들에게 내밀었다.

"이, 이럴 것까지는 없는데……."

산적들이 시월에게 두려움을 느끼면서도 욕심을 버리지는 못하

겠는지 금붙이에서 눈을 떼지 못하며 중얼거렸다.

"받으시오. 일에 대한 대가니까."

"그, 그럼… 고맙게 받겠소."

산적 중 한 명이 얼른 시월의 손에서 금붙이를 받아 들었다.

그러자 시월이 다시 두 사람에게 말했다.

"난 전귀 무광이라 하오. 신검산 월문 사람이고……."

"헉!"

"이, 이런 제길!"

두 산적이 기겁을 하면서 시월에게서 멀어졌다.

그러자 시월이 고개를 저으며 말했다.

"당신들을 어찌할 생각은 없소. 그냥 오늘 당신들이 누굴 안내
했는지는 알아야 할 것 같아서 말해주는 거요. 그럼 조심해서 돌
아가시오. 어쩌면 그 금붙이를 가지고 이대로 산을 떠나는 것도
나쁘지는 않을 거 같고……."

시월이 두 산적에게 담담하게 충고를 하고 나서 흑룡단의 산채
쪽으로 걸어가기 시작했다.

"빌어먹을. 하필이면 월문이야."

산채 쪽으로 걸어가는 시월을 보며 산적이 욕설을 내뱉었다.

"그러게 말이야. 산사람들에게 우리가 월문 고수를 흑룡단에
데려온 것이 알려지면 우린 살아남을 수 없을 거야."

"어떡하지?"

"어쩔 수 없지, 뭐. 저자가 흑룡단에 들어가서 죽는 걸 바라는
수밖에."

산적이 어느새 방책 앞에 도착한 시월을 보며 중얼거렸다.

   *   *   *

"웬 자냐?"

방책 앞을 지키던 흑룡단의 마적들이 불쑥 나타난 시월을 향해
급히 검을 뽑아 들며 소리쳤다.

"단주는 산채에 있소?"

시월이 다짜고짜 물었다.

"이런 미친놈이! 한밤중에 불쑥 찾아와 단주님을 찾아? 네놈의
정체를 밝혀라! 만약 시답지 않은 놈이면 육시가 날 것이다!"

마적이 살기를 드러내며 호통을 쳤다.

시월이 품속에서 작은 주머니를 꺼내 들었다. 그러고는 주머니
의 입구를 벌린 후 툭 땅바닥에 던졌다. 그러자 주머니 안에서 만
화원 지하 동굴에서 가져온 금붙이들이 흘러나왔다.

금붙이들이 달빛을 받아 다른 때보다도 더 눈부시게 빛났다.

"이게… 대체 뭐냐?"

마적들이 당황한 표정으로 시월에게 물었다.

"몰라서 묻소? 금덩이 아니오. 흑룡단주를 위해 가져온 이런
선물이 적지 않으니 가서 전해주시오. 오래전 은혜를 입은 사내가
흑룡단주께 선물을 가져왔으니, 밤이 늦었지만 뵙기를 허락해 달
라고!"

시월이 자신이 등에 메고 있는 바랑을 툭툭 치며 말했다.

"정말… 그 안에 이런 금이 들었단 말이냐?"

적지 않은 크기의 바랑을 보며 마적들이 침을 꿀꺽 삼켰다.

"설마 내가 대흑룡단 산채에 와서 거짓말을 하겠소? 나라고 목숨이 두 개 있는 것도 아닌데."

시월이 덤덤하게 대답했다.

그러자 마적들이 잠시 이야기를 나누더니 조금 누그러진 목소리로 말했다.

"잠시 기다리시오. 단주님께 전하겠소."

"그럽시다."

시월이 대답을 하고는 서너 걸음 뒤로 물러났다. 그의 앞에는 여전히 달빛을 받아 번쩍이는 금붙이가 흩어져 있었다.

마적들이 자신들의 두목인 흑룡단주에게 시월의 방문을 알리려고 들어간 지 일각이 지나지 않아 방책 안쪽이 소란스럽더니 출입구에 두 개의 횃불이 타올랐다.

본래 마적단들은 자신들의 위치를 노출하지 않기 위해 밤에 불을 밝히는 것을 꺼리지만 흑룡단주만큼은 예외였다.

"어느 귀빈이 날 찾아오셨는가?"

호피를 걸친 흑룡단주가 호탕한 목소리로 외치며 방책 앞으로 나섰다.

그러고는 슬쩍 시월 앞에 너부러진 금붙이들을 확인하고는 탐욕이 일렁이는 눈으로 시월을 바라봤다.

"나와 인연이 있다고?"

흑룡단주가 확인하듯 물었다.

그러자 시월이 고개를 끄떡였다.

"그렇습니다."

"음… 목소리를 들으니 젊어 보이는데, 어떤 인연이 있었나?

은혜를 갚으려고 금덩어리를 들고 찾아왔다면 보통 인연이 아닐 텐데……."

"아마… 제 얼굴을 보면 기억하실 겁니다."

"그래? 그럼 좀 가까이 와보시게. 어두워서 잘 보이지 않는군."

흑룡단주 곽진, 마적들 사이에선 적룡이라는 별호를 불리는 사내가 손짓을 해 시월을 불렀다.

시월이 망설이지 않고 흑룡단주를 향해 걸음을 옮겼다.

"그만!"

시월이 사오 장 앞까지 다가오자 적룡 곽진이 손을 들어 시월을 멈춰 세웠다.

시월이 순순히 걸음을 멈췄다.

그러자 곽진이 횃불에 비친 시월을 유심히 살폈다. 그러다가 고개를 갸웃하며 중얼거렸다.

"모르겠는데?"

"그러신가요? 좀 서운하군요. 은인께서 제 얼굴을 기억하지 못하시다니. 전 분명히 기억하실 거라 생각했는데. 하긴 그때는 제가 한참 어렸으니까……."

시월이 서운한 표정을 지으면서도 이해한다는 듯 고개를 끄떡였다.

"어린애들은 크면서 얼굴이 많이 변하는 법이지. 얼굴은 기억 못 해도 무슨 일이 있었는지 들으면 기억이 날 수도 있으니 말해 보게. 내가 어떤 은혜를 베풀었지?"

곽진이 물었다.

"제 목숨을 살려주셨지요."

"아! 그래? 목숨을……? 거참, 허허. 그런 일도 있었나?"

곽진이 조금 당황한 표정으로 중얼거렸다.

그로서는 당황할 수밖에 없는 일이다. 마적들 세계에서 가장 악랄하다고 소문난 곽진이었다. 지금까지 그의 손에 죽은 사람만 수백, 반면 누군가의 목숨을 구해준 경우는 적어도 그의 기억에는 없었다.

"그렇습니다. 십수 년이 가까이 지났으니 아쉽지만 기억하지 못하실 수도 있습니다. 하지만 은혜는 은혜! 그 은혜를 갚지 않을 수는 없지요."

시월이 메고 있던 자루를 끌러 곽진 앞으로 던졌다.

제법 무거운 자루였지만, 자루는 가볍게 날아가 곽진 앞에 떨어졌다.

곽진이 들고 있던 도로 슬쩍 자루의 입구를 열었다. 그러자 그 안에서 금덩어리들이 황홀한 모습을 드러냈다.

"어허! 허허허! 이거 정말 금이군!"

곽진이 기쁨을 감추지 못하고 연신 웃음을 흘렸다. 그러면서 시월을 보며 말했다.

"과거의 은혜를 잊지 않고 이렇게 찾아왔으니 호걸이라 부를 만하군. 우리 흑룡단은 자네 같은 젊은 호걸이 머물기 딱 좋은 곳이지. 환영하네. 안으로 들어가세!"

곽진이 두 팔까지 벌려 시월을 환영했다.

"사실 절 살려주신 은혜 말고 더 갚아야 할 빚이 있습니다."

"더 있다고? 또 무슨……?"

"제 아버님의 빚도 아들로서 갚아야지 않겠습니까?"

"오, 내가 자네 아버지의 목숨도 구해줬나?"

또 다른 선물이 있다는 말에 흑룡단주 곽진이 잔뜩 기대한 눈으로 시월에게 물었다.

그러자 시월이 대답을 하는 대신 등 뒤로 손을 가져갔다. 곽진이 이번에는 시월이 무슨 선물을 꺼내나 싶어 눈을 크게 뜨고 시월을 바라봤다.

그런데 그 순간 시월이 불쑥 허공으로 도약했다.

"어……?"

갑작스러운 시월의 행동에 놀란 곽진이 당황한 표정을 짓는 순간, 허공을 가르며 날아온 시월의 등에서 한 줄기 빛이 번쩍였다.

팟!

시월의 등에서 시작된 빛이 누구도 반응할 수 없는 속도로 흑룡단주 적룡 곽진의 가슴을 스치고 지나갔다.

펄럭!

곽진이 걸치고 있던 호피가 맥없이 펄럭였다.

"이게 무슨 짓… 억!"

자신의 눈앞에 내려선 시월에게 화를 내려던 순간, 곽진이 갑자기 신음을 토하며 무릎을 꿇었다.

주룩!

무릎을 꿇은 그의 가슴에서 피가 터져 나와 입고 있던 호피를 붉게 물들였다.

"이놈!"

"이 쳐 죽일 새끼!"

뒤늦게 상황을 파악한 흑룡단의 마적들이 시월을 향해 욕설을 퍼붓더니 도검을 휘두르며 달려들었다.

순간 시월이 왼쪽에서 날아오는 도를 검으로 쳐내고는 손날로 도를 든 자의 목젖을 가격했다.

"캑!"

목젖을 가격당한 마적이 숨을 쉬지 못하고 그 자리에 고꾸라 졌다.

순간 시월이 고꾸라지는 마적의 목덜미를 잡아채 옆으로 휘둘 렀다.

퍽!

옆에서 시월을 찔러오던 마적의 검이 자신의 동료를 찔렀다. 그 러자 시월이 검에 찔린 마적을 던져 버리고, 짧고 강하게 검을 휘 둘렀다.

팟!

"악!"

비명과 함께 동료를 찌른 마적의 팔이 검을 든 채 잘려 나갔 다.

흑룡단의 마적들이 한순간에 얼어붙었다. 순식간에 두목을 베 고 동료 두 명을 쓰러뜨린 시월의 무공에 질려 버린 것이다. 그래 서 시월을 향해 도발하는 마적은 더 이상 없었다.

그러자 시월이 마치 아무 일도 하지 않은 사람처럼 느릿하게 흑 룡단주 적룡 곽진 앞으로 다가갔다.

*   *   *

"너… 누구냐?"

무릎까지 흥건히 피에 젖은 흑룡단주 적룡 곽진이 자신을 차갑게 바라보고 있는 시월에게 물었다.

"십이삼 년 전쯤인가. 그즈음 이곳에서 멀리 떨어진 요동 백두 인근까지 약탈을 나갔었던 것을 기억하나?"

시월이 되물었다.

"백두……?"

"기억날 텐데? 흑룡단의 활동 지역이 아닌 곳이었으니까. 그곳에서 흑룡단은 여러 마을을 약탈했지. 그중 한 마을이 내 고향이었어. 그때 아버지가 돌아가셨지. 난 사로잡혀서 사막의 노예상에게 팔려 갔고. 그러니까… 빚은 제대로 정산된 거다. 노예로 팔았을지언정 날 살려줬으니 그 대가로 금을 가져온 거고. 아버지를 죽인 대가로 네 목숨을 거두는 거니까. 제대로 된 계산이지?"

"겨우 그따위… 일로……"

"물론 당신에게는 특별한 일이 아니었겠지. 일상적인 일 중 하나였을 테니까. 하지만 당한 사람 입장은 좀 달라. 평생 잊지 못할 원한이 되는 거지. 다행히 오늘 그 평생의 원한을 갚게 되었군."

시월이 담담하게 말했다.

그러자 곽진이 시월을 노려보다 다시 물었다.

"그 무공… 결코 유랑 무사의 무공이 아니었다. 누구에게 무공을 배웠느냐?"

"죽어가는 마당에 궁금한 것도 많군. 내 질문에 대답을 해주면 나도 대답해 주지."

"알고 싶은 게 뭐냐?"

"그때 백두 인근 마을을 약탈하고 잡아온 아이들을 누구에게 넘겼느냐? 사막 노예시장으로 끌려갔었는데 날 끌고 간 노예상의 이름을 알 수가 없군. 그자가 누군지 모르고 복수를 하려면 당시 노예시장에 노예를 팔던 노예상들을 모두 찾아 죽여야 하는데… 피곤한 일이지."

시월의 말에 곽진이 어이없는 표정으로 시월을 바라봤다.

"그게… 가능하다고 생각하느냐?"

"불가능할 것 같아?"

시월이 되물었다.

"…대체 누구에게 무공을 배웠느냐?"

"내 질문에 대한 대답이 먼저다."

시월이 고개를 저으며 말했다.

그러자 곽진이 다시 한번 시월을 노려보다가 결국 입을 열었다.

"당시 요동에서 데려온 아이들은 혈수금귀에게 넘겼다. 자, 이제 대답해 봐라. 네놈은 대체 누구에게 무공을 배운 것이냐? 노예로 팔려 간 주제에……."

"혈수금귀……."

"대답해! 욱!"

시월의 대답을 재촉하던 곽진이 가슴을 부여잡았다. 생명의 끝이 다가온 듯싶었다.

"약속은 약속이니까. 대답해 줘야겠지. 난 신검산 월문의 사람이다. 풍랑 소후라고 하지."

시월이 앞서 길잡이 산적들에게 한 말과 달리 이번에는 사형 소후의 이름에 풍랑이라는 별호를 붙여 대답했다.

"월문!"

죽어가던 곽진의 눈이 커졌다.

"납득이 가나?"

"…월문이라면……."

월문의 무공에 죽는 것이라면 인정한다는 듯 곽진이 고개를 끄덕이다가 그대로 맨땅에 허물어졌다.

"다행이군. 스스로 인정하는 죽음을 맞았으니."

쓰러진 곽진을 보며 시월이 중얼거렸다.

흑룡단의 마적들은 공포에 질려 있었다. 그들에겐 눈앞에서 단주 적룡 곽진을 벤 시월보다 그의 입에서 흘러나온 월문이라는 이름이 더욱 두려운 듯 보였다.

그도 그럴 것이, 마련의 발호로 정사대전의 기운이 무르익어 가는 최근 무림에서 의천무맹 구대천문을 능가하는 명성을 떨치고 있는 곳이 신검산 대월문이기 때문이었다.

그 월문이 흑룡단을 체거하기로 결정했다면, 자신들이 오늘 밤 살아남을 가능성은 일 할도 되지 않았다.

눈앞에 서 있는 자는 한 명이지만, 맞은편 어두운 숲속에 얼마나 많은 월문의 고수들이 기다리고 있을지 알 수 없는 일이었다.

그래서 흑룡단의 마적들은 시월이 곽진에게 건넸던 금 자루를 다시 집어 들고, 처음 땅바닥에 던졌던 전낭과 흩어진 금붙이들을 주워 담을 때도 어떤 반격도 하지 못했다.

시월은 마적들이 두려운 시선으로 자신을 바라보는 와중에도 가져온 금들을 모두 회수한 후에야 마적들에게 시선을 돌렸다.

"한 시진 후에 다시 오겠다. 그 안에 산채를 태우고 이곳을 떠나라. 이 중에는 내 옛 고향 마을을 약탈한 자도 있을 테지만, 그에 대한 복수를 하고자 당신들 모두를 죽일 생각은 없다. 그래서 한 번의 기회를 주는 것이다. 이곳을 떠나서 다시 마적질을 하든 말든 그건 내가 알 바 아니지만, 적어도 다시 돌아왔을 때 이곳에 남아 있는 자는 죽는다!"

조용하게 협박을 남긴 시월이 마치 아무 일도 없었다는 듯 느릿하게 걸음을 옮겨 산채를 떠났다.

화르륵!

화염이 산 위까지 치솟아 올랐다. 흑룡단의 산채가 있던 계곡에 용암이 흐르는 것 같았다.

흑룡단의 마적들은 미련 없이 산채를 불태우고 떠나는 것을 선택했다.

단주 적룡 곽진을 단 일검에 베어버린 시월의 무공도 무서웠지만, 그의 입에서 흘러나온 신검산 대월문의 존재감은 두려움 이상이었다.

아무리 강심장을 가진 마적이라도 의천무맹 구대천문의 자리를 노리는 신검산 대월문을 대적할 사람은 없었다.

그리고 애초부터 마적들에게 두목에 대한 충성심이란 한 줌의 모래보다도 보잘것없는 것이었다. 죽은 두목을 위해 목숨을 걸 마적은 세상에 존재하지 않았다.

시월은 맞은편 산 능선에서 불타는 계곡을 바라보고 있었다.

"좋은 선택을 한 거야."

시월이 턱을 괴고 중얼거렸다. 흑룡단주 곽진을 벨 때의 날카로움은 더 이상 얼굴에 남아 있지 않았다.

날카로움이 사라진 얼굴은 아직 앳된 이십 대 청년의 그것이었다.

사실 시월은 혹시나 마적들이 산채를 지키고 버틸 경우를 걱정하고 있었다. 그들과 싸우는 게 두려운 것이 아니라 그들을 모두 죽여야 할지도 모른다는 생각이 그를 두렵게 했었다.

그럼에도 불구하고 만약 그들이 산채를 태우고 떠나지 않았다면 시월은 산채의 마적들을 모두 죽였을 것이다. 이제 시월은 적어도 그 정도 일은 할 수 있는 독한 사람이 되어 있었다.

"이젠 사막으로 가야겠지."

시월이 서쪽으로 시선을 돌렸다. 켜켜이 이어진 산의 능선들 끝에 아스라이 달빛을 반사하는 사막의 모래언덕이 보였다.

"혈수금귀라… 아직도 그 짓을 하고 있을까?"

시월이 고개를 갸웃하고는 발길을 옮겼다.

*   *   *

그림 같은 곡선을 그리며 흘러가는 요하의 지류가 한눈에 보이는 신검산에 자리 잡은 월문은 지난 칠팔 년간 눈부신 성장세를 구가했다.

무림에서의 명성은 의천무맹 구대천문에 버금갈 정도로 성장했고, 장원은 성채라고 불러도 될 정도로 확장되어 있었다.

신검산 인근에도 월문의 성장과 더불어 적지 않은 크기의 마을들이 형성됐다.

대도(大都)의 시전만큼은 아니지만, 장성 이북 변경에서는 보기 드물게 큰 시전을 가진 마을들이었다.

홍안령 북쪽으로 여행을 하거나, 혹은 서쪽의 사막과 동쪽의 요동 땅을 오가는 여행자들은 월문의 보호 아래 있는 이 마을에서 휴식을 취하거나 여행 준비를 했다.

월문의 존재감으로 인해 신검산 아래 형성된 마을들은 장성 이북 변경에서 가장 안전한 곳으로 여겨지고 있었다.

그 마을을 한눈에 담을 수 있는 곳에 위치한 월문의 거대한 장원에는 수십 채의 건물들이 들어섰고, 상주하는 일류고수만도 일백여 명에 달했다.

물론 강호나 나가 있는 문도들을 모두 불러 모으면 그보다 훨씬 많은 고수들이 월문의 이름으로 무림을 종횡하고 있었다.

그 월문의 장원 동쪽 끝에 소담하게 만들어진 작은 기와집이 있었다.

오 년 전쯤 완성된 이 집에는 묘한 신분의 여인이 살고 있었다. 월문 사람들에게는 동별당(東別堂) 작은 마님이라 불리는 여인, 어려서 백문보에게 거두어져 월문의 제자로 들어온 설우담의 거처였다.

그녀가 동별당 작은 마님이라는 특이한 신분으로 불리는 것은 그녀의 지위 때문이었다.

설우담은 오 년 전 소문주 백유검의 공식적인 부인이 되었다. 들리는 소문에 의하면 월문주 백문보의 강한 반대로 수년 동안 미뤄오다 어렵게 이뤄진 혼인이라고 했다.

그래서인지 월문 소문주의 부인이 되었음에도, 화려한 혼인식도 없었다. 그저 그녀를 위한 작은 별당이 지어진 것이 전부였다.

그래서 그녀의 묘한 신분이 만들어졌다. 동별당 작은 마님. 백문보는 백유검과 설우담의 혼인을 허락하는 대신, 백유검의 제일부인 자리를 비워뒀다.

그래서 설우담은 유일한 백유검의 부인이면서도 동별당 작은 마님이라는 묘한 호칭으로 불리고 있었다.

야심만만한 백문보에게 아들의 혼사는 월문이 한 단계 높게 도약하는 밑거름이 되어야 했다. 명문대파와의 정략혼이 그것이었다.

그 큰 거래를 위해 백문보는 가장 먼저 아들의 부인이 된 설우담을 존재하지도 않는 제일부인 뒤에 있게 한 것이다.

설우담으로서는 치욕적인 일이었지만, 그래도 백문보에게 혼인을 허락받기 위해 받아들일 수밖에 없는 굴욕이었다.

하지만 그렇게 굴욕적인 혼인을 했음에도 불구하고 설우담은 행복한 여인이었다. 왜냐하면 소문주 백유검의 사랑만큼은 넘치도록 받고 있기 때문이었다.

더군다나 월문신룡 백유검은 당금 무림의 떠오르는 젊은 영웅이었다. 그런 백유검의 사랑을 독차지한다는 것만으로도 설우담은 작은 마님으로 불리는 굴욕쯤은 너끈히 참아낼 수 있었다.

오늘도 설우담과 백유검은 자신들만의 거처인 동별당에서 오붓한 시간을 보내고 있었다.

그런데 갑자기 날아든 소식 하나가 그들의 오붓한 시간을 산산조각 내버렸다.

쨍그랑!

설우담이 들고 있던 찻잔을 떨어뜨렸다. 바닥에 떨어진 찻잔이 박살이 나면서 마룻바닥에 흥건하게 찻물이 번졌다.

그러나 설우담도 그 맞은편에 앉아 있던 백유검도 깨진 찻잔이나 너부러진 찻물에는 신경도 쓰지 않았다.

"지금 뭐라고 했나?"

백유검이 급하게 동별당으로 달려온 자신의 심복 유청신에게 물었다.

유청신은 조삼한, 화웅과 함께 백유검의 강호행에 항상 동행하는 심복 중의 심복으로 알려진 중년고수였다.

"전귀(戰鬼) 무광, 풍랑(風狼) 소후란 이름 등이 북방에서 들려오고 있습니다. 오늘도 산 아래 시전에 들어온 장사치들에게서 그 이름들이 나왔습니다. 그런데, 더 곤혹스러운 것은 그 이름들 앞에 월문의 이름이 붙어 있다는 것입니다."

쿵!

쨍그렁!

유청신의 대답을 들은 백유검이 주먹으로 탁자를 치는 바람에 찻잔과 찻병들이 다시 한번 바닥에 떨어졌다.

"어떤 놈이 이런 장난을……!"

백유검이 살기를 쏟아내며 중얼거렸다.

"얼른 가서 아버님을 뵈어요."

설우담이 굳은 표정으로 말했다.

"알았어. 얼른 갔다 올게."

백유검이 고개를 끄떡이고는 나는 듯이 대청을 달려 나갔다.

그 뒤를 유청신이 급히 따라붙었다.

그러자 설우담이 불안감이 감도는 어두운 표정으로 중얼거렸다.

"운중오문에 붙잡혀 있어야 할 사람들이 갑자기 나타날 리는 없을 텐데… 그럼 역시 시월인가?"

제 10장

—

혈수금귀

월문 문주전은 장원 중심에서 서북쪽으로 조금 비껴나 있었다. 일반적인 문파의 문주전이 각파의 정중앙에 위치한 것과는 조금 다른 모습이었다.

그러나 그건 대월문의 성세를 증명하는 일이기도 했다. 무림에서의 지위가 높아지고, 세력이 커질수록 월문은 장원을 확대해 나갔다. 그런데 월문 서쪽으로는 신검산의 가파른 비탈이라 장원을 넓힐 공간이 마땅치 않았다.

그래서 동남쪽으로 장원이 확대되었는데, 그 때문에 처음에는 장원의 정중앙에 위치해 있던 문주전이 서쪽으로 치우친 것처럼 보이게 되었다.

하지만 백문보는 문주전을 옮길 생각은 하지 않았다. 수백 년 전통의 월문을 상징하는 건물이라고 생각하기 때문이었다.

최근 들어서 월문의 문주전은 언제나 활력이 넘쳤다.

비록 무림은 마련의 발호로 위기감이 고조되고 있었지만, 월문만큼은 그 와중에 세력을 넓히고 무림에서의 존재감을 높여가고 있기 때문이었다.

그런데 오늘은 달랐다.

저녁 어둠이 내린 문주전에는 밤공기처럼 무거운 기운이 흘렀다.

백유검이 급히 문을 열고 들어왔을 때도 마찬가지였다.

"아버님!"

문주전으로 달려 들어온 백유검이 백문보를 찾았다.

"앉거라."

백문보가 무거운 표정으로 백유검에게 말했다.

백유검이 얼른 백문보 맞은편에 자리를 잡고 앉았다. 문주전에는 이미 월문의 오래된 장로 삼인이 모여 있었다.

일장로 고태와 이장로 마건, 그리고 삼장로 천중한도 이제는 백발이 성성한 노고수의 면모를 보이고 있었다.

세월과 지위가 사람을 만드는 듯, 백문보를 포함해 세 장로에게서는 절대고수의 풍모가 은은히 흘러나와, 월문이 구대천문과 어깨를 나란히 하는 문파임을 증명하는 듯했다.

하지만 오늘 저녁만큼은 그들의 얼굴에 무거운 그늘이 드리워져 있었다.

"어찌 된 일입니까?"

자리에 앉은 백유검이 급히 물었다.

"아직도 급하구나. 대장부는 어떤 일이 있어도 조급함을 드러내면 안 되는 법이다."

흥분한 듯한 백유검을 백문보가 질책했다.

"하지만 이 일은……."

백유검이 변명을 하려다 말고 입을 다물었다. 백문보의 차가운 눈빛을 보았기 때문이었다.

비록 최근 들어 백유검의 무공이 백문보를 능가해 월문 최강자가 되었다고들 하지만, 여전히 그는 백문보의 냉정한 기운에는 주눅이 들 수밖에 없는 청년이었다.

"일단 그들의 상황을 확인해 봐야 할 것 같습니다."

침묵하던 고태가 입을 열었다.

"설마 그들이 탈출했을 수도 있다고 생각하시는 겁니까?"

백유검이 그럴 리 없다는 듯한 표정으로 고태에게 물었다.

"물론 불가능한 일이란 것은 압니다만, 그래도 만약이라는 것이 있으니까요."

고태가 대답했다.

"물론 확인은 해봐야겠지. 하지만 역시 그것보다는… 시월이 돌아왔을 가능성이 더 크다고 봐야겠지."

백문보가 무겁게 말했다.

"지금으로선 그렇다고 봐야 할 것 같습니다."

천중한도 어두운 표정으로 동의했다.

"좋지 않군."

백문보가 못마땅한 표정으로 고개를 저었다.

"그래 봐야 그 아이가 할 수 있는 일이 뭐가 있겠습니까? 겨우 이런 헛소문이나 내고 돌아다니는 것 말고는."

이장로 마건이 크게 걱정할 일이 아니라는 듯 말했다.

"그게 문제네. 그 아이의 입… 그 아이의 입을 통해 본문에서 일어난 일이 세상에 알려지기라도 하는 날이면 큰일 아닌가."

고태가 말했다.

"떠돌이 유랑 무인 한 명의 말을 세상이 믿겠습니까?"

마건이 고태에게 되물었다.

"그래도 이렇게 민감한 시기에 칠랑과 마공에 대한 소문이 퍼지면 좋을 것이 없네. 가뜩이나 마련의 발호로 마인들에 대한 적개심이 강한 시기가 아닌가. 이번 화록산 회합에서 본문은 천문의 자리에 오를 수도 있는데, 그 소문에 자칫 발목이 잡힐 수도 있네."

고태가 신중한 표정으로 말했다.

"…듣고 보니 그것도 그렇군요."

마건이 생각보다 일이 간단치 않다는 걸 깨닫고는 표정을 굳혔다.

"정말 시월이 돌아온 것이라면 한시라도 빨리 그 아이를 잡아들이거나 제거해야 합니다."

고태가 백문보를 보며 말했다.

그러자 백문보가 고개를 끄떡였다.

"그렇게 해야지. 그런데… 그렇게 간단치 않을 것 같아. 시월 그 녀석은 두려움이 많은 녀석이야. 그 두려움이 그 녀석 생존력의 기반이지. 그런데 그런 녀석이 자신을 드러냈다? 그건 그만큼 자신이 있다는 뜻 아니겠나."

백문보가 무겁게 말했다.

"그렇다 한들 찾기만 하면 충분히 제압할 수 있을 겁니다."

마건이 말했다.

"음, 한 가지 어려움이 더 있네. 이 일에 본문의 고수들을 대거 동원할 수 없다는 거야. 그 아이의 실체가 드러나면 안 되니까. 그만큼 은밀하게 그 아이를 제거해야 한다는 말이지."

"제가… 가겠습니다."

침묵하던 천중한이 무겁게 입을 열었다.

"천 장로가? 그 아이를 벨 수 있겠나?"

백문보가 물었다.

월문에서 칠랑을 버린 일을 가장 힘들어했던 사람이 천중한이었다. 그도 그럴 것이 잠룡동에서 마적단을 상대로 한 협행을 주도하며 어린 월문칠랑을 가르쳤던 사람이 천중한이기 때문이었다.

비록 쓰고 버릴 도구로 키워진 월문칠랑이었지만, 함께한 세월이 길다 보니 보이지 않는 정이 쌓였던 것이다.

백문보는 그런 천중한이 시월을 제대로 제거할 수 있을지 의문스러운 모양이었다.

"다른 사람 손에 맡기고 싶지는 않습니다. 고통 없이 깨끗하게 보내주고 싶습니다. 데려오지도 않겠습니다. 데려온들 돌봐줄 수 없는 아이니까요."

천중한이 단호하게 말했다.

그런 천중한의 모습이 백문보의 믿음을 이끌어낸 것 같았다.

"음, 천 장로 생각이 그렇다면 그렇게 하게. 그 아이도 천 장로 손에 죽는 것이 낫겠지."

백문보가 천중한의 출문을 허락했다.

"그럼 내일 당장 떠나겠습니다."

"저도 함께 가지요."

문득 백유검이 말했다.

그러자 백문보가 단호하게 말했다.

"안 될 일! 넌 절대 이 일에 관여치 마라. 네가 해야 할 일은 화록산 회합을 준비하는 일이다."

백문보의 명이 워낙 강해서 백유검은 얼른 자신의 뜻을 거두었다.

"알겠습니다."

"천 장로는 의룡단 고수 다섯을 데려가게."

백문보가 천중한을 보며 말했다.

"저 혼자 가도 충분할 것 같습니다만……."

"그 아이를 상대하는 일이야 천 장로 혼자서도 충분하겠지만, 그 아이를 찾는 일은 그렇지 않을 걸세. 데려가게. 또 그 아이가 혼자라고 장담할 수도 없고."

"…알겠습니다. 명대로 따르겠습니다."

천중한이 고집부릴 일이 아니라는 것을 알고 순순히 대답했다.

"후… 화록산 회맹을 앞두고 이런 일이 생기다니. 다들 문도들 단속에 신경 쓰게. 동요하는 자들이 없도록! 만계지마를 쫓다 죽은 것으로 알려진 칠랑의 소식이 전해지면, 문도들도 혼란스러워할 거야. 그저 헛소문인 것으로 만들어야 해."

"알겠습니다, 문주님!"

백문보의 명에 장로들이 일제히 대답했다.

＊　　　　＊　　　　＊

작렬하는 태양, 끝없는 지평선, 견디기 힘든 외로움. 사막은 여전했다.

시월이 처음 사막을 본 것은 노예시장에 끌려왔을 때였다.

산골에서만 살던 시월에게 당시의 사막은 자신의 처지를 잠시나마 잊게 만드는 경이로움이었다. 물론 그 이후 시작된 상황이 지옥도에 가까웠지만.

그 사막에 시월이 다시 섰다.

두 마리 낙타를 번갈아 타고 이동하는 시월에게 사막은 더 이상 어린 시절 같은 지옥은 아니었다. 하지만 그럼에도 사막의 여행이 괴로운 것은 어쩔 수 없었다.

"후우!"

다시 하나의 사구 위에 올라선 시월이 길게 한숨을 내쉬었다. 입에서 나오는 숨조차 뜨거운 열기를 품고 있다.

"이 근처인 것 같은데……."

시월이 중얼거리며 주위를 살폈다.

그러나 사방에 보이는 것은 연이어 이어진 사구뿐, 그 어디에도 눈에 띄는 변화가 없었다.

그러나 보통 사람의 눈에는 보이지 않은 것도, 무공 고수의 눈에는 보일 때가 있다. 막막한 사막을 응시하던 시월의 눈이 한순간 반짝였다.

"저기군!"

시월이 아무것도 없는 사막 한곳에 시선을 둔 채 중얼거렸다.

그리고 타고 있던 낙타의 옆구리를 가볍게 찼다.

꾸룩!

시월을 태운 낙타가 작은 소리를 내고는 다시 모래 위를 걷기 시작했다.

사막에도 계곡은 존재한다.

사구의 연속이던 사막 한가운데 갑자기 땅이 꺼진 듯 움푹 내려간 지형이 나타났다. 아래쪽으로 메마른 긴 회랑이 지나가는 제법 깊은 협곡이었다.

그렇다고 물이 흐르고 나무가 자라는 계곡은 아니었다. 모래사막과 다른 것은 단단한 땅과 바위들로 이뤄진 협곡이라는 것뿐이었다.

하지만 그것만으로도 여행자에는 좋은 이동로이자 잠시 쉬어갈 수 있는 휴식처를 제공했다.

낮은 지형 때문에 태양 빛이 가려지는 그늘이 존재했고, 단단한 땅은 천막을 세울 수도 있었다. 물과 식량이 있기만 하다면 지친 몸을 쉬어가기에 충분한 장소였다.

당연히 오늘도 그런 지형을 찾아드는 사막 여행자들이 있었다. 그런데 그 여행자들의 모습이 조금 이상했다.

거대한 천막 세 채를 세운 여행자들 옆에 여러 필의 말이 끄는 수레가 있었다. 수레 위에는 짐승을 가두는 우리가 실려 있었는데 그 안에 어린아이들이 가득 갇혀 있었다. 여행자들의 정체는 어린아이들을 사고파는 노예상이었던 것이다.

이런 사막 한가운데까지 수레를 끌고 왔다는 것은 이들이 수레가 다닐 수 있는 단단한 땅을 사막에서도 찾을 수 있다는 뜻이다. 그건 곧 이들이 아주 오랫동안 이 사막에서 노예상으로 살아왔다는 의미였다.

"황평!"

세 개의 천막 중 가운데 위치한 천막 앞에 사막까지 가져온 의

자에 앉아서 잘 차려진 음식을 먹고 있던 비대한 체구의 사내가 누군가를 불렀다.

그러자 한 명의 중년 사내가 얼른 비대한 체구의 사내에게로 달려왔다.

"부르셨습니까, 대인!"

황평이라 불린 사내가 비대한 사내에게 굽실거리며 입을 열었다.

"오늘부터 애들을 배불리 먹여. 노예시장까지 삼 일 남았으니까. 녀석들 때깔을 좋게 보이게 해야지."

"알겠습니다."

황평이라 불린 자가 얼른 대답했다.

"때리지도 말고. 상처 난 놈들을 좋아할 고객은 없어."

"예, 대인!"

"음, 이번에는 제법 큰 이득을 남길 것 같아. 데려온 놈들도 많지만 하나같이 근골이 괜찮으니까. 그러니까 끝까지 잘 관리해. 이번 장사가 끝나면 장성 이남으로 가서 한동안 대도에 머물 거야. 그때 술과 계집을 마음껏 즐기게 해줄 테니 잘들 해!"

"예, 대인! 고맙습니다."

"좋아. 가봐!"

비대한 체구의 사내가 손짓을 하자 황평이라 불린 사내가 조심스럽게 물러났다.

"음, 이번에 대도에 가면 칼 쓰는 놈들을 조금 더 모아야겠어. 마련(魔聯)의 발호로 무림이 난장판이 되고 있는 지금 같은 때가 사람 장사하기에 딱 좋은 때지. 멸문한 무림문파의 자식 놈들이 강호에 널려 있을 테니까. 아무래도 그런 놈들이 근골이 좋지. 더군다나 흑사회가 뒤에 있으니까. 걱정할 것도 없고… 흐흐, 살기 좋은 세월이구나!"

사내가 술병을 들어 병째로 입에 대고 술을 들이켰다.

"커어! 좋구나. 모르는 놈들에게 사막은 죽음의 땅이지만 나 같은 사람에게는 특별한 여흥을 즐길 수 있는 아름다운 땅이지. 다음번에는 계집도 몇 명 데려와야겠어. 그럼 여행이 좀 더 즐거울 테니……."

사내가 혼잣말을 중얼거리고는 다시 술병을 입으로 가져갔다.

그런데 막 술을 들이켜려던 사내가 갑자기 술병을 내려놓고 자리에서 일어났다.

"두우! 마슬! 누가 온다. 나가봐라!"

사내의 입에서 급한 명령이 흘러나왔다.

그러자 천막 근처에 머물던 자들 중 두 사람이 급히 몸을 움직여 야영지 밖으로 달려 나갔다.

"멈춰라!"

야영지 밖으로 달려 나간 사내들이 두 마리의 낙타를 끌고 야영지 앞까지 다가온 시월을 막았다.

그러자 검은 천으로 얼굴을 둘둘 감아, 낮의 열기가 거짓말처럼 사라진 대신 찾아온 차가운 밤의 한기를 막은 시월이 두 사내에게 물었다.

"혈수금귀 석자부를 만나러 왔는데… 내가 제대로 찾아왔소?"

*   *   *

"물러나라!"

저벅저벅!

혈수금귀 석자부를 찾는 젊은 무인 앞에서 어찌해야 하나 고민하는 수하들을 제치고 거대한 몸집의 사내가 시월 앞으로 걸어나왔다.

"혈수금귀?"

시월이 비대한 사내를 보며 물었다.

사실 그를 보는 순간 잊고 있던 옛 기억이 떠올라 이자가 자신을 사막의 노예시장에 내다 팔려 했던 그 노예상임을 금세 알아본 시월이었다.

이런 비대한 몸집에 금의를 입은 특이한 모습의 인물을 몰라볼수가 없었다. 당시나 지금이나 혈수금귀 석자부는 거의 변하지 않은 모습을 하고 있었던 것이다.

다만 그의 눈가에 예전보다 많은 주름이 생겼고, 이젠 시월이이 비대한 노예상을 만나고도 두려워하지 않는다는 것 정도가 차이라면 차이였다.

"남들이 그렇게 부르지. 그런데 무슨 일로 날 찾아왔나? 노예를 살 거라면 노예시장에서 만나면 되는데?"

혈수금귀 석자부가 여유 있는 표정으로 물었다. 어린아이들을 짐승처럼 우리에 가둬둔 것만 아니라면 인심 좋은 대상(大商)이라고 생각할 수도 있는 모습이다.

"이 장사 오래 했소?"

시월이 짐승을 가두는 우리에 갇혀 모든 희망을 잃고 맥없이 앉아 있는 아이들을 가리키며 물었다.

"좀 됐지. 그런데 그건 왜?"

석자부가 되물었다.

"확실한 것 같기는 한데, 그래도 확인은 해야 할 것 같아서 물었소. 괜히 애먼 사람 죽일 수도 있으니까."

시월이 대답했다.

"그 말은 지금 날 죽이기 위해 찾아왔다는 것이냐?"

"아니면 뭣 하러 이 황량한 사막까지 왔겠소?"

시월이 되물었다.

"…이유는?"

석자부가 그의 몸집에 어울리지 않게 냉정하고 날카로운 시선으로 시월을 살피며 물었다. 아마도 과거 시월과 어떤 원한 관계가 있나 기억해 내려는 것 같았다.

그러나 그가 시월을 기억할 리 없었다. 십수 년 전, 자신이 팔지 못해 사막에 버린 아이들 중 한 명인 시월이다.

시월에게는 평생 잊을 수 없는 석자부지만, 석자부에게는 그렇게 버린 수백 명의 아이들 중 하나일 뿐이었다.

"설마, 당신이 죽을 이유가 한둘이라 생각하는 것이오? 당신이 살아온 인생 자체가 하루하루 타인의 원한을 쌓아가는 시간이었을 텐데?"

시월이 이유를 묻는 석자부를 어이없다는 듯 바라보며 말했다.

"그렇군. 내가 팔아넘긴 아이들이 수백 명이 넘지. 당연히… 그 아이들 중 누군가는 날 찾아올 거라 생각했다. 그런데, 그걸 알면서도 난 이 일을 계속해 왔다. 왜라고 생각하느냐?"

"그건 내가 알 바 아니오."

시월이 퉁명스럽게 대답했다.

"후후후, 그래도 알아야 할 거다. 잘 들어라. 팔려 나간 아이들 중 복수를 하겠다고 날 찾아온 놈이 네가 처음은 아니다. 자신들 나름대로 도검을 다루는 법을 깨우치고 날 찾아왔었지. 하지만 그 놈들은 모두 하나같이 저승으로 갔다. 내가 단 한 놈도 살려두지 않았으니까. 그래서 내가 이 일을 계속할 수 있는 것이다. 복수하 겠다고 찾아오는 놈이 누구든 저승으로 보내줄 자신이 있으니까."

석자부가 씨익 미소를 지으며 말했다.

시월은 그 미소 속에서 잔혹한 노예상의 실체를 보았다. 그리고 석자부가 왜 혈수금귀라 불리는지 그 이유를 깨달았다.

'이 인간은… 이런 순간까지도 즐기는구나.'

시월이 한순간 혈수금귀 석자부의 성정을 깨달았다. 그 순간 등을 타고 소름이 일어났다.

석자부에 대한 두려움은 아니었다.

다만 잔혹함을 즐기는 석자부에 대한 거부감 때문이었다. 마치 아이들이 뱀을 보고 놀라는 것 같은.

하지만 결국 아이들은 몽둥이로 뱀을 때려잡거나, 놀거리로 만 들고 만다.

"훗!"

갑자기 시월의 입에서 가벼운 웃음이 흘러나왔다.

"무슨 뜻이지?"

여전히 음산한 살기를 흘려내며 석자부가 시월에게 물었다.

"이제 보니 살찐 변태 새끼였구나. 단순히 재물을 모으려고 사 막을 떠돌며 아이들을 팔고 다닌 게 아니었어."

"…그럼 뭣 때문에 이러고 다닌다고 생각하느냐?"

"변경에서조차 멀리 떨어진 이런 사막에서는 죽이고 싶을 때 죽일 수 있으니까. 넌… 잔혹함을 즐기는 변태 새끼였어. 아마도 필요하면 팔려고 데려온 아이조차 네놈의 즐거움을 위해 죽이겠지. 벌레 같은 놈……."

시월이 멸시의 눈으로 석자부를 보며 말했다.

"…젠장, 들켜 버렸네! 흐흐흐!"

석자부가 음흉한 웃음을 흘리며 시월의 말에 수긍했다. 그러면서도 전혀 당황한 것 같지 않았다. 그건 곧 시월을 죽일 자신이 있다는 의미였다.

"불쌍하군. 이젠 그 즐거움을 영원히 맛보지 못할 테니."

시월이 차갑게 말했다.

"날 찾아온 놈들은 하나같이 그렇게 말했지. 하지만 여전히 난 이 나이가 되도록 이 일을 하며 인생을 즐기고 있어. 그런 의미에서 넌 내게 선물 같은 놈이다. 아주 오랜만에 제대로 즐길 수 있겠어. 제법 무공이 괜찮은 놈 같거든!"

"원하는 대로 즐기게 해주지. 하지만… 그리 길지는 않을 거다."

시월이 훌쩍 낙타 위에서 내려섰다.

그러고는 검을 빼 들고 석자부를 향해 다가가기 시작했다.

차앙!

석자부가 허리 뒤춤에서 초승달 모양으로 생긴 두 개의 병기를 꺼내 양손에 들었다. 시월이 한 번도 보지 못한 병기다.

괴병을 다룬다는 것은 석자부의 무공이 생각보다 강하다는 의미였다.

"고기를 썰기에 안성맞춤인 놈이지. 특히 인육을… 흐흐흐!"

석자부가 다가오는 시월을 보며 비대한 몸을 흔들며 웃어댔다.

그런데 그 순간 시월이 사람들 시야에서 사라졌다.

"엇?"

차앙!

"욱!"

한순간에 석자부의 입에서 신음 소리가 흘러나왔다.

시월을 시야에서 잃어버려 당혹스러워하던 석자부가 한순간에 눈앞에 나타난 시월의 검을 가까스로 막아낸 후, 시월의 힘에 밀려 중심을 잃고 뒤로 밀려나면서 뒤늦게 신음을 흘리고 있었다.

그런데 놀란 것은 시월도 마찬가지였다.

시월은 석자부가 자신의 일검을 막아낼 거라고는 전혀 생각지 못했다. 비록 석자부가 무공을 감춘 고수라 해도 마찬가지였다.

만화원의 지하 석동에서 무공을 완성하고 나올 때의 시월은 무림에 자신의 적수가 없을 거란 자신감에 충만해 있었다. 그래서 일개 노예상을 상대하는 데 육마의 무공이나, 화노도 경악시킨 무형의 검은 꺼낼 필요도 없다고 생각했었다.

다만 빠른 보법과 쾌속한 일초의 검식이면 충분하다고 생각했던 시월의 공격을 노예상 석자부가 막아냈던 것이다.

시월로서는 예상치 못한 결과였다.

"정말… 위험한 자였군."

시월이 석자부를 보며 중얼거렸다.

그러자 석자부가 두 개의 기병을 들어 자신의 몸을 가리며 주춤주춤 뒤로 물러났다.

그런 석자부를 향해 시월이 성큼성큼 다시 다가갔다.

"대단한 무공을 숨기고 있다고 해서 당신 운명이 달라지진 않아."

"이놈! 네가 지금 누굴 건드렸는지 아느냐?"

"누구긴 누구야. 사람 사고파는 벌레 같은 노예상인 놈이지."

시월이 살기를 드러내며 검을 들었다.

"무맹에서 나왔느냐?"

석자부가 급하게 물었다.

"나와 상관없는 곳이야. 말했지만 난 개인적으로 당신과 원한이 있어 그걸 갚아주러 온 거야. 오래전 네가 팔려던 노예였지. 팔리지 않으니까 사막에 버려두고 가더군."

"운 좋게 살았으면 감사하게 살아갈 일이지 감히 벌집을 건드린단 말이냐?"

"벌집? 이것 봐라? 그럼 당신이 혼자 활동하는 노예상이 아니란 건가?"

시월이 들었던 검을 내렸다.

설마 노예상 혈수금귀 석자부 뒤에 다른 세력이 도사리고 있을 거라고는 생각지 못했던 시월이었다.

시월이 경계심을 갖는 듯 보이자 석자부가 살 기회를 얻었다는 듯 좀 더 강한 목소리로 말했다.

"그렇다. 난 네가 생각할 수 없는 무서운 세력을 뒤에 두고 있다. 그러니 이쯤에서 그냥 떠나거라. 괜히 지옥으로 걸어 들어오지 말고."

"어떤 세력이지?"

시월이 물었다.

배후의 정체를 듣고 나서 물러갈지 아닐지를 결정하겠다는 태도 같았다.

그런데 석자부가 쉽게 입을 열지 못했다. 자신의 배후에 있는 세력을 함부로 발설할 수 없는 모양이었다.

그러자 다시 시월이 물었다.

"설마 자신이 속한 세력조차 입에 담을 수 없는 지위인 건가? 그 세력에서도 벌레 취급을 받나 보군."

"이놈이, 감히……! 네놈은 흑사회라는 조직을 들어본 적이 있느냐?"

"흑사회? 처음 드는 이름이군. 그런 곳도 있었나?"

"후후후, 역시 애송이군. 흑사회를 모르다니."

"내가 모른다는 것은 별 볼 일 없는 세력이라는 뜻이겠지. 역시 당신은 그냥 죽는 게 좋겠어."

시월이 다시 검을 들어 올렸다.

그러자 석자부가 급하게 입을 열었다.

"흑사회는 대마련에 속한 단체다. 회주께서는 마련의 주요 인물 중 한 분이시고! 날 죽이면 흑사회 전체가 널 쫓게 될 것이다. 아니, 넌 마련 전체의 공적이 되는 것이지!"

"마련(魔聯)!"

시월이 조금 뜻밖이라는 듯 석자부를 바라봤다. 설마하니 사막에서 노예나 파는 자가 마련과 연결되어 있을 거라고는 미처 생각지 못했던 것이다.

"설마 마련도 모르지는 않겠지?"

석자부가 협박하듯 물었다.

"물론, 알고 있지. 마련을 모르는 사람이 현 강호에 있을까. 그런데 그 흑사회주라는 자는 누구지? 마련에서도 중요한 인물이라면 적어도 삼십육마의 후인쯤은 되어야 할 것 같은데."

"이놈! 간이 배 밖으로 나왔구나. 감히 삼십육마를 입에 올리다니."

"삼십육마가 뭐 대단하다고."

시월이 퉁명스럽게 중얼거렸다.

"이런 미친놈! 정말 미쳤구나."

석자부가 황당한 표정을 지으며 중얼거렸다. 삼십육마조차 대수롭지 않게 생각하는 시월이 어이없을 수밖에 없었다.

그러자 시월이 석자부를 보며 말했다.

"지금부터 재주껏 내 공격을 막아봐. 그러고 나서 흑사회인지 뭔지 하는 곳의 우두머리가 누군지 말할지 말지 결정해. 난 그 대답을 듣고 당신 운명을 결정할 테니까."

팟!

말이 채 끝나기도 전에 시월이 석자부 앞에 도달했다.

"헉!"

석자부가 다시 겪어도 놀라운 시월의 속도에 기겁하며 비대한 몸을 옆으로 움직였다.

사삭!

마른땅 위에서 비대한 석자부가 믿기지 않는 속도로 움직였다. 그러나 석자부가 미처 거리를 벌리기도 전에 시월의 검이 그대로 석자부의 머리 위로 떨어졌다.

쾅!

무섭게 떨어지는 시월의 검을 석자부가 손에 들고 있던 기병을 들어 겨우 막아냈다. 하지만 시월의 검은 무지막지하게 석자부의 기병을 눌러 석자부를 무릎 꿇게 만들었다.

쿵!

석자부의 비대한 몸이 한쪽 무릎을 꿇었다.

그 순간 시월의 무릎이 사선으로 올라와 석자부의 턱을 강하게 가격했다.

콰직!

시월의 무릎에 격중된 석자부의 턱뼈가 으스러지는 소리가 흘러나왔다. 그 순간 무릎을 꿇고 있던 거대한 석자부의 몸이 허공으로 떠오르는가 싶더니 일 장 밖으로 날아가 바위처럼 떨어졌다.

쿵!

"컥!"

자신의 몸무게를 이기지 못하고 석자부가 고통스러운 신음 소리를 흘려냈다.

그런 석자부를 향해 시월의 검이 창처럼 검기를 만들며 파고들었다.

"헉!"

전광석화처럼 날아드는 시월의 검기에 석자부가 반항할 엄두를 내지 못하고 본능적으로 두 손을 들어 얼굴을 가렸다.

팟!

시월의 검이 석자부의 얼굴이 아닌 견갑골을 관통했다.

"악!"

견갑골이 뚫리는 고통을 견디지 못하고 석자부가 날카로운 비명을 내질렀다.

쾅!

고통에 비틀대는 석자부를 시월의 발이 다시 한번 가격했다.

쿵!

석자부가 또다시 일 장을 날아가 땅에 처박혔다.

"끄으으……"

석자부가 이번에는 비대한 몸을 일으키지 못하고 작살을 맞은 멧돼지처럼 버둥거렸다.

시월이 땅에 너부러져 버둥대는 석자부를 다시 한번 공격하려다 말고 천천히 검을 거두었다.

*   *   *

어깨 힘줄이 끊어진 석자부는 더 이상 괴병을 손에 들고 있지 못했다. 다른 손으로 자신의 어깨를 부여잡지 않으면 덜렁거리는 팔에서 일어나는 통증을 참을 수 없기 때문이었다.

시월은 고통으로 힘겨워하는 석자부 앞에 석자부가 앉아 있던 의자를 끌어다 놓고 털썩 앉았다.

"이제 조금 더 깊은 이야기를 해봅시다."

시월이 제법 석자부를 존중하는 듯한 말투로 입을 열었다.

"대체 넌… 누구냐? 정말 무맹과 아무런 관련이 없느냐?"

"무맹도 무림의 일부분일 뿐이오. 그들이 무림 전체는 아니잖소?"

시월이 되물었다.

"그렇긴 하지만 현 무림에서… 아! 그럼 운중오문?"

의천무맹 이상의 고수를 배출할 수 있는 곳이 운중오문이다. 비록 세력은 의천무맹 구대천문에 못 미치지만 초절정고수의 숫자로 보면 오히려 구대천문을 능가하는 운중오문이었다.

가끔 운중오문의 젊은 고수들이 이렇게 홀로 수련 여행을 하며 놀라운 무공을 보여주는 경우가 있다는 것은 누구나 알고 있었다.

"운중오문은 자칭 속세의 권력과 은원을 초월했다고 말하는 자들인데 이렇게 독한 수를 쓰겠소?"

시월이 고개를 저으며 말했다.

"그럼 대체 어디서 너와 같은 놈을 배출할 수 있단 말인가. 그 나이에……"

"당신은 아직도 당신의 무공에 대한 자신감을 가지고 있구려."

"…삼십육마에는 미치지 못하지만, 그들 외의 마도고수들에게 양보하고 싶은 생각은 없다."

석자부가 부상을 입은 몸으로도 당당하게 대답했다. 대단한 자부심이다.

"그렇게까지 대단치는 않은 것 같은데……"

시월이 퉁명스럽게 말했다.

"물론… 승자로서 네놈은 날 모욕할 자격이 있다. 하지만 내 무공이 그리 호락호락한 것은 아니다."

석자부가 끝까지 자신의 무공에 대한 자신감을 지키려 했다.

"뭐, 좋소. 그렇다 칩시다. 그건 그렇고, 흑사회에 대해서나 더 말해보시오. 알겠지만, 난 손에 인정을 두는 사람이 아니오."

"……"

시월의 말에 석자부가 시월을 노려볼 뿐 아무런 말을 하지 않았다.

"번거롭게 하지 맙시다."

시월이 땅에 떨어진 석자부의 괴병을 집어 들며 말했다.

"젠장, 내 무기로 날 고문하겠다는 거냐?"

"이 무기가 다른 사람에게 어떤 고통을 주는지 스스로 경험하는 것도 좋지 않겠소?"

"됐다. 그만해라. 알고 싶은 것은 다 말해줄 테니. 고문 따위 두려운 것은 아니지만 번거롭군."

석자부가 투덜거리며 말했다.

"좋은 생각이오. 서로 힘든 일은 할 필요가 없으니까. 말해보시오. 대체 흑사회는 어떤 조직이오?"

시월이 다시 물었다. 그러자 석자부가 살짝 한숨을 내쉬고 입을 열었다.

"내 손에 노예로 팔려 나갈 뻔했다니 사막의 노예시장을 기억하겠지?"

"그렇소."

"흑사회는 바로 그런 거래를 하는 상인들이 모인 세력이다. 소위 말하는 흑상들의 모임이지."

"흑상……."

보통의 시전에서 거래될 수 없는 상품들을 거래하는 자들을 흑상이라 한다.

오가는 재물의 규모는 상계의 그 어떤 상권보다 거대하지만, 위험이 뒤따르는 일이라 보통 상인들이 접근할 수 없는 영역의 거래가 흑상들 간에 이뤄진다. 그래서 비밀을 지키기 위해 흑상 간에도 거의 왕래가 없는 것이 일반적인 일이었다.

그런데 그런 흑상이 하나의 세력으로 모여 있다니 놀라운 일이 아닐 수 없었다.

"세상에 흑상이 없는 곳은 없지. 흑사회가 마음만 먹으면 찾지 못할 사람이 없고, 죽이지 못할 사람도 없다. 설혹 그자가 무림의 황제라 해도."

석자부가 자신의 생명을 구할 길은 오직 흑사회의 힘을 과시하는 것뿐이라고 생각했는지 흑사회의 무서움을 과장해서 말했다.

"훗! 그런 자들이 숨어 살겠소?"

흑사회의 힘을 과시하는 석자부를 시월이 비웃었다.

"어린놈! 결국 알게 될 것이다. 흑사회가 얼마나 무서운 조직인지."

"좋소. 그렇다고 칩시다. 그건 그렇고, 흑사회를 만든 자는 누구요? 최근에 만들어진 것 같은데. 과거부터 있었다면 나도 그 이름을 들었을 텐데, 난 처음 듣는 이름이라서……."

월문의 제자로 살면서 시월이 얻은 것 중 하나가 무림에 대한 세세한 정보들이었다.

월문주 백문보는 야심이 큰 인물이어서 무림의 동향에 대해 누구보다 관심이 많았다. 그래서 의천무맹은 물론, 변경의 무림에서 벌어지는 일까지도 세세하게 정보를 수집했고, 그 정보들을 월문 칠랑에게도 전해줬었다.

그런데 그 정보들 중에서 흑사회에 대한 이야기는 없었다.

"……."

시월의 질문에 순순히 대답하던 석자부가 이번에는 쉽게 입을 열지 못했다. 그건 곧 그가 흑사회를 주도하는 자에 대해 큰 두려움을 가지고 있다는 뜻이었다.

"서로 어렵게 가지 말자고 했지 않소!"

그륵!

시월이 석자부의 괴병 두 개를 마찰시키며 말했다. 그 섬뜩한 소음이 그 어떤 위협보다도 사람을 두렵게 만들었다.

석자부는 금세 그 위협에 굴복했다.

"어차피 흑사회에 대해 말했으니 회주의 정체를 숨길 이유도 없지. 흑사회의 회주는… 흑화수 금사다!"

"설마?"

시월이 놀란 눈으로 되물었다.

"그 정도 인물이 아니면 어떻게 흑상들을 하나의 세력으로 모을 수 있었겠느냐."

석자부가 믿지 못하는 듯한 시월에게 득의한 표정으로 말했다.

"시체는 발견하지 못했었다고 했지."

시월이 중얼거렸다.

흑화수 금사, 삼십육마의 일인이다. 삼십육마의 난 이전에도 무림의 대표적인 마녀로 통했다.

피를 꽃처럼 만들어낸다는 흑화수 금사, 그녀의 손에 죽어간 사람의 숫자는 헤아릴 수 없었다.

들리는 말로는 극한의 아름다움을 지녔다고도 하고, 그 아름다움을 지키기 위해 어린아이들의 정혈을 취하기도 한다고 알려진 마녀였다.

삼십육마의 난 당시, 의천무맹 토벌대에 쫓겨 천산까지 달아난 후 수백 장 절벽에서 뛰어내렸다고 알려진 그녀는 무림에서는 삼십육마 중 죽은 인물 쪽으로 여겨졌다.

그런데 그 마녀가 살아서 흑상들을 규합해 흑사회를 만든 것이다.

"지금 어디 있소?"

시월이 물었다.

"그건 왜? 근처에 있을까 봐? 이제 좀 겁이 나는 모양이지?"

석자부가 빈정거렸다.

"아니, 가서 죽이든지 고쳐 쓰든지 하려고."

"뭐?"

시월의 말에 석자부가 환청을 들은 듯 되물었다.

"쓸 만하면 고쳐 쓰고 아니면 죽이겠다고 했소."

"이런 미친……."

석자부가 세상에서 가장 황당한 인간을 본다는 듯 말을 잇지 못했다.

"불가능할 것 같소?"

시월이 미소를 지으며 물었다.

"설마 네 무공이 삼십육마를 능가한다는 것이냐? 정말 그렇게 믿는 것은 아니겠지?"

석자부가 제발 아니라고 대답해 달라고 사정하듯 물었다.

"세 명까지는 상대할 수 있지."

"정말 미쳤구나! 야! 얼른 날 죽여라. 미친놈 헛소리에 놀아나고 싶지가 않으니까."

"아니, 당신은 살려둬야겠어."

시월이 고개를 저었다.

"…뭔 짓을 하려는 거냐?"

"길잡이를 죽일 여행자는 없지."

시월이 들고 있던 석자부의 괴병을 휙 던져 버리며 말했다.

"길잡이?"

"흑화수 금사에게 날 데려간다."

"싫다! 절대 못 한다!"

석자부가 어린애처럼 도리질을 하며 소리쳤다.

"살려준다니까?"

"정녕 모른단 말이냐? 흑화수 금사의 분노를 견디는 것이 죽는 것보다 힘들다는 사실을!"

석자부가 사정하듯 말했다.

"걱정 말라지 않소. 그녀는 내 손에 죽거나, 내 수족이 되거나 둘 중 하나라니까."

"아, 미친 소리 그만하고! 그냥 좀 죽여다오!"

석자부가 고개를 저으며 소리쳤다. 그만큼 흑화수 금사를 두려워한다는 증거다.

하지만 시월은 석자부의 부탁을 들어줄 생각이 없었다.

"당신이 아니면 누가 날 흑화수 금사에게 안내하겠소. 당신은 살아 있을 가치가 있어. 그러니까 조금 쉬면서 마음을 가라앉히시오."

탁!

시월이 손으로 석자부의 뒷머리를 번개처럼 가격했다.

"욱!"

석자부가 나직한 신음 소리를 내며 정신을 잃고 그대로 쓰러졌다.

석자부를 혼절시킨 시월이 석자부의 수하들에게로 눈길을 돌렸다.

"모두 이리 오시오."

시월의 말에 석자부를 따르는 자들 십여 명이 허겁지겁 시월 앞으로 달려왔다.

평소에는 노예로 잡혀 온 아이들에게 저승사자 같은 존재들이지만 시월 앞에서는 겁에 질려 제대로 고개도 들지 못했다.

"누가 가장 오래됐소?"

죄인처럼 고개를 숙이고 있는 사내들에게 물었다.

"제, 제가……"

앞서 석자부가 황평이라 불렀던 중년 사내가 대답했다.

"몇 년이나 되었소?"

"올해로 이십 년째……"

"이십 년 동안 사람 장사를 했단 말이오?"

시월이 화가 난 표정으로 되물었다.

"그게… 석 대인께서 떠나는 것을 허락지 않아서……"

"그게 아니라 사람 장사에 중독된 것이겠지. 아이들을 학대하는 재미에 빠져서……"

"그, 그건 아닙니다. 정말입니다."

황평이라는 사내가 급하게 고개를 저었다.

그러자 시월이 한참 동안 황평을 바라보다 입을 열었다.

"당신… 기억나는군!"

"예?"

황평이 화들짝 놀라 시월을 바라봤다.

자신을 기억한다는 것은 자신이 노예로 팔려 나갈 아이들에게 한 짓도 기억한다는 뜻이기 때문이었다. 평소 황평은 노예로 팔려 나갈 아이들을 잔혹하게 다루기로 유명했다.

"당신은 그때 우릴 쓰레기라고 불렀지. 매질을 아끼지 않았고… 그래. 바로 당신이었어!"

"대, 대협! 부디 목숨만 살려주십시오. 저도 석 대인의 명으로 어쩔 수 없이……."

황평이 그 자리에 무릎을 꿇고 목숨을 구걸했다.

그러자 시월이 차갑게 말했다.

"당신이 혈수금귀의 수족이라고 하니 당신도 함께 간다!"

"어, 어디로 말입니까?"

"어디긴! 흑사회주 흑화수 금사를 만나러 가는 거지."

시월이 퉁명스럽게 대답했다.

순간 황평의 얼굴이 시체처럼 파랗게 변했다.

『칠마선문』 3권에 계속…